FARFALLE

Rose Wilding

Le sette donne di Jamie Spellman

traduzione dall'inglese di Irene Gandolfi

Marsilio

Tutti i personaggi di questo libro sono fittizi. Qualunque somiglianza con persone reali, viventi o scomparse, è puramente casuale.

Titolo originale: *Speak of the Devil*

First published in Great Britain in 2023 by Baskerville, an imprint of John Murray (Publishers), an Hachette UK company

Prima edizione: febbraio 2024
ISBN 978-88-297-1743-9
www.marsilioeditori.it

LE SETTE DONNE DI JAMIE SPELLMAN

A chi è riuscita a uscirne viva,
a chi non ce l'ha fatta,
e a chi sta ancora combattendo.
Con amore.

Nota dell'autrice

Le sette donne di Jamie Spellman racconta di un gruppo di donne in gamba e di tutti i loro difetti. Parla di quanto sia difficile trovare giustizia in una società che spesso, quando raccontiamo le nostre storie, non ascolta. Prende spunto dal mondo che ci circonda – da esperienze di donne che conosco, dai notiziari, dalla mia vita –, e perciò in alcuni punti è una storia molto cupa.

Ho scritto questo libro perché sottopelle, dietro il sorriso cortese, sono sempre, assolutamente furiosa.

I

31 dicembre 1999

Manca ancora parecchio a mezzanotte, ma i fuochi d'artificio scoppiano e sibilano nel cielo scuro che sovrasta la città, e Maureen li guarda per un secondo prima di aprire la finestra e chiudere le tende. Sarah ha già acceso le candele e gliene passa una mentre torna a sedersi.

La luce tremolante illumina otto facce spettrali con gli occhi incavati. Sette donne siedono in semicerchio; i loro corpi sono rivolti verso una specie di altare al centro della stanza. Sono tutte concentrate su di lui. Alcune gli lanciano giusto un'occhiata di tanto in tanto, altre lo fissano, incapaci di distogliere lo sguardo. Solo una di loro sapeva che sarebbe stato qui; le altre, vedendolo, hanno reagito con diversi gradi di orrore. Anche quella che l'ha portato è inorridita, forse persino più delle altre.

Una donna di nome Ana si alza e gli si inginocchia di fronte. Non prega da anni, da quando era appena arrivata dal Brasile, ma le parole le escono dalla bocca come se l'avessero aspettata, il portoghese veloce e sciolto, quasi impercettibile rispetto al chiasso della festa di sotto. Sarah si accende una sigaretta con la fiamma della sua candela.

«Credo che sia un po' tardi per questo» dice ad Ana, ma non riceve risposta. Poi torna ad appoggiarsi allo schienale della sedia e accavalla le gambe. Guarda le altre, nessuna le presta attenzione.

Kaysha Jackson, la giornalista, si alza barcollando e va in bagno. Si sente un conato e uno spruzzo. Dopo un paio di minuti torna, pallida, ha chiazze di vomito sul maglione. Sarah le prende la mano e le loro dita si intrecciano, la pelle brunita quasi non si distingue da quella bianca nella penombra color seppia.

Josie, che è la più giovane ed è incinta, sta piangendo. Il viso terreo è gonfio e pieno di macchie.

«Dov'è il resto?» chiede con la voce rotta.

«Non lo sappiamo, tesoro» dice Maureen allungando una mano per posargliela sul braccio.

«Qualcuna lo sa.» Sarah getta il mozzicone sul pavimento e lo schiaccia sulla moquette con lo stivale. Lo guarda di nuovo negli occhi. È passato molto tempo dall'ultima volta che l'ha visto, e ancora di più dall'ultima volta che sono stati insieme in quella stanza. Sembra diverso adesso, e anche lei si sente diversa. Allora lo amava.

I capelli sono più lunghi e stanno ritti sulla testa, come se qualcuno li avesse afferrati per trascinarlo; e in effetti potrebbe essere andata così. Il viso sembra più magro di un tempo, il naso è piatto e rotto e il mento è imbrattato di sangue secco. Immagina come dev'essergli esploso dalla bocca, forse mentre cercava di dire un'ultima cosa intelligente. Era sempre ben rasato quando lo frequentava lei, ma ora ha una barba corta, più folta attorno alle labbra e al mento e più rada lungo la gola, dove si interrompe di colpo nel punto in cui finisce il collo.

Il resto di lui non c'è.

Le donne si trovano in una suite all'ultimo piano di uno squallido hotel nella periferia della città, una volta una delle stanze più belle e adesso solo un posto dove ammassare cose rotte. Scatole di oggetti dimenticati da molto tempo si stanno disintegrando sotto la finestra e un materasso è accasciato contro una parete.

«Qualcuna ha intenzione di confessare?» chiede Sarah.

Nessuna risponde.

«Non eravamo pronte» continua.

«Pronte?» le fa eco Kaysha. «Non avevamo nemmeno deciso.»

«Io non sarei mai stata d'accordo su una cosa del genere» sbotta Olive. È una donna bianca sulla cinquantina. Ha un caschetto di capelli grigi che di tanto in tanto liscia e sistema dietro le orecchie. Si fa il segno della croce con la punta delle dita e chiude gli occhi per un secondo.

«Lo sappiamo, Olive» le risponde Sarah. Sui venticinque anni, insolitamente pallida, con una massa di capelli neri spettinati, ha una rosa tatuata sul collo e indossa una giacca di pelle. L'accento è del posto, ma meno naturale di altri, le sue vocali non sono così piatte, quasi cercasse di nascondere da dove viene.

«Be', penso che sappiamo tutte di chi sospettiamo» dice Olive con gli occhi che indugiano su Sarah.

«Effettivamente, sei stata tu a suggerirlo.» Anche Maureen si rivolge a Sarah, tamponandosi gli occhi umidi con un fazzoletto.

«So quello che ho detto» replica lei. Prende una fiaschetta dallo stivale e ne beve un sorso.

Olive accenna alla fiaschetta. «Metti che tu l'abbia fatto da ubriaca. Potresti addirittura non ricordartene.»

Sarah apre la bocca per risponderle a tono.

«Smettetela» dice Sadia bloccandola. «Non ci serve una gara a chi urla di più. Siamo fortunate che nessuno sia entrato qui prima di noi.»

Quando erano arrivate, un quarto d'ora prima, la testa era coperta da una federa. Avevano preso tutte il loro solito posto, tutte si erano accigliate alla vista dell'altare improvvisato al centro della stanza e tutte avevano arricciato il naso all'odore metallico di decomposizione. Non c'erano state chiacchiere, solo Josie aveva chiesto cosa ci fosse sotto la federa. Visto che nessuna aveva risposto, Sarah si era alzata e l'aveva sollevata con un gesto plateale, levando gli occhi al cielo solo per spalancarli subito dopo aver rivelato cosa nascondesse. Qualcuna aveva urlato.

«Devi essere stata tu» continua Sadia accennando con la testa verso Kaysha. Regge un baby monitor e tamburella le dita sulla plastica, lasciando che la rabbia e il nervosismo mascherino l'orrore. Ha la carnagione marrone scuro e i lineamenti regolari, denti dritti e ciglia lunghe. In un'altra vita avrebbe potuto essere una modella o una stella del cinema, invece è la vedova di uno scienziato. «Sei stata tu a organizzare tutto questo. Sei l'unica ad avere i nostri numeri di cellulare.»

«Mi rendo conto che può sembrare così» risponde Kaysha. «Ma non sono stata io.»

Qualche ora prima, ognuna di loro aveva ricevuto un messaggio da un numero sconosciuto: *Vediamoci al solito posto. Questa sera alle 19. Emergenza.* La formula corrispondeva a quella solita dei messaggi di Kaysha, anche se lei non aveva mai convocato un incontro d'emergenza prima.

«Chi altro poteva avere i nostri numeri? Qualcuno deve averci scoperte.» Maureen si sta sventagliando con un opuscolo che ha preso dalla borsetta.

«Hai detto che i nostri contatti erano al sicuro con te.» Sadia fissa Kaysha, che solleva le sopracciglia.

«Lo sono. Guardate.» Apre la cerniera di una tasca interna della giacca, tastando in cerca del pezzetto di carta su cui mesi prima aveva annotato i numeri di telefono. La lista non c'è più, e lei non riesce a nascondere la confusione. Lancia un'occhiata a Sarah, che vive con lei. Sarah alza le spalle.

«Li hai persi?» chiede Olive.

Ana, ancora in ginocchio, si fa il segno della croce e si alza. È alta e di una bellezza classica, con i capelli scuri e la pelle ambrata.

«Ci sono diversi modi per risalire a un numero di telefono» replica mentre sprofonda in una poltrona di fianco a Sadia.

Per qualche minuto c'è silenzio. Il baby monitor crepita.

«Non posso crederci... che hai portato la bambina.» Sarah si rivolge a Sadia finendo qualunque cosa ci fosse nella fiaschetta, che poi infila di nuovo nello stivale. Si accende un'altra sigaretta.

«Non sapevo a cosa andavo incontro.»

«Dov'è?»

«Nella camera accanto. È sveglia dalle quattro di stamattina, dormirà per un po'.»

«Che razza di madre!»

«Non cominciare, Sarah» interviene Kaysha. Vestita di nero, ha poco più di trent'anni ma sembra più giovane. I suoi occhi guizzano per la stanza in cerca di qualcosa su cui posarsi che non sia la testa.

«Possiamo coprirlo, per favore?» Josie fissa il pavimento. Un vestito di paillettes è teso sulla pancia rotonda e il glitter sulle guance scintilla alla luce delle candele. Nel momento in cui ha ricevuto il messaggio, stava per uscire a festeggiare con gli amici.

Sarah raccoglie la federa da terra e la sistema di nuovo sulla testa. Non la copre del tutto, ma fa in modo di nasconderla almeno agli occhi di Josie. Quando torna a sedersi, un bulbo oculare la fissa attraverso un buco nel tessuto.

«C'è qualcun'altra che pensa che sia ora di chiamare la polizia?» Olive sporge il mento in fuori e lancia un'occhiata alle altre. Un sussurro impalpabile attraversa la stanza alla parola *polizia*.

«Se avessi avuto intenzione di chiamare gli sbirri, lo avresti già fatto» replica Sarah.

«Anch'io penso che dovremmo chiamarli» dice Maureen. Una goccia di sudore le scivola giù dai capelli lungo la tempia fino alla guancia e alla linea morbida della mascella.

«Per farci arrestare per concorso in omicidio?» sbotta Sarah. «Proprio un bel piano, sì.»

Kaysha si strofina la fronte con la punta delle dita. «Ce la possiamo fare, dobbiamo solo agire con intelligenza.»

«E quindi, che facciamo?» chiede Sarah.

«Raccogli quelli, tanto per cominciare.» Ana indica i mozziconi di sigaretta ai piedi di Sarah. «Prove.»

«Come diavolo potrebbero collegarli a me?»

«Non possiamo permetterci di correre rischi» replica Ana. «E ci serve della candeggina.»

2

Kaysha
31 dicembre 1999

La casa di Sarah Smith è piuttosto lontana dalla città, oltre la periferia, oltre i piccoli centri e i paesi, solitaria nel bel mezzo del nulla. Lì il buio cala fitto e rapido, e si appiccica all'erba e agli alberi come melassa per fare posto alla luna, che è già una falce luminosa quando Kaysha parcheggia davanti alla porta d'ingresso, negli ultimi minuti del vecchio millennio.

Restano sedute in macchina per molto tempo a guardare le stelle. Sarah traccia le costellazioni sul finestrino appannato con un dito. Kaysha osserva l'unghia della sua ragazza, pensando al sangue rappreso sotto.

«Sembra una cosa da nulla se pensi a quanto è grande l'universo, no?» dice Sarah.

«No.»

«Chi credi che sia stato?»

Kaysha le lancia una lunga occhiata e Sarah piega la testa di lato. «Non sono stata io.»

«Non lo so.»

«Scommetto che è stata la moglie. È sempre la moglie.»

«Può darsi» dice Kaysha. Sadia avrebbe avuto ottime ragioni per ucciderlo, ma del resto questo valeva per tutte loro.

«Se è stata Sadia, che ne sarà della bambina?»

Kaysha non risponde, si allunga verso di lei e le stringe un braccio. Sarah torna a guardare le stelle.

«Spero che non sia così» dice a bassa voce, poi si toglie gli stivali ed entra in casa. Esce di nuovo dopo qualche minuto con una bottiglia di whisky e una coperta, e si spogliano entrambe. Ammucchiano i vestiti sulla griglia di un barbecue che è rimasto lì, fuori dalla porta, dalla loro prima settimana insieme, con il metallo ancora incrostato di grasso bruciato. Sta iniziando ad arrugginire. Sarah versa del whisky sui vestiti macchiati di candeggina e gli dà fuoco. Le due donne si stringono l'una all'altra sotto la coperta, pelle contro pelle, passandosi la bottiglia di whisky mentre le fiamme cominciano a scaldare le mani. Il freddo della notte le intorpidisce, e loro lo lasciano fare.

Fuochi d'artificio appaiono all'orizzonte e a Kaysha squilla il cellulare. Sua madre le fa gli auguri di buon anno e, dal tono di voce con cui le risponde, si accorge che c'è qualcosa che non va, anche se lei tenta di sembrare allegra. Kaysha dice che le spiegherà di persona e le dà la buonanotte. Entrano in casa e, mentre Sarah ricomincia a bere, Kaysha prova a mettere in fila una cronologia nella sua testa.

3
Nova
3 gennaio 2000

È lunedì, ma al sorgere del sole la città è ancora silenziosa. Gli adulti continuano a stringersi nelle coperte pesanti godendosi l'ultima dormita delle vacanze di Natale, mentre i bambini finiscono scatole di cioccolatini Roses per colazione. La luce sbadiglia in un cielo color pesca e si riflette nel fiume, tingendo le sponde fangose di un giallo rossastro. I sei celebri ponti si illuminano uno dopo l'altro, e le loro ombre si affilano e si allungano sull'acqua. La brina notturna scintilla, inizia a sciogliersi sui blocchi di calcestruzzo e sulle gru abbandonate dei cantieri lungo la banchina, dove ci si prepara all'arrivo del settimo ponte.

L'ispettrice Nova Stokoe viene svegliata da una telefonata, si parla di un cadavere; mezz'ora dopo, parcheggia la sua Escort vicino al porto. I tre piani in mattoni della metà degli anni Sessanta sembrano fuori posto accanto ai capannoni cresciuti intorno. Ciuffi d'erba sbucano dalle crepe dell'asfalto, e lungo tutto il perimetro del giardino d'inverno, davanti all'edificio, sono appesi cesti per i fiori vuoti. Un'insegna sbiadita recita TOWNELEY ARMS HOTEL.

Due volanti e un furgone della scientifica sono già sul posto. Nova controlla il proprio riflesso nello specchietto retrovisore. I ricci rossi, ancora spettinati per la nottata, le incorniciano il viso. Perde alcuni secondi a cercare di sistemarsi, poi si arrende. Le lentiggini spiccano più del solito sulla pelle chiara. È stata in uno di quei pub underground lontani dal centro, è tornata a casa alle quattro e di sicuro stamattina non avrebbe dovuto guidare. Butta giù due pastiglie di paracetamolo per attenuare i postumi della sbornia e scende dalla macchina.

Un uomo con un carrello portapacchi stracarico di scatoloni sferraglia lungo il parcheggio, diretto all'hotel. Quando le sorride, un dente d'oro brilla alla luce del sole.

«Deve entrare qui?» chiede Nova tenendogli la porta aperta.

Lui le fa l'occhiolino e la supera. «Buongiorno» dice all'uomo anziano alla reception, per poi sparire oltre un arco dall'altra parte della stanza senza aspettare risposta.

Nova mostra al vecchio il suo distintivo. Lui la ignora per un istante mentre aggiunge del whisky al suo caffè. Gli tremano le mani.

«Di sopra, tesoro» dice accennando con la testa a una rampa di scale sulla destra. «Ultimo piano. Occhio che è raccapricciante.»

«Ho uno stomaco d'acciaio, tesoro» gli risponde lei, e sale le scale.

L'ultimo piano è delimitato con il nastro della polizia, Nova sente puzza di cadavere dal corridoio. Si chiede da quanto tempo è lì.

L'agente Ella McDonald è accanto a una porta aperta, con il cappello in mano e uno sguardo che Nova conosce fin troppo bene.

«Sei stata carina a passare, ieri sera» le dice a voce bassa, ma non abbastanza. Nova guarda oltre la sua spalla.

«Hai già interrogato il personale?»

«Eri con un'altra?»

«E gli ospiti? Qualche dichiarazione?»

«Stronza!» le sussurra Ella urtandola.

Nova la guarda scendere le scale, troppo stanca per sentirsi in colpa.

Il corridoio è disseminato di palline di Natale. Entrando nella stanza, ne spinge un paio di lato con il piede. Tre tute bianche vanno su e giù in cerca di impronte. Un riflettore illumina il loro spazio di lavoro. Su un tavolino c'è la testa di un uomo. Nessuna traccia del corpo. La stanza puzza di candeggina e decomposizione. Prima di avvicinarsi, Nova si tappa il naso.

«Il corpo è stato portato via?» chiede a un tecnico della scientifica guardandosi attorno in cerca della sagoma disegnata col gesso.

«Pare che non ci sia mai stato.» Il tecnico si stringe nelle spalle.

La testa è su un comodino al centro della stanza, in equilibrio sopra un libro aperto che poggia su una pila di bibbie, di quelle che si trovano negli alberghi. I fluidi filtrati dal collo sulla pagina le permettono di distinguere solo alcune parole lungo i margini, ma dalla copertina di pelle rosso scura deduce che anche quella è una bibbia.

«Quando la sposti, puoi prendere nota del numero di pagina?»

«Sì, segnerò tutto nel rapporto. Comunque ho già dato un'occhiata e mi sembra... In base al punto in cui il libro è aperto e alle poche parole che sono riuscito a leggere, penso che si tratti del Levitico 24,20.»

Nova alza le spalle e il tecnico fa un sorrisetto.

«Niente scuola cattolica per te, vero?» dice senza che la sua sia veramente una domanda. Lei scuote la testa. «Sicuramente avrai presente di cosa parla. Levitico 24,20... *Occhio per occhio.* Controllerò quando lo portano via, ma ne sono abbastanza sicuro. A mio padre piaceva quel passo.»

«Vendetta, insomma.» La pagina potrebbe essere stata aperta a caso, pensa, ma è poco probabile. Omicidio per vendetta, quindi. Chissà cos'ha fatto quest'uomo per meritarsi una cosa del genere.

«A quanto pare» conviene il tecnico.

«Sei un pezzo di merda, vero?» Nova si rivolge alla testa chinandosi in avanti. Ha visto corpi ridotti peggio, però mai uno così interessante. La bocca è leggermente aperta e dentro ci strisciano dei vermi. Una schiuma marrone trasuda dagli occhi e dalle narici, per il resto la pelle è grigia, come se il viso fosse stato drenato di ogni colore. Non c'è niente di particolarmente degno di nota: uomo bianco, capelli biondo scuro, barba corta, nessun tatuaggio, nessuna cicatrice. Nemmeno un buco all'orecchio. Il naso sembra rotto, ma a parte questo non ha l'aria di essere stato picchiato prima di venire decapitato. Nova si accuccia e ispeziona il collo. Filamenti di pelle secca attorcigliati e in decomposizione sulle pagine. Di sicuro non è stata tranciata con un colpo netto. «Da quanto pensi che sia qui?»

L'uomo della scientifica si stringe nelle spalle. «Difficile a dirsi. La finestra era aperta e le gelate di questi giorni potrebbero aver rallentato il processo. Se devo tirare a indovinare, direi quarantott'ore.»

«Mmh. Suppongo che non avesse con sé la patente.»

L'altro sbuffa. «E dove l'avrebbe tenuta? Su per il naso?»

«Immagino che l'unica sia aspettare la cartella odontoiatrica.»

Nova si raddrizza e rivolge la sua attenzione al muro dietro la testa. Un altro tecnico sta fotografando un grande simbolo circolare disegnato sulla carta da parati. Sessanta centimetri di diametro, raffigura le spire di un serpente circondate da rune abbozzate. Nova è bloccata sul caso della setta da settimane, una punizione dell'ispettrice capo dopo la faccenda delle donne a Gosforth. Quel simbolo sta saltando fuori in tutta la regione, dai vicoli del centro città alle facciate delle casette a schiera in campagna, accompagnato ogni volta da un sacrificio di sangue.

Di solito bestiame rubato – capre o polli –, ma più recentemente anche un serpente.

Dopo una soffiata ricevuta appena prima di Natale, Nova si era arrampicata in cima al Penshaw Monument – la risposta del Nord-Est all'Acropoli –, per ritrovarsi quel simbolo spalmato sul lastricato. Era come sempre, i rimasugli consumati delle candele sciolti sul bordo, ma il serpente al centro del cerchio era inquietantemente vero. La carcassa di quello che si era rivelato essere un pitone birmano era arrotolata su se stessa e le rune attorno erano scritte con il sangue del serpente.

Nova si avvicina al simbolo. L'ha studiato a fondo nel corso dell'indagine, e vedendolo sulla parete del Towneley Arms le basta un'occhiata per capire che non è autentico. Un'imitazione scadente disegnata con una vernice blu al posto del sangue. È fatta bene, abbastanza per ingannare un osservatore medio ed evidentemente anche l'agente di polizia che l'ha riconosciuto, ma non Nova. Le rune sono inventate e il serpente è girato dalla parte sbagliata. È opera di qualcuno che l'ha visto su un giornale o all'angolo di una strada e ha provato a riprodurlo a memoria. Un tentativo di depistare le indagini.

Si chiede chi potrebbe voler coinvolgere la setta in un omicidio: forse un altro gruppo occulto o una gang del posto. Magari solo un assassino prezzolato portato per le scene a effetto. In ogni caso, Nova non ha nessuna intenzione di riferire a qualcuno che il simbolo è un falso, perché questo omicidio si prospetta già molto più interessante dei sacrifici di bestiame. Potrebbe essere il suo biglietto per rientrare nelle grazie dell'ispettrice capo.

Quando Nova torna al pianoterra, l'addetto alla reception è ancora seduto dietro il bancone, intento a sorseggiare il caffè e a completare un cruciverba. La guarda al di sopra degli occhiali.

«Tutto bene, tesoro?» chiede mettendosi la penna dietro l'orecchio.

«Le hanno già fatto qualche domanda?»

«Sì, circa cinque minuti fa. Ora con la tipa c'è mia moglie.»

«È stato lei a trovare i resti?»

«No, no» ridacchia. «È stato Jeffa, il barista. Gary Jeffries. È salito per mettere via l'albero di Natale o qualcosa del genere. L'ho sentito urlare da quaggiù.»

«Dov'è il signor Jeffries adesso?»

«L'ho piazzato in cucina con una bottiglia di sherry. Si spaventa facilmente, povero Gary.» Indica l'arco sull'altro lato della stanza con la scritta SALA RISTORANTE. «Di là e poi oltre le porte argentate, tesoro.»

«Grazie. Posso avere una copia del registro degli ospiti delle ultime due settimane?»

«Sì, nessun problema» le risponde. «Ma adesso nell'ufficio stanno interrogando, quindi posso dargliela più tardi.»

«Perfetto.» Nova attraversa la sala ristorante, dove una manciata di ospiti sparsi chiacchiera a bassa voce.

«Scusi» le dice un uomo schioccando le dita mentre lei va verso la cucina. «Lavora qui? Quando sarà pronta la colazione?»

Nova lo ignora e supera le porte d'argento. Quando aveva diciassette anni, era stata licenziata da un ristorante italiano del posto perché aveva rovesciato un piatto di carbonara addosso a un cliente che per chiamarla aveva schioccato le dita come avrebbe fatto con un cane.

Un uomo alto e magro è seduto su uno sgabello vicino a un'isola in acciaio che occupa quasi tutta la cucina. Il resto dello spazio è suddiviso tra frigoriferi e file di scaffali su cui sono accatastati barattoli di plastica pieni di ingredienti vari. Al suo ingresso, l'uomo alza lo sguardo, gli occhi rossi e le dita strette attorno alla bottiglia di sherry. Ha il singhiozzo.

«Non credo che stamattina ci sarà la colazione, stella» dice.

Nova gli mostra il distintivo. «Signor Jeffries? Sono l'ispettrice Nova Stokoe. Come si sente?»

«Ah...» Gli tremano le labbra. Le lacrime gli scorrono sulle guance e si copre il viso.

Nova si guarda intorno in cerca di un bollitore. «Posso prepararle un tè?»

«Sto bene, grazie, stella.» Si versa un goccio di sherry nella tazza a fiori che ha davanti, qualche lacrima è ancora impigliata tra le ciglia.

«A che ora ha trovato i resti, signor Jeffries?»

Gary tira su col naso. «Era ancora buio. Troppo buio per vederci, all'inizio. Non c'è la luce lì dentro.»

Nova aspetta che continui.

«Ma l'odore, quando sono entrato... Ci sarei andato a sbattere se non avessi sentito la puzza. Non ho mai, *mai*, sentito nulla di simile. Tremendo. Ho pensato che fosse un uccello morto. Lassù non ci va nessuno. Non volevo calpestarlo, l'uccello morto. Così sono tornato indietro, ho tenuto la porta aperta e ho acceso la luce nel corridoio.» Espira con forza prima di continuare. «Ed eccolo lì. Ho urlato.»

«È una reazione normalissima» replica Nova. «È entrato nella stanza?»

«Manco per sogno.» Fa un verso di scherno che si trasforma in un singhiozzo. Si asciuga gli occhi. «Ho chiuso la porta e sono tornato giù.»

«Ha notato qualcosa di diverso dal solito, negli ultimi giorni?»

Lui scuote la testa e curva gli angoli della bocca verso il basso. «Non mi pare. Niente di strano.»

«Nessun ospite dall'aria losca?»

«Qui tutti gli ospiti hanno un'aria losca, ispettrice.»

«Bene, signor Jeffries. Grazie del suo tempo.» Nova si

alza e si sistema la giacca. Gli dà un suo biglietto da visita. «Se le viene in mente qualcosa, si faccia vivo.»

Ha appena raggiunto la porta quando lui aggiunge: «C'era una donna. Si comportava, non so, in modo strano. Si muoveva con aria circospetta.»

«Quale donna?»

Le porte si spalancano e l'uomo maleducato del ristorante irrompe in cucina, tutto rosso in viso.

«Dove cazzo è la colazione?» ringhia a Nova.

«Sono sicura, signore, che lei sia al corrente del fatto che c'è un'indagine in corso. La polizia è occupata a interrogare il personale e gli ospiti, e apprezzeremmo un po' di pazienza e la vostra collaborazione» replica lei con voce calma.

«Be', non sarà così difficile mettere in tavola un po' di cereali, no? Come si chiama lei?»

Nova sorride e tira fuori il distintivo dalla tasca. «Ispettrice Nova Stokoe.»

L'uomo sbianca e fa un verso di disapprovazione, per poi ritirarsi nella sala ristorante. Nova si volta di nuovo verso Gary, che fissa le porte con sguardo assente.

«Di quale donna mi stava parlando?» gli chiede.

Lui sbatte le palpebre e scuote la testa. «Non lo so.»

«Un minuto fa lo sapeva.»

«Mi è completamente sfuggito... Non so più cosa volevo dire.»

Nova solleva le sopracciglia. «Tornerò sicuramente. Se le viene in mente qualsiasi cosa, mi chiami.»

Di fianco all'uomo anziano dietro il bancone ora c'è una donna con i capelli grigi che Nova deduce essere la moglie. La frangia sottile le aderisce alla fronte sudata e una sigaretta accesa le si consuma lentamente fra le dita ingiallite.

La donna le porge alcuni fogli fotocopiati. «Il registro degli ospiti, cara.»

«Grazie. Ci sono delle telecamere da qualche parte?» chiede guardandosi intorno nell'ingresso malandato, così come il resto della proprietà.

La donna fa segno di no. «Non siamo così raffinati. Non c'è molto da rubare qui, non le pare?»

«Dovreste prendere in considerazione l'idea di piazzarne un paio.»

«Sì, be', immagino che adesso lo faremo.»

Quando Nova esce, il sole è sorto del tutto. Deve dare un'occhiata in giro, ma sa bene che con tutta probabilità la stampa sarà lì a momenti, quindi bisogna sbrigarsi. Cammina intorno all'edificio. Sul retro trova un piccolo parcheggio strapieno, non visibile dalla strada. Ci sono più macchine lì che in quello antistante l'albergo, probabilmente perché il Towneley è il genere di hotel in cui gli uomini d'affari portano le amanti: di certo preferiscono che le loro auto non si vedano. Si chiede se il vecchio affitti le camere a ore, in contanti. Se è così, sul registro non ci saranno tutti i nomi che le servono. Deve procurarsi i filmati di qualche telecamera a circuito chiuso.

Là dietro non c'è molto, solo un portellone antincendio e la botola di una cantina coperta di muschio e chiusa con un lucchetto. Nova passa a esaminare gli edifici circostanti. Dall'altra parte della strada c'è una rivendita di auto usate con delle grosse telecamere, ma puntano tutte all'interno, verso il negozio e il piazzale. Attraversa la strada e ispeziona la costruzione accanto. È una specie di magazzino all'ingrosso, nessuna telecamera in vista. Gli edifici lì intorno si assomigliano tutti, abbandonati al degrado, alcuni sembrano sfitti, altri ancora in uso, ma nessuno dotato di telecamere che possano inquadrare il via vai dell'albergo.

Proprio quando sta per andarsene, nota un uomo che la osserva. È il fattorino dell'hotel. Sta fumando, ma appena si accorge del suo sguardo butta la sigaretta a terra e s'infila nel palazzo alle sue spalle. Nova raggiunge il magazzino. La rivendita di auto usate lo copre quasi completamente, però un angolo spunta abbastanza da essere visibile dal parcheggio dell'hotel. Mentre si avvicina, il sole colpisce un disco di vetro in alto, sulla parete in lamiera ondulata, all'ombra della grondaia. Una telecamera. Punta esattamente sul Towneley Arms: non può essere una coincidenza.

Sopra la porta d'ingresso c'è la scritta CARNI RJ. Nova bussa. Il fattorino apre quasi all'istante.

«Sì?» chiede.

«Buongiorno.» Nova alza il distintivo. «L'ho vista all'hotel stamattina, mi domandavo se possiamo scambiare due parole.»

«Non lavoro lì. Consegno semplicemente la carne.» Si appoggia allo stipite e si accende un'altra sigaretta.

«Lei è il proprietario di questo... stabilimento?»

L'uomo inclina la testa da un lato. «Possiedo delle quote.»

«Ho notato che avete una telecamera rivolta verso l'hotel.»

«Mmh.»

«Perché?»

L'uomo alza le spalle. «Sicurezza.»

«Non possono mettercele loro, le telecamere?»

«Da qui si vede meglio.»

«Posso dare un'occhiata alle riprese?»

L'uomo la guarda dall'alto in basso, poi spegne la sigaretta sul muro e se la infila dietro l'orecchio. Arretra nel magazzino e con un cenno del capo fa segno a Nova di seguirlo.

L'interno è illuminato da lampadine che penzolano dal soffitto. Freddi coni di luce rischiarano alcune zone e ne lasciano altre nell'ombra. Carcasse di maiali sono appese a degli uncini lungo il muro in fondo. Un gruppetto di persone in tuta di plastica sta lavorando attorno a un nastro trasportatore; alcuni spingono pezzi di carne – ossi e tutto il resto – nella bocca di un macchinario mentre altri raccolgono e confezionano la massa rosa macinata che viene fuori lentamente all'estremità opposta. L'odore di quel posto è quasi peggio della puzza del cadavere.

L'uomo le fa strada verso un ufficio minuscolo ma ordinato. Sulla parete sono disposti alcuni schedari e una scrivania è posizionata sotto tre monitor che mostrano la visuale di altrettante telecamere. Quello sulla destra sta registrando l'ingresso del Towneley Arms. La telecamera è chiaramente zoomata al massimo. La qualità non è ottima ma nemmeno terribile.

«Ecco qua» dice l'uomo gesticolando verso lo schermo.

«Vorrei i filmati delle ultime due settimane.»

Lui la fissa e basta. Passa qualche secondo prima che Nova noti la mano tesa verso di lei, il pollice che si strofina contro l'indice. Ride.

«Ok, allora.» L'uomo si stringe nelle spalle e schiaccia il pulsante di spegnimento. «A quanto pare, quelle riprese non ci sono più. Mi sa che le abbiamo perse.»

«Facciamo così, tu me le dai e io non farò domande sul perché riprendete l'hotel.»

Lui la osserva con aria assente.

«E farò anche finta di non aver visto quella» continua Nova accennando a una bustina di polvere bianca sulla scrivania.

«D'accordo.» L'uomo si volta verso gli scaffali con i nastri etichettati, in cerca di quelli giusti.

Nova si guarda intorno. Appeso al muro c'è il calendario di *Page Three* dell'anno passato, aperto su giugno. Una bionda in topless è distesa sulla panchina di un giardino circondata da fiori e uccellini. In una nuvoletta accanto alla sua bocca qualcuno ha scritto BELLE TETTE.

Nova si stiracchia e mette in pausa. Ha guardato tutte le riprese dei tre giorni che precedono l'ultimo dell'anno e non c'è assolutamente niente degno di nota. La telecamera non mostra nulla oltre al personale che si affretta dentro e fuori per una cicca e alle coppie occasionali di amanti pomeridiani che parcheggiano sul retro e sgattaiolano all'interno dall'entrata principale. Si alza per prendere un bicchiere d'acqua e torna a sedersi, con le gambe appoggiate alla scrivania. Da quando l'alluvione di tre anni prima ha reso inutilizzabile il secondo piano, nel sottotetto riadattato sopra la stazione di polizia sono stipate otto scrivanie. Sembra che la sovrintendente finisca sempre i fondi prima di riuscire a rinnovare gli uffici, così gli ispettori restano curvi sui loro tavoli nell'oscurità delle travi, come pipistrelli.

«Caffè?» le chiede Paul Cleary alzandosi. Paul è stato nominato ispettore a settembre, e da allora Nova lo trova insopportabile. Sono entrati in polizia nello stesso periodo, ma Nova ha fatto carriera più velocemente e sa che lui cova del risentimento nei suoi confronti per averlo battuto in ogni promozione e aver risolto tutti i casi che le sono stati assegnati. Una volta l'aveva sentito sussurrare a un collega che lei era stata promossa solo perché era una donna e sulla carta la cosa faceva un bell'effetto. Lei aveva riso. Era sempre stata promossa perché nel suo lavoro era maledettamente brava, o quantomeno lo era stata.

«Due zollette di zucchero» dice senza alzare gli occhi dallo schermo.

Pochi minuti dopo, Paul le posa davanti una tazza. Nova lo sente sbirciare sopra la sua spalla.

«Allora, niente cruciverba, oggi?» chiede con la sua voce nasale.

Lei si irrigidisce. «Il mio caso ha preso una piega interessante.»

«Senti senti» replica Paul. Si china verso di lei e abbassa il tono. «Detto fra noi, amica, sono sorpreso che il capo non te l'abbia ancora tolto.»

Nova si volta e lo fissa con aria aggressiva. Tutti sanno del suo ultimo grande caso. Paul sorride e torna alla sua scrivania. Lei si trattiene dall'impulso di mandarlo a fanculo. È meglio non attirare troppo l'attenzione, per il momento.

Si è già sciroppata le riprese fino alle 19.03 del 31 dicembre. Ora sta arrivando la gente per la festa dell'ultimo dell'anno, ma nessuno di particolarmente sospetto o con una borsa abbastanza grande. Nova beve un lungo sorso di caffè e in quel momento sullo schermo compare una donna che cammina di fretta. Mentre entra dall'ingresso principale dell'hotel, si guarda le spalle. Nova riavvolge il nastro e la donna attraversa di nuovo lo schermo. La ripresa è troppo sgranata per distinguere i tratti del viso, ma Nova conosce bene quell'andatura, la forma di quel corpo. Cercando di decifrarne i lineamenti, avvicina così tanto il viso allo schermo che l'elettricità le fa pizzicare il naso. Ma è già sicura. Riconoscerebbe Kaysha Jackson ovunque.

4
Kaysha
3 gennaio 2000

Kaysha è seduta sulla poltrona e osserva Sarah che dorme. Quando è rientrata, pochi minuti fa, il suo respiro era così impercettibile che le ha messo una mano davanti alla bocca per assicurarsi che fosse viva. Dall'ultimo dell'anno, è la prima volta che Sarah dorme per davvero, e lei non ha intenzione di svegliarla, nemmeno per dirle che il piano ha funzionato. È rimasta a guardare seduta in macchina: la polizia, il coroner e la scientifica sono arrivati all'hotel prima dell'alba e poi, alla fine, ecco Nova Stokoe.

La vigilia di Capodanno, era stato difficile persuadere il gruppo a lasciare la testa di Jamie dove l'avevano trovata. La maggioranza voleva portarla nel bel mezzo del nulla e seppellirla, bruciarla, gettarla in un lago o noleggiare una barca e buttarla nell'oceano, ripulire la stanza da ogni prova e sperare che, ovunque fosse, il corpo non venisse mai ritrovato. Pensavano che la scomparsa di Jamie avrebbe fatto notizia per una settimana o due e che poi sarebbe stato dimenticato. Forse avrebbero sospettato di Sadia, perché la moglie è sempre la prima a essere sospettata, ma la gente avrebbe riferito alla polizia che erano così felici, così follemente innamorati, la coppia perfetta, e lei non sarebbe finita in prigione, auspicabilmente. Kaysha si era chiesta se fosse stata davvero Sadia ad ammazzarlo. Era improbabile, sembrava sempre così equilibrata. D'altra parte, se c'era qualcuno capace di provocarti al punto di arrivare a uccidere, quello era Jamie Spellman.

Kaysha aveva ascoltato le donne bisbigliare tra loro su come disfarsi della testa, ma non poteva permetterlo. Era troppo rischioso lasciare qualunque cosa al caso. Doveva pensare velocemente, unire i puntini al posto delle altre, spiegare il piano mentre lo stava ancora costruendo.

Come giornalista, il lavoro di Kaysha è osservare le persone senza che se ne accorgano, mettere insieme piccoli pezzi di informazioni intrecciandoli in una narrazione, cosa che le riesce bene. Anche quando non lavora, passa la maggior parte del tempo a osservare persone che non dovrebbero interessarle. L'ha fatto con Jamie Spellman, più a lungo che con chiunque altro, e con ciascuna di quelle donne, prima di avvicinarle. Osserva Nova da quando si sono lasciate, e quindi sa che sta indagando su un'ondata di sacrifici di animali che stanno spuntando in ogni angolo della città, sempre accompagnati da un simbolo che raffigura un serpente arrotolato e delle rune. Kaysha ha osservato anche questo, e sa che è opera di una banda di ragazzine adolescenti. L'avrebbe detto a Nova se fossero state ancora in buoni rapporti, ma visto che non lo sono è rimasta a guardare divertita mentre se le lasciava sfuggire da sotto il naso, una volta dopo l'altra.

Ognuna delle donne in quella stanza d'albergo si fida di Kaysha più che delle altre, perché è stata lei a riunirle fin dall'inizio. Sono le donne a cui Jamie ha fatto più male, almeno per quanto ne sa. Ha cercato le persone che più di tutte volevano vederlo dietro le sbarre. Non immaginava che si sarebbe arrivati a tanto, e mentre fissava la testa decapitata di Jamie si è resa conto che poteva essere stata una qualunque di loro. Sapeva meglio di chiunque altro che avevano tutte un motivo per farlo.

Aveva spiegato il piano nei dettagli, tralasciando solo il fatto che lei e Nova erano state insieme. Aveva parlato di una semplice conoscenza con cui scambiava informazioni di poca importanza. Aveva detto che se fossero riuscite a far affidare il caso a Nova non avrebbero arrancato nel buio, avrebbero saputo come stava procedendo l'indagine e lei sarebbe stata in grado di depistarla, di allontanarla da loro.

Dopo aver raccolto un'esitante approvazione, Kaysha aveva disegnato il simbolo sulla parete dietro la testa di Jamie usando una latta di grumosa vernice blu e un pennello rigido che aveva trovato sotto una pila di lenzuola polverose. La vera setta usava sempre il colore rosso, e lei sapeva che a Nova non sarebbe sfuggito. Per sicurezza, aveva anche tracciato alcuni simboli al contrario o a testa in giù. Doveva fare in modo che Nova fosse chiamata sulla scena del crimine, ma voleva che capisse che non erano state le ragazzine, se per caso un giorno le avesse trovate. Si rendeva conto che era una mossa rischiosa e che non aveva riflettuto bene sulle possibili conseguenze, ma non c'era tempo. Mentre le altre pulivano la stanza, lei si era messa a disegnare il simbolo. Al resto avrebbe pensato dopo.

Ora che la testa è stata ritrovata, sono due le cose su cui concentrarsi. La prima, e più importante: le tocca sedurre di nuovo Nova. La seconda: deve scoprire quale delle donne ha effettivamente ucciso Jamie, in modo da aiutarla a insabbiare la faccenda.

5
Olive
3 gennaio 2000

Olive Farrugia era nata per caso. Con l'ultimo dei tre figli già quindicenne, sua madre era stata felice quando le erano scomparse le mestruazioni. Era ora, aveva pensato, ed era andata avanti con la sua vita. Aveva dato la colpa della pancia che cresceva al nuovo panificio dietro l'angolo e si era presa un bello spavento quando, il pomeriggio di una giornata trascorsa sul divano per quella che pensava essere un'infezione renale, le si erano rotte le acque. Quindici minuti dopo, Edie, sposata da poco e incinta a sua volta, aveva aiutato la madre a partorire una neonata minuscola.

Per i primi due mesi, la bambina era cresciuta in un contenitore di vetro in ospedale. Suo fratello Ted aveva detto che assomigliava a quell'oliva che restava sempre per ultima sul fondo del barattolo e di cui a nessuno importava abbastanza da fare la fatica di ripescarla. La madre gli aveva dato una sberla sul braccio, ma il nome rimase.

Olive diventò una bambina magrolina e malaticcia, con due trecce castano topo che le arrivavano alla vita e un perenne raffreddore. Non era sufficientemente paziente per farsi degli amici. Persino sua nipote Louisa, nata appena ventitré giorni dopo, era per lei una seccatura. Olive voleva bene a sua madre, ma quando le preparava la colazione sfoggiando un occhio nero o una mascella gonfia non ci faceva troppo caso. Il padre di Olive era alcolizzato. Anche se da sobrio in genere era gentile con lei, Olive sapeva che se era ubriaco era meglio stargli alla larga. Non capiva come la madre non l'avesse ancora imparato, e nella sua mente di bambina dava la colpa a lei se finiva contro i pugni chiusi del papà.

Olive aveva otto anni quando una sera suo padre rientrò dal pub prima del solito. Le disse di andare a letto e lei rispose che ci stava andando, voleva solo bere un altro bicchiere di latte, e aprì il frigo. *Vai a letto, cazzo*, ripeté lui, e prima che Olive avesse il tempo anche solo di chiudere l'anta l'afferrò per la collottola e il didietro dei calzoni e la lanciò di peso su per le scale. Dopo i primi cinque gradini, la rampa si piegava in un angolo di novanta gradi. Il padre l'aveva scaraventata con una tale forza che Olive aveva sbattuto la testa contro il muro, era rotolata giù per i cinque scalini e aveva vomitato sul pavimento della cucina tra le urla della madre, mentre il padre usciva di casa sbattendo la porta. Quella notte a Olive non fu permesso di andare a dormire. Sua madre le medicò la ferita con l'aceto e la tenne sveglia fino al mattino. Una volta superato lo shock iniziale, Olive si sentì invadere dalla rabbia. Continuava a ripetere tra sé: vorrei che fosse morto, vorrei che fosse morto. E una settimana più tardi lo era davvero.

Il padre di Olive bevve fino a uccidersi, poi sua madre si ammalò e lo raggiunse al cimitero in poco tempo. Per qualche settimana, la bambina andò a vivere con Edie, dormendo testa-piedi con Louisa. Ma Edie aveva appena avuto due gemelli e non aveva né lo spazio né i soldi per prendersi cura anche di Olive, che quindi si trasferì dalla zia Sue. Sue era la sorella minore del padre e aveva fatto fortuna sposando, uno dopo l'altro, due uomini molto vecchi e incassandone l'eredità alla loro morte. Il secondo era deceduto giusto un paio di settimane dopo il matrimonio a cui Olive aveva fatto da damigella. La zia Sue lo definiva *un bel colpo di fortuna*. Viveva in una grande villa a schiera a Tynemouth, sul lungomare, niente a che vedere con la casetta angusta in cui era cresciuta Olive. L'abitazione di Sue aveva quattro piani e sette camere da letto che le consigliavano di riempire con dei pensionanti o qualche figlio, ma lei liquidava tutti con un'alzata di spalle. Le piaceva avere spazio, e anche a Olive.

A Olive mancava la madre, per quanto la vita con la zia non le dispiacesse. Sue era gentile ma severa, e tutte le domeniche andava in chiesa, il che voleva dire che anche Olive la domenica andava in chiesa. Prima di allora non c'era mai stata – matrimoni, battesimi e funerali a parte. Però, quando si era sentita sperduta e impotente, aveva pregato Dio. Aveva pregato che suo padre fosse punito, e così era stato, e aveva pregato che la madre guarisse, cosa che non era successa. Allora Olive aveva immaginato che Dio fosse vendicativo. Quando iniziò a frequentare la chiesa, si accorse che le piaceva. Apprezzava le regole della religione, gli obblighi e le proibizioni, l'idea della punizione per chi aveva peccato e del perdono per chi si pentiva. Per la prima volta in vita sua, scoprì che fare amicizia non era difficile e risalì in fretta i ranghi dei bambini che frequentavano la parrocchia fino a diventarne la leader, coordinando incontri di preghiera e gruppi di studio della bibbia e imponendosi con la sua voce stridula fino a ottenere l'attenzione di tutti. Gli altri bambini sapevano che quando c'era lei dovevano comportarsi bene, perché non si sarebbe fatta nessuno scrupolo a segnalare qualunque stupidaggine a un adulto, o persino al pastore: adorava guardare la gente ricevere quello che si meritava.

Della chiesa Olive amava anche l'edificio. Le piaceva moltissimo il pulpito centenario intagliato a mano e il modo in cui il sole filtrava attraverso le vetrate colorate, dipingendo i fedeli di blu o di rosso durante la funzione. Ma quello che le piaceva di più erano gli archi di pietra grigia che sostenevano la costruzione, come costole, perché le ricordavano l'unica vacanza che aveva fatto con i suoi genitori. Un weekend era andata con la famiglia a Whitby, avevano passeggiato tutti insieme senza meta sul lungomare, mangiando *fish and chips* con i gabbiani che volavano in cerchio sopra le loro teste. Olive aveva piantato un capriccio perché voleva cavalcare un asino sulla spiaggia, per poi piangere tre secondi dopo essergli montata in groppa perché le dava fastidio il modo in cui la faceva ballonzolare, e suo padre le aveva dato uno sculaccione per avergli fatto buttare via dei soldi.

L'ultimo giorno, erano saliti in cima ai cento scalini, fino all'abbazia, a guardare il panorama. Una coppia si stava sposando sulla scogliera, sotto l'arco di ossa di balena. Alla vista dello sposo tutto elegante e dell'abito della sposa che ondeggiava al vento, Olive aveva provato un fremito di desiderio. Magari un giorno anche lei avrebbe celebrato le sue nozze in un luogo altrettanto romantico. Anni dopo, quando aveva conosciuto Alonso e si erano sposati sotto gli archi dalla forma simile della sua chiesa, si era ricordata di quel matrimonio sulla scogliera e aveva capito che stava facendo la cosa giusta.

Olive è in chiesa, sola. Porta ancora la fede, anche se la sua gemella è al cimitero da un pezzo, intorno al dito morto e sepolto del marito. Fa appena meno freddo che in strada. I fedeli sono diminuiti sempre più negli anni, a mano a mano che le folle voltavano le spalle al Signore, il che significa che anche le offerte si sono ridotte. Ora accendono il riscaldamento solo durante le funzioni. Olive vede la nuvoletta del proprio respiro. Qualche settimana fa, una vetrata era stata rotta da un sasso e non è ancora stata riparata: i fiocchi di neve attraversano il varco come fantasmi. Tra l'altro, era la sua preferita. Giovanni Battista.

Sono tre giorni che Olive sta in chiesa, a parte quelle poche ore in cui si trascina a casa per dormire, senza riuscirci. È seduta al solito posto, al primo banco, come se essere più vicina al pulpito significhi essere più vicina a Dio. È qui che ha visto Jamie per la prima volta. Lancia un'occhiata lungo la fila di posti. Le sembra quasi di vederlo, seduto lì come tanti anni fa, in un completo troppo grande per lui, un accenno di rosacea che gli affiora sulle guance pallide come succo di fragola sulla panna fresca.

«Ancora qui, Olive?» chiede padre Paul accomodandosi accanto a lei. Non si era accorta che era rimasto in chiesa, ma non ha abbastanza energia per spaventarsi. Le poggia una mano sulla spalla. «C'è qualcosa di cui vuoi parlare? So che questi giorni sono sempre molto difficili per te.»

Olive contrae il viso e lo seppellisce fra le mani in attesa. Il pastore le accarezza la schiena. È convinto che stia piangendo la sua famiglia, come fa sempre in questo periodo dell'anno. I suoi pensieri invece sono bloccati su Jamie. Una nuova ondata di senso di colpa la consuma: un lampo nello sguardo accusatore di Kim, lo scricchiolio della corda in soffitta. E insieme al senso di colpa arriva la vergogna.

«Vieni, ti accompagno a casa» dice padre Paul. La sua voce è profonda e pacata. La tranquillizza sempre. Lei alza lo sguardo e annuisce; gli occhi si soffermano un secondo sul suo viso lungo. Sono quasi vent'anni che è pastore qui – da prima che lei si riavvicinasse alla chiesa –, e dopo tutti i lutti di Olive è diventato la cosa più simile a un amico. Conosceva Jamie, conosceva persino suo nonno, anche lui pastore. Jamie non fa più parte della congregazione da molto tempo, ma Olive è sicura che quando verrà fuori la notizia padre Paul sentirà la sua mancanza. Mentre camminano insieme per le strade deserte, prende in considerazione l'idea di confessarsi. Di raccontargli la verità su Kim, di dirgli tutto a proposito della testa, delle donne e della stanza dell'hotel. Vorrebbe dirgli che lei non ha veramente preso parte alla cosa, non fino in fondo, che era lì solo per spiarle. Prova un bisogno disperato di parlarne con qualcuno. Quando raggiungono la casa di Olive, lui le dà un'ultima pacca di saluto sul braccio e lei chiude la porta e gira la chiave, la bocca ancora serrata, di nuovo sola.

6

Nova
3 gennaio 2000

Il primo Natale dopo il divorzio dei suoi genitori, Nova aveva ventidue anni. Lei e suo fratello avevano trascorso la mattina nel nuovo appartamento della madre, che nonostante fosse un postaccio fatiscente era decorato con addobbi luccicanti e ghirlande di agrifoglio di plastica; in un angolo della stanza un albero, con i rami un po' radi ma vero, sorvegliava un mucchio di pacchetti incartati. L'aria profumava di pan di zenzero, e anche se era tutto diverso tutto era familiare. Dopo i regali, una colazione a base di *mince pie* e un momento vagamente malinconico sulle note di una cassetta di *The Smurfs Christmas Party* che il fratello di Nova le aveva regalato per scherzo, si erano spostati dal padre per la cena di Natale, lasciando da sola la madre che aveva gli occhi lucidi ma insisteva a dire che era tutto a posto.

Il padre di Nova aveva i soldi per pagarsi un avvocato migliore, quindi aveva tenuto la casa di famiglia, le stoviglie, i mobili e, dopo una delle litigate più meschine e spettacolari della storia, le scatole con le decorazioni dell'albero di Natale che la sua ex moglie aveva passato l'intera vita adulta a collezionare. Non avevano valore per nessuno, tranne che per la madre di Nova: erano il suo modo di ricordare dov'erano stati e cosa avevano fatto tutti insieme, come famiglia. Anche se era il picco più afoso dell'estate a Benidorm o a Kos, poco importava, lei riusciva comunque a scovare un Babbo Natale bruttino con inciso il nome del resort. A volte indossava il solito costume rosso, altre dei calzoncini da bagno bordati di pelliccia, ma lei riusciva sempre a scovarlo. Il padre di Nova aveva sostenuto che le decorazioni dovevano restare in casa così da poterle usare quel primo Natale dopo il divorzio, come avevano sempre fatto *per i bambini*, anche se ormai *i bambini* erano entrambi cresciuti. Aveva promesso a Nova che avrebbe cucinato, cosa che tra l'altro diceva di aver sempre fatto, e che avrebbe appeso gli addobbi, in modo che fosse tutto pronto all'una in punto. Ma quando erano arrivati, il salotto era spoglio e buio e il tacchino giaceva ancora crudo sul ripiano della cucina, con tanto di frattaglie. Il padre aveva brontolato qualcosa sul fatto che aveva dovuto lavorare il giorno prima e che non aveva avuto tempo da perdere in stupidaggini come le decorazioni e il tacchino. Non aveva nemmeno comprato i regali, si era limitato a infilare una banconota accartocciata da venti sterline per ciascuno in un biglietto di Natale, firmato con un *con affetto, papà*.

Da allora, si era raddolcito. Ogni anno si era impegnato un pochino di più: aveva cucinato il tacchino, flambato il *pudding* e addobbato il vecchio albero polveroso. A malincuore, aveva permesso a Nova di portare le scatole con le decorazioni alla madre e ne aveva acquistate di nuove. Dopo quel primo anno triste, aveva sempre fatto loro un regalo, anche se di solito era qualcosa di terribilmente pratico pescato nella corsia centrale del supermercato dove faceva la spesa, spesso un aggeggio per l'auto o qualche arnese da cucina che Nova avrebbe usato una volta sola prima di abbandonarlo alla polvere sopra un pensile. Quest'anno non era stato diverso dagli altri, e per Nova aveva comprato un telo antigelo riflettente per il parabrezza e una bottiglia di un whisky dignitoso. *Dicono che l'ultimo dell'anno gelerà, ragazza.* Nova aveva alzato gli occhi al cielo, ma più tardi, la sera stessa, quando era uscita per tornare a casa, si era ritrovata l'auto coperta di cristalli di ghiaccio. Quella notte l'aveva usato.

Il copriparabrezza aveva funzionato a meraviglia, quattro giorni dopo però Nova aveva dimenticato di incastrarne gli angoli nei finestrini davanti e la mattina seguente era sparito. Da qualche giorno si arrangia con un giornale, prendendone uno a caso fra le copie del *Chronicle* abbandonate sui sedili posteriori, stendendolo da un lato all'altro del parabrezza quando torna a casa dal lavoro, e staccandolo la mattina dopo, tutto gelato.

Il giorno del ritrovamento della testa, Nova compie il rituale di sempre: fa retromarcia nello stretto vicolo dietro il suo appartamento e con mille manovre entra nel parcheggio che per la tacita legge della strada le appartiene di diritto, poi scende dall'auto, copre il vetro con le notizie vecchie di mesi e si infila a letto, esausta. Anche se l'inizio della giornata si è rivelato più interessante del solito, il resto è stato un alternarsi di ore passate a scandagliare i database di persone scomparse e a fissare le riprese della telecamera, senza che saltasse fuori niente di più interessante di una rapida apparizione di una persona a lei nota che entra nell'hotel. Potrebbe essere una coincidenza, ma ne dubita. Kaysha è sempre la prima a fiutare i guai.

Nova è stanca morta, eppure ci impiega ore a addormentarsi. La mattina dopo si sveglia con quaranta minuti di ritardo e si fionda giù dalle scale con lo spazzolino ancora in bocca. Scivola sul ghiaccio, ma ritrova l'equilibrio appena in tempo. È già in macchina col motore acceso quando si accorge di essersi dimenticata di togliere le pagine di giornale. Sbuffa per la propria stupidità e mentre apre di nuovo la portiera butta l'occhio sugli articoli attraverso il vetro. Una faccia mezza nascosta da una pagina sovrapposta attira la sua attenzione: è un articolo che parla di un qualche premio. È lui.

7
Ana
4 gennaio 2000

Come sempre Ana è la prima a entrare nell'edificio, dopo gli addetti alle pulizie. Il silenzio è rotto solo dai *tic-tic-tic* dei suoi tacchi sul linoleum, il sibilo della caldaia quando la accende e il ronzio del bollitore nella sala del personale. È il momento della giornata che preferisce. Adora la calma delle prime ore del mattino, e ogni giorno si alza prima dell'alba e lascia Tom a gestire il caos delle ciotole di cereali rovesciate e delle scarpe da ginnastica nere che non si trovano mai, consapevole che l'ora della buonanotte toccherà a lei.

Si appoggia al banco con il caffè in mano, godendosi la saletta deserta. È il primo giorno di lavoro dopo le vacanze di Natale e appese alle pareti, accanto a cartelli scoloriti con consigli su salute e sicurezza, un poster di Slimming World del 1999 e la bizzarra macchia di zuppa che nessuno ha mai pulito, ci sono ancora le decorazioni. L'anno prima di sposarsi, Ana era andata da Slimming World un paio di volte. Non che le interessasse dimagrire, ma pensava che in chiesa e nei centri ricreativi dove venivano organizzati gli incontri avrebbe potuto conoscere altre donne che sapevano cosa significasse sentirsi a disagio col proprio corpo, e magari avrebbe fatto amicizia. All'inizio si era sentita accolta, pur trovando le partecipanti un pochino esagerate, ma quando aveva cominciato a presentarsi senza aver compilato il diario alimentare della settimana e a non ricordare quale giorno corrispondesse a quale colore era stata gentilmente estromessa dalla cricca.

Su uno dei tavoli sparsi per la stanza, una decina, c'è la scatola del *Secret Santa*, il Babbo Natale segreto, con dentro un paio di pacchetti non ancora ritirati. Quasi due settimane prima, era in pieno svolgimento la festa di Natale con il consueto scambio di doni. Uno dopo l'altro, i destinatari li scartavano mentre gli altri si gustavano la scena. Tutti avevano approfittato alla grande dell'anonimato previsto dal gioco e la maggior parte dei regali era totalmente inappropriata, ma la festa di Natale dell'ufficio era l'unico evento in cui le formalità venivano messe da parte e tutto diventava lecito. Quando era arrivato il suo turno, le avevano allungato un pacco alto un metro, avvolto in una carta argentata e praticamente ricoperto di scotch. Era molto leggero, e lei aveva cominciato a scartarlo sorridendo, con tutti gli occhi puntati addosso. Ci aveva impiegato un secolo ad aprirlo, per scoprire alla fine una bambola gonfiabile maschile, di quelle che vengono trasportate di pub in pub da gruppi di donne ubriache durante gli addii al nubilato, con una fotografia sgranata del suo viso e una parrucca nera da pochi soldi fissate alla testa con del nastro adesivo. Jamie era in piedi dall'altra parte della stanza, e lei aveva incrociato il suo sguardo. Lui aveva ridacchiato e Ana si era costretta ad annuire e sorridere fino a quando non era stato aperto il regalo successivo. Sapeva che fino a poco tempo prima quasi nessuno immaginava che fosse trans. Alla Parson's non era mai stata particolarmente popolare e si era sempre fatta gli affari propri, ma negli ultimi tempi l'atteggiamento dei colleghi era molto cambiato. Cinque minuti dopo, si era rifugiata in bagno a piangere e prima di andarsene aveva preso da parte Lina dell'ufficio del personale. Lina aveva alzato gli occhi al cielo dicendole che era solo uno scherzo. Cosa si aspettava?

Ana sente il rumore di una porta che si apre e si richiude, e Merv, l'addetto alle pulizie, entra strascicando i piedi con il solito giornale sottobraccio.

«Buongiorno» dice Ana versando i resti del caffè nel lavello e sciacquando la tazza. «Ha passato un bel Natale?»

«Ma sì, tutto bene. Ha visto 'sta roba, il tizio senza testa?»

La tazza le scivola di mano e va in frantumi sul pavimento. Merv, che sta reggendo il giornale aperto per mostrarle la prima pagina, sospira e glielo passa. Esce dalla saletta e lei lo sente rovistare nello sgabuzzino, lungo il corridoio. La prima pagina recita:

Raccapricciante scoperta in hotel

Nelle prime ore di lunedì mattina, il personale del Towneley Arms Hotel di Newcastle ha rinvenuto la testa decapitata di un uomo. Ancora nessuna traccia del corpo. L'uomo non è stato identificato, ma la polizia è convinta che l'omicidio sia legato alle attività di una setta che agisce nella zona...

L'articolo non è accompagnato da una foto di Jamie, grazie al cielo, ma solamente da un'immagine dell'albergo. Ana sapeva che prima o poi sarebbe uscito e sapeva cosa ci sarebbe stato scritto, ma è comunque scossa. L'annuncio della morte al mondo, pubblicato sulla stampa, significa che è reale. Non più solo un segreto custodito da sette donne.

Ana posa il giornale sul banco e si china per raccogliere i cocci più grossi della tazza.

«Fuori dai piedi, forza. Me ne occupo io.» Merv è alle sue spalle, armato di paletta. Le picchietta un braccio con il manico della scopa per farla spostare.

«Grazie. Scusi ancora» gli dice alzandosi e uscendo dalla saletta.

Il suo laboratorio è all'ultimo piano ed è più piccolo di quelli della maggior parte dei colleghi, ma ha una bella vista sulla città. Ana trascorre le pause pranzo osservando l'andirivieni dei corpi frettolosi là sotto. Qualche volta Jamie le fa compagnia con una scodella di *noodles*. Il suo laboratorio è proprio di fianco, più grande e pieno di attrezzature all'avanguardia. Ha vinto da poco un grosso finanziamento che ha attirato l'attenzione internazionale sull'azienda. E come ringraziamento l'azienda ha riempito il suo laboratorio di ogni possibile strumento nuovo di zecca. Sono tutti invidiosi, ma nessuno quanto Ana. Tra una settimana Jamie avrebbe dovuto partecipare a una riunione con un'importante ditta tedesca per discutere di un'espansione del suo lavoro all'estero.

A metà mattina Phil, il capo, entra senza preavviso nell'ufficio di Ana e le chiede dove sia Jamie. Lucido di sudore, le sta decisamente troppo vicino e diventa sempre più rosso in viso a mano a mano che la conversazione prosegue senza che arrivino le risposte che cerca.

«Devi pur avere un'idea su dove si sia ficcato» esclama. «Aspetto una telefonata dai tedeschi fra mezz'ora e Jamie deve partecipare.»

Ana si stringe nelle spalle. «Magari è solo in ritardo. È ancora presto, è già capitato che sia arrivato anche più tardi.»

«Sua moglie ha appena chiamato chiedendo notizie. Le aveva detto che sarebbe andato in trasferta per l'ultimo dell'anno, ma non le ha lasciato né il nome di un hotel né un numero di telefono» continua Phil.

«Le ho risposto che non lo abbiamo mai mandato in trasferta. Perché dovremmo? Lavora in un laboratorio, che senso avrebbe farlo lavorare da un'altra parte? *No, mi sa che sta parlando di un altro Jamie*, mi ha detto. *Lui è spesso fuori sede.* Le ho risposto che qui c'è un solo Jamie e che non ha mai lavorato fuori sede, che lo vedo tutti i giorni. Deve aver avuto due belle fette di prosciutto sugli occhi, poveraccia.» È Lina dell'ufficio del personale, in piedi dietro a Phil con un sorrisetto stampato in faccia.

Ana fa un respiro profondo, immaginando quanto queste parole abbiano ferito Sadia. Era al corrente già da un po' dei tradimenti del marito, ma Ana non crede che ne immaginasse la portata.

«Devi sapere per forza dov'è, voi due siete amici per la pelle» protesta Phil.

Ana incrocia le braccia. Negli ultimi tempi non sono stati proprio amici per la pelle, ma non ha certo intenzione di ricordarlo a nessuno. «Se Sadia non ha la più pallida idea di dove sia, come faccio a saperlo io?»

«Ma devi» ripete lui. «Devi sapere qualcosa. Chi si sta scopando questa settimana? Ce n'è sempre qualcuna in giro, no?»

«Nessuna che io conosca. Se lo sento, te lo farò sapere.»

Phil sbuffa scompigliandosi i folti baffi e marcia fuori dalla stanza, sul retro della maglietta si è formata una chiazza scura. Lina si affretta a seguirlo.

C'è una porta che collega il laboratorio di Ana direttamente a quello di Jamie. Di solito la lasciavano aperta mentre lavoravano con il vecchio registratore acceso. Ana lo teneva nascosto in un armadio, dietro i suoi dispositivi di protezione. Si cantavano le canzoni di Freddie Mercury a vicenda attraverso l'apertura. Ana si appoggia allo stipite a braccia incrociate e osserva tutte quelle attrezzature nuove. Avrebbero dovuto essere sue.

8

Sadia
4 gennaio 2000

Poco dopo la telefonata alla Parson's per avere notizie di Jamie, Nova Stokoe bussa alla porta di Sadia Spellman e le chiede di seguirla per identificare un corpo. Sadia chiama il marito di Ana, Tom, che viene a prendere Ameera, in modo che lei possa andare con l'ispettrice all'obitorio.

Dopo un secondo, Sadia si volta e annuisce. Sente il rumore della zip. La vista della faccia di suo marito, pallido e inerte, che fa capolino da una sacca mortuaria, è peggio di quel giorno, nella stanza dell'hotel. Allora era rimasta sconvolta. Questa volta nessuno shock, solo dolore. Sa che non lo rivedrà mai più.

Più tardi, l'ispettrice la interroga. Si scusa, ma deve farlo, dice. L'omicidio potrebbe avere un motivo rituale, ovviamente; in realtà sembrerebbe più *passionale*, e chi può essere più passionale di una moglie?

Già, pensa Sadia. Chi ha più passione di una moglie che ha sacrificato tutto ciò che aveva importanza per lei per stare con un uomo, solo per essere presa in giro? Una moglie convinta che suo marito sia un brav'uomo e che poi viene a sapere che non lo è. Per niente.

Sadia racconta all'ispettrice una versione leggermente diversa della loro relazione. *Un matrimonio felice per dieci anni.* Non è una bugia. *Lui è... era... un bravo papà. Ogni tanto litigavamo, naturalmente, chi non lo fa? Era spesso via per lavoro. Questa cosa mi dava fastidio, ma non l'avrei mai lasciato. Lo amavo.*

Quando arriva a casa e Ana le riporta Ameera, sono già le cinque. Mentre Sadia era fuori, la polizia ha perquisito l'appartamento, a quanto pare senza trovare niente che possa far pensare che Jamie sia stato assassinato lì, visto che le hanno permesso di rientrarci. Ana si ripresenta un paio d'ore più tardi, ancora in abiti da lavoro. Si scusa perché la maglietta di Ameera è coperta di farina, la bambina ha passato la giornata a cucinare biscotti con suo marito e i figli. Ameera porge alla madre un triangolino di pasta frolla bruciacchiato avvolto in un tovagliolo. Sadia si sforza di sorridere e le dice che lo mangerà più tardi. Ana ha portato anche delle lasagne, che mette in forno; intanto che si scaldano, prepara un tè per Sadia e accompagna Ameera a letto. Poi stringe a sé l'amica, per impedirle di andare in pezzi, e resta a guardarla mentre mangia. Prima di andarsene, le riempie la vasca da bagno.

«Ci ho messo della lavanda» le dice abbracciandola. «Non annegarti.»

Sadia risponde alla battuta con una risata troppo forte e si accascia sul pavimento appena Ana se ne va. Quando si decide a entrare nella vasca, l'acqua è ormai tiepida. Ne fa scorrere via metà, rimette il tappo e riempie di nuovo la vasca. Si rilassa e solleva la punta del piede tenendola sotto il rubinetto aperto; l'acqua è così bollente che le sembra fredda, fino a quando la pelle comincia a bruciarle, e la osserva ricadere ad arco intorno al piede. Rimane lì dentro per ore, lascia che l'acqua si raffreddi, svuota la vasca e la riempie ancora fino a consumare tutta l'acqua calda. Quando è troppo fredda, la fa scorrere via un'ultima volta ed è come se alcune parti di lei scorressero via insieme all'acqua. La lavanda le resta sulla pelle.

Più tardi, Sadia prende in braccio la figlia addormentata e la porta nel letto che divideva con Jamie. Ameera non si sveglia e lei le si accoccola vicino. Sente l'odore del dopobarba di Jamie sui cuscini. Lui lo spruzzava sulle lenzuola prima di ogni trasferta. Così lei non l'avrebbe dimenticato, diceva. Le nuvole si spostano e la luna splende attraverso la finestra. Ora Sadia riesce a vedere Jamie nella figlia, non si capacita di come abbia fatto a non accorgersene prima. La bambina è identica al padre nel taglio delle sopracciglia e nella forma della mascella, nel modo in cui sporge le labbra quando è arrabbiata e si stropiccia l'orecchio quando è triste. È naturale che sia così.

Ameera chiede quando Jamie tornerà a casa. Ha passato gran parte della vita della bambina a lavorare fuori sede e lei è abituata alla sua assenza. Sadia prende l'accetta dal garage e taglia un po' di legna, poi accende un fuoco in giardino. Aspetta che il mondo diventi buio e il cielo sia punteggiato di stelle, dopodiché avvolge Ameera in una coperta e la porta fuori. Si fanno le coccole sulla panchina di fronte al fuoco e si cullano per un po', fino a quando Sadia si appoggia allo schienale e punta un dito verso l'alto.

«La vedi quella stella?» dice.

«Sì» risponde Ameera, e la indica anche lei. «Quella lì?»

«Sì. È la stella di papà.»

«Cos'è una stella di papà?»

«Papà è una stella, ora. Vive in cielo.»

«Possiamo andare a trovarlo?»

«Possiamo solo guardarlo da quaggiù.»

Ameera alza gli occhi, e le sue pupille scure riflettono la luna crescente. Rimane in silenzio per parecchio tempo.

«Perché papà è una stella?»

«Allah aveva bisogno di lui.»

«Per fare cosa?»

Sadia esita. Fino a pochi mesi fa non avrebbe avuto dubbi sul fatto che suo marito sarebbe andato in un *bel* posto dopo la morte. Non sapeva esattamente dove, perché su questo aveva perso ogni certezza molto tempo prima. E forse non c'era davvero nessun posto, ma se per caso ci fosse stato, fino a pochi mesi fa, lei avrebbe messo la mano sul fuoco che Jamie sarebbe andato nel posto bello.

«Perché era così bravo che Allah lo ha scelto per qualcosa di speciale.»

«E quindi non possiamo più vederlo?»

«Solo così» risponde Sadia, e punta di nuovo il dito verso l'alto.

«Solo così» ripete Ameera, e posa il viso sulla spalla di Sadia. Si addormenta in pochi minuti.

9

Maureen
4 gennaio 2000

Maureen ha regolato le veneziane in modo da poter vedere la strada dalla poltrona, ma ogni dieci minuti posa il ricamo per alzarsi e sbirciare fuori dalla finestra. Qualche volta sale anche di sopra per avere una visuale migliore sulla via interna. Lei e suo marito vivono nel mezzo di una lunga fila di casette a schiera costruite in origine per i minatori ed ereditate di generazione in generazione. Le miniere sono chiuse da molto tempo, ma le case centenarie sono ancora in piedi. Maureen non ha mai fatto troppo caso alla posizione centrale della loro abitazione, ma ora che si aspetta guai si preoccupa dei vicini. Anche se riuscirà a sbarazzarsi di John prima che arrivino, è sicura che qualcuno di loro gliene parlerà. La signora Lothian, dall'altra parte della strada, se ne sta sempre con il naso incollato alla finestra. Maureen lo sa che dovrebbe semplicemente dirlo al marito prima che lo venga a scoprire per conto suo, ma non ce la fa.

«Per l'amor di Dio, Maureen, sieditì» sbotta John alla fine. «Qual è il problema?»

«Ehi!»

«Ho capito che non devo nominarlo invano, ma mi stai facendo uscire di testa con questo su e giù.»

«Sono solo un po' irrequieta.»

«Cosa c'è di tanto interessante?» chiede John allungando il collo per guardare anche lui fuori dalla finestra.

«Niente. Senti, perché non te ne vai a giocare a golf se ti do così fastidio?»

«Piove a dirotto, fa freddo ed è quasi buio. Perché mai dovrei andare a giocare a golf?»

«E allora vai al pub. Mi dai sui nervi.»

John si alza brontolando. «Fred!» chiama, e un vecchio labrador si trascina lentamente fuori dalla cucina, stiracchiandosi sulla soglia. «Dai, andiamocene al Prince.»

«La cena sarà pronta per le sei e mezza, tesoro.» Maureen lo aiuta a mettersi il cappotto e gli apre la porta. *Sicuramente quelli non verranno dopo le sei.*

«Sono un uomo fortunato.»

«Lo so. Ti amo.»

«Anch'io, matta del mio cuore.» Prima di uscire, spinge il cane fuori dalla porta col piede, perché a Fred non piace la pioggia. Maureen si sporge dalla soglia e li guarda allontanarsi lungo la strada, Fred che trotterella di fianco a John e John che tiene l'ombrello più per il cane che per sé. Lei sorride, si lancia un'occhiata intorno e rientra al calduccio del soggiorno.

Si è appena seduta ed è già in piedi. Si domanda se sarebbe meglio chiamare la polizia e porre fine a questo strazio. Solleva la cornetta e la rimette giù. No, certo che no. Cosa potrebbe dire? *Buonasera, credo che la testa che avete trovato appartenga a mio nipote. Come faccio a saperlo? Ecco, è una lunga storia.* No. Deve solo aspettare. Prima o poi si faranno vivi per darle la triste notizia, chiederle se sa qualcosa, e lei farà la faccia sorpresa. Sconvolta, ma non troppo triste. Dopotutto, erano anni che non lo vedeva. Non erano mai stati particolarmente uniti. Teme che nel cercarla riconoscano il suo cognome o l'indirizzo, si ricordino che è sposata con John Jones, ex poliziotto, e si mettano in contatto direttamente con lui. Ma certo che no. Non sarebbe un comportamento professionale, soprattutto visto che si tratta di un decesso. No, non lo farebbero.

John non sarà di ritorno prima di un paio d'ore, ma lei decide comunque di mettersi a preparare la cena, giusto per tenersi occupata. Pensava che i primi giorni passati ad aspettare che qualcuno lo trovasse sarebbero stati i più difficili, ma questo è peggio. Ha le dita in uno stato pietoso: ha trascorso le ore che di solito dedica al ricamo a staccarsi le pellicine attorno alle unghie. Ha iniziato con la pelle morta, ma una volta sparita quella è passata allo strato successivo, tirando via piccoli filamenti infiammati, a volte punzecchiandoli con la punta dell'ago, fino a ritrovarsi ogni unghia circondata da un pasticcio rosa scuro.

La storia della testa di Jamie è sbattuta in prima pagina sul giornale di oggi, senza nome, ovviamente. Immagina che le faranno visita non appena lo identificheranno; d'altronde è la sua unica parente in vita, a parte la figlia. Per quanto ne sa, non hanno ancora scoperto chi è, ma ha comunque i nervi a fior di pelle, si aspetta che la polizia si presenti da un momento all'altro. O forse non verranno affatto.

Almeno non deve più preoccuparsi delle candele. Dopo il primo incontro in cui erano rimaste al buio perché la luce non funzionava, le donne avevano sempre usato lo stesso tipo di candele. Maureen si era presa l'incarico di portarle ogni settimana, un piccolo compito che la faceva sentire importante, il suo modo di dare un contributo. Mentre tornava a casa, la sera dell'ultimo dell'anno, aveva immaginato che nella cera fossero rimaste impresse le impronte digitali di ognuna di loro e aveva avuto una visione: la polizia trovava le candele e le rintracciava tutte, per gettarle in cella una dopo l'altra. Quando era arrivata a casa, John dormiva già e russava per bene, senza dubbio dopo una bella bevuta al Prince. Lei aveva disposto le candele in fila sul camino e le aveva accese. Le aveva guardate bruciare dalla poltrona. L'ultima si era spenta con un guizzo proprio mentre la luce dell'alba cominciava a illuminare il soggiorno, allora Maureen aveva raccolto i rimasugli e li aveva sepolti nel bidone della spazzatura, sotto bucce di carota e scatolette di cibo per cani. Il mattino dopo, quando dalla finestra della cucina aveva visto il netturbino che buttava l'immondizia della settimana nel retro del furgone, aveva provato un breve senso di sollievo, ma via via che le ore passavano il sollievo scemava, e verso metà pomeriggio era stata di nuovo assalita dagli orrori di quella notte, nella stanza dell'hotel.

Le patate sono fredde mentre le pela e le affetta. John insiste per tenerle in frigo. Una delle sue piccole manie. Dopo il matrimonio, le ci è voluto molto tempo per abituarsi alla sua presenza in casa. Aveva vissuto da sola così a lungo prima di conoscerlo. Sono sposati da quattordici anni. Era stata una cerimonia semplice: lei aveva invitato un paio di infermiere dell'ospedale e una delle impiegate all'accettazione. John era già stato sposato e aveva un figlio e una figlia, che erano venuti entrambi al matrimonio. Maureen indossava un tailleur elegante color avorio con il fazzoletto blu di Alice ripiegato nella tasca. Non aveva invitato il contadino e la sua famiglia perché era preoccupata che potessero dire qualcosa su Jamie, magari chiedere dove fosse. John non sapeva di Jamie. Lei non gliene aveva mai parlato perché voleva lasciarsi alle spalle quella parte della sua vita. Ora le sembra una decisione molto stupida, visto il rischio che John scopra della sua esistenza da un momento all'altro. Ma ormai è troppo tardi per tirare fuori l'argomento, deve semplicemente continuare a mentire. Si vergognava della freddezza con cui aveva trattato il nipote, anche se pensando a come si era comportato trovava sempre una giustificazione. In ogni caso, non voleva che John conoscesse quel suo lato. Adesso era una persona diversa.

L'ultima volta che aveva visto Jamie ancora in vita era stato il giorno del suo ventiduesimo compleanno, nell'unico posto dove capitava che si incontrassero dopo che lui se n'era andato. Quel giorno era arrivata al cimitero con un mazzo di garofani comprati dal fioraio in una mano e il guinzaglio della barboncina nell'altra. Aveva preso tre autobus diversi e camminato per i due chilometri e mezzo che separavano il villaggio dalla piccola cappella fra i campi dove Alice era sepolta. Avrebbe potuto pagarsi un taxi ora che aveva un lavoro vero, ma le piaceva fare quel viaggio con calma.

Appena superata la cappella, aveva visto Jamie. Era in piedi davanti alla lapide di Alice, alto e snello, con i capelli biondi tagliati corti e pettinati di lato. Indossava una camicia e un paio di pantaloni eleganti ed era molto più bello dell'anno prima, quando aveva un pessimo taglio anni Ottanta e l'aspetto di qualcuno a cui serviva un'immersione nel wc-net.

«Buongiorno» aveva detto Maureen una volta raggiunta la tomba. Era rimasta accanto a lui a fissare la lapide mentre la cagnolina dimenava la coda e saltellava per salutare Jamie. Lui si era chinato e aveva allungato una mano, ma prima che potesse accarezzarla lei aveva dato uno strattone al guinzaglio. «Seduta, Sassy.»

«Zia Maureen» le aveva detto a mo' di saluto senza distogliere gli occhi dalla cagnolina.

«Da quanto sei qui?»

«Da poco. Quand'è che hai preso il cane?»

«Dovrei farti gli auguri, immagino.»

«Lo so che non è il mio compleanno a essere nei tuoi pensieri, oggi» aveva detto lui a bassa voce, guardandola negli occhi con un'espressione che a Maureen era sembrata quasi gentile. Quasi.

«No.»

«Non lo è mai stato.» Il suo tono si era fatto più duro.

«No» aveva ripetuto lei, e aveva ripensato a tutti i suoi compleanni: nessun regalo, nessuna torta, solo sobrie gite al cimitero. Non riusciva a sentirsi in colpa. Si era immaginata come Alice avrebbe festeggiato i compleanni del figlio se avesse vissuto fino a vederne almeno uno. Forse li avrebbe resi dei giorni speciali, con dolci e palloncini, anno dopo anno; avrebbe colmato il bambino di attenzioni, gli avrebbe fatto saltare la scuola per portarlo in città e comprargli dei giocattoli nuovi che non poteva permettersi. O forse no. Maureen era sempre stata convinta che anche se Alice fosse sopravvissuta se la sarebbe squagliata per vivere la propria vita, e sarebbe toccato a lei crescere il bambino. Magari sarebbe riapparsa ogni anno per il suo compleanno, terribilmente vivace e affascinante con un fidanzato ricco al seguito, ogni volta diverso, più vecchio e con una bella macchina, per fare un'incursione di un giorno nella vita di Jamie e poi sparire prima che si svegliasse la mattina dopo, lasciandolo in un mondo che, senza di lei, era un po' più grigio. Magari non si sarebbe nemmeno mai fatta viva, e allora Maureen si sarebbe impegnata di più con Jamie, sarebbe stata migliore, perché probabilmente in quel caso ce l'avrebbe avuta con Alice e non con il bambino.

Anche Jamie aveva un piccolo mazzo di fiori, avvolto nella carta da pacchi. Li aveva posati sulla tomba e si era acceso una sigaretta.

«È un vizio orribile. Ti ucciderà, lo sai?»

«Ti importerebbe qualcosa?» aveva detto Jamie sogghignando.

Maureen aveva sorriso. «Anche lei fumava. Si portava in giro quel piccolo portasigarette d'argento con le sue iniziali. Credo che glielo avesse regalato un qualche fidanzato. Quando era incinta, però, la facevano stare male, e così smise. La faceva stare male tutto.»

«Affascinante» aveva biascicato Jamie.

Erano rimasti in silenzio per un paio di minuti, poi Jamie aveva buttato la sigaretta per terra e l'aveva spenta col piede. Sbuffando, Maureen si era chinata per raccoglierla.

«Mostra un po' di rispetto» aveva ringhiato prendendolo per il polso e ficcandogli il mozzicone in mano. «Perché insisti a venire qui, poi? Non la conoscevi nemmeno. Non c'è bisogno che tu venga.»

Jamie aveva lanciato la sigaretta nel campo al di là del basso muretto in pietra e si era stretto nelle spalle.

«È una tradizione di compleanno. Mi sarebbe piaciuto conoscerla. Scommetto che sarebbe stata una madre migliore di te.»

«Anche se non fosse morta, sarebbe toccato a me crescerti» aveva risposto Maureen con aria sprezzante fissando la faccia del nipote per la prima volta da quando era arrivata. Non assomigliava ad Alice. «Non ti voleva nemmeno.»

«Mi avresti odiato di meno se fosse sopravvissuta?»

«L'unico motivo per cui non ti ha strappato dal suo grembo prima che ti crescessero le unghie è perché non gliel'ho permesso io. Stupida che non sono altra» aveva sibilato Maureen sapendo che si era spinta troppo in là.

Jamie l'aveva guardata negli occhi per un istante prima di sputare ai suoi piedi e andarsene. Maureen aveva aspettato che uscisse dal cimitero per sedersi su una panchina davanti alla tomba. La cagnetta era saltata su e le si era seduta accanto, con la testa sulla sua gamba. Aveva la bocca sporca di fango e Maureen aveva visto una chiazza scura allargarsi sulla gonna mentre accarezzava il pelo di Sassy e il suo respiro si tranquillizzava lentamente, insieme ai battiti del cuore.

Quando se n'era andato, aveva appena sedici anni. Lei si era svegliata al solito orario ed era uscita furtivamente per bere il caffè sul gradino davanti a casa. Era estate e il sole era già alto. Si era accorta che se n'era andato solo al momento di svegliarlo per la scuola. Il suo armadio era vuoto e la vecchia valigia che teneva sotto il letto sparita.

Maureen si vergogna un po' a quel ricordo, perché le era dispiaciuto più per la valigia che per il ragazzo. Quando lei e Alice erano arrivate al cottage per la prima volta, l'unica cosa che avevano era quella valigia.

Il giorno prima che Jamie se ne andasse, Maureen stava camminando lungo il perimetro della fattoria, come faceva sempre le sere d'estate se non pioveva, quando lo vide in un boschetto ombroso insieme alla nipote del contadino, Evelyn. Evelyn aveva appena compiuto dodici anni e Jamie incombeva su di lei, che era appoggiata contro un albero. Nessuno dei due si era accorto di Maureen.

«Fammela vedere, dai» stava dicendo Jamie. «Avevi detto che me l'avresti fatta vedere.»

Evelyn era ferma immobile, la bocca socchiusa e gli occhi fissi sul ragazzo. Era sempre stata innamorata di lui. Mosse la mano verso l'orlo della gonna.

«Jamie!» urlò Maureen facendo sussultare entrambi. Jamie sbiancò. «Va' a casa, Evelyn.»

Evelyn spostò lo sguardo da Jamie a Maureen, il viso contratto come se stesse per piangere, poi attraversò il campo di corsa, verso la fattoria.

«Cosa c'è?» chiese Jamie.

Quella voce profonda le sembrava ancora strana, nonostante fosse cambiata ormai da un paio d'anni. Aveva gli occhi spalancati, sembrava non capire cosa ci fosse da arrabbiarsi tanto. Maureen rimase senza parole, non sapeva cosa dire, cosa chiedere o come affrontare quello che poteva aver visto o non aver visto.

«Fila» disse indicando il piccolo cottage al limitare del campo dove vivevano.

Jamie si incamminò di malavoglia, con lei che lo seguiva due passi indietro, ancora in silenzio.

«Non stavo facendo niente» ribatté Jamie una volta arrivati a casa.

«Invece sì.»

Lui alzò le spalle con quell'aria da adolescente che la faceva impazzire.

«Qualunque cosa le stessi chiedendo... qualunque cosa fosse, non lo farai mai, *mai* più.»

Jamie era di fronte a lei, più alto di una spanna, con lo sguardo vacuo fisso sulla parete.

«Hai capito bene?» ripeté Maureen. Gli afferrò il mento, avvicinandogli il viso al suo e costringendolo a guardarla negli occhi. Prima ancora di rendersi conto della spinta, si ritrovò distesa sul pavimento. Jamie la sovrastava e per la prima volta Maureen ne ebbe paura. Nonostante questo, si rialzò in piedi.

«Sono io che ti ho fatto entrare in questo mondo, e io ti ributterò fuori se devo» sussurrò. Per un istante pensò che l'avrebbe picchiata; invece le voltò le spalle e colpì il muro con tanta violenza che lo specchio del bagno si staccò dal chiodo e cadde a terra frantumandosi in mille pezzi. Il mattino dopo, Jamie era sparito.

L'indomani, Maureen aveva preso l'autobus ed era andata in città a comprare una nuova valigia di pelle da Fenwick, per poi rientrare al cottage e fare i bagagli. Aveva aspettato per tre giorni, ma il ragazzo non era tornato. E mentre il sole tramontava sui campi che aveva coltivato per sedici anni se n'era andata.

Maureen mette in forno il *panackelty*. John sarà di ritorno tra un'oretta, ma il pasticcio starà bene lì dentro fino al suo arrivo, gli strati di manzo sotto sale, cipolle, piselli e patate si ammorbidiranno uno dopo l'altro finché il sugo non comincerà a sobbollire e a infilarsi nei vuoti e l'involucro di stagnola non si riempirà di vapore.

Un colpo alla porta d'ingresso la fa sobbalzare. È un colpo forte, sicuro, e Maureen esita, piena di paura.

Va in soggiorno, i piedi scalzi sul tappeto, silenziosi. Attraverso il vetro smerigliato vede il giallo fluorescente di un giubbotto della polizia, e anche qualcuno vestito di nero. Apre la porta a una donna con i capelli rossi in completo scuro e a un agente di polizia piuttosto alto. Non conosce l'agente, ma la donna sì. Nova Stokoe. Era alla festa di pensionamento di John, un paio d'anni fa. Ora ha delle striature grigie fra i capelli e rughe più profonde agli angoli della bocca e intorno al naso, ma è lei. Non sorride.

«Signora Jones» esordisce Nova. Le mostra il distintivo. «Ispettrice Stokoe. Lui è l'agente Adams. Possiamo entrare?»

«È diventata ispettrice.» Maureen si fa da parte e tiene la porta aperta. Sa che John ne sarebbe orgoglioso, Nova gli è sempre piaciuta. Diceva che era intelligente e simpatica, e per un po' di tempo, prima di scoprire che gli uomini non le interessavano, Maureen ne era stata gelosa. «Complimenti.»

«Non ero sicura che si ricordasse di me» risponde Nova mentre entra nel salotto con il collega e Maureen fa un cenno verso il divano. Si siedono entrambi.

«Quei capelli non si possono dimenticare.» Maureen si sente svenire. «State cercando John?»

Nova stringe le labbra e l'agente si posa il cappello in grembo. «No. È in casa?»

«No, cara. È al pub.»

«In realtà siamo qui per parlare con lei, signora Jones. Abbiamo una brutta notizia.»

Maureen spera di sembrare abbastanza confusa e preoccupata.

«Posso offrirvi una tazza di tè? Un caffè?» È in piedi di fianco alla poltrona e si tormenta i polpastrelli, sulle spine.

«È meglio se si siede» la invita Nova.

Maureen obbedisce. È molto più nervosa di quanto avesse messo in conto.

«Riguarda suo nipote, Jamie Spellman. Ieri è stato trovato morto.»

«Morto?» Maureen spalanca gli occhi sperando di non risultare troppo melodrammatica. Nova la sta osservando con attenzione, e lei immagina che stia cercando tracce di colpevolezza sul suo viso. Si sente arrossire e inizia a tremare. Spera che possa essere scambiato per dolore.

«Mi dispiace, immagino che sia uno shock.»

«Com'è successo?»

«È stata una morte...» Nova si interrompe e Maureen si chiede come farà a descrivere lo stato del cadavere di Jamie. Chissà se comunicare ai familiari che i loro cari sono stati decapitati fa parte dell'addestramento.

Maureen china la testa e Nova accavalla e scavalla le gambe.

«È stata una morte piuttosto... terribile» riprende Nova fissando il pavimento prima di guardare la sua ospite negli occhi. In cerca di qualcosa, pensa Maureen. «È stato decapitato, signora Jones.»

Proprio alla parola *decapitato*, la porta d'ingresso si spalanca e Fred trotterella in casa scrollandosi la pioggia di dosso, seguito da John che regge un mazzolino di gigli rosa, i fiori preferiti della moglie. Maureen comincia a sentire freddo.

«Cosa sta succedendo?» chiede John.

10

Kaysha
5 gennaio 2000

Un quadratino di sole penetra dal lucernario e illumina la donna distesa nel letto di fianco a Kaysha. Ha scostato le coperte fino alle caviglie e la sua pancia lentigginosa cattura la luce, con la peluria corta e sottile che si infoltisce in una scia brunita e va dal centro dell'ombelico al viluppo color rame a forma di triangolo più giù. I peli si assottigliano e si schiariscono lungo le cosce per crescere di nuovo più fitti sugli stinchi. Piega un ginocchio e appoggia la pianta del piede contro il materasso. Sulla caviglia c'è una gazza ladra, un tatuaggio vecchio di qualche anno, ma dai colori ancora brillanti. Kaysha sa che ce n'è un'altra sulla schiena, con le ali tese che riposano sulle scapole. Quando muove le braccia, l'uccello spicca il volo.

È appoggiata ai cuscini e sta leggendo un libro sulle arance che tiene davanti al viso per ripararsi gli occhi dal sole. Si è messa gli occhiali, ma solo perché pensa che Kaysha stia dormendo. Di solito è troppo vanitosa, anche se Kaysha ama il modo in cui la montatura tonda e metallica le poggia sugli zigomi. Nova si sta mordicchiando il labbro inferiore, le sopracciglia leggermente corrugate. Fa la stessa faccia quando si prepara a un orgasmo, quando è così vicina che si fa silenziosa e si lascia andare. Le risulta difficile rinunciare al controllo e abbandonarsi al proprio corpo, ma Kaysha riesce sempre a spingerla oltre quel limite.

Mentre legge, Nova si attorciglia intorno al dito un ricciolo sfuggito al fermaglio che le scosta i capelli color rame dal viso. Ha le clavicole ricoperte di piccoli morsi dello stesso colore dei petali di rosa secchi, e i capezzoli turgidi per la fredda aria del mattino, o forse per qualcosa scritto nel libro.

Kaysha non lo ammetterebbe mai, ma l'appartamento disordinato di Nova è il suo posto preferito dove svegliarsi. Sono passati sei mesi dall'ultima volta che è stata lì, da quella litigata. Litigavano e facevano pace in continuazione, ma quella volta era stata terribile. Kaysha si era ripromessa che sarebbe stata l'ultima per davvero, ma ora non ha scelta.

«Mi piaci con gli occhiali» le dice.

Nova si gira verso di lei e sorride. «Lo sapevo che mi stavi guardando, pervertita che non sei altra.»

«Sei bella da guardare.»

Nova si strappa un capello e lo usa per tenere il segno. Si spinge gli occhiali sulla punta del naso e la osserva da sopra le lenti.

«Lo sa cosa succede alle guardone, signorina Jackson?»

Kaysha ride, ma qualcosa di pesante le si diffonde nel petto.

Scuote la testa e sprofonda ancora di più nei cuscini. Nova solleva un sopracciglio e fa scivolare una mano fredda sotto le coperte, giù lungo l'addome di Kaysha.

«Vengono punite.»

Kaysha recupera le mutandine della sera prima e si scruta intorno in cerca del resto dei vestiti.

«Puoi prenderne in prestito un paio delle mie» dice Nova mentre lei fruga nel suo guardaroba. «A nessuno piace sentirsi il cavallo dei pantaloni incrostato.»

«Naa, Sarah se ne accorgerebbe» risponde Kaysha, anche se è sicura che non accadrebbe.

«Una nuova fidanzata?»

«Già.»

«Che tipo è?» Nova sembra sinceramente interessata.

«È... passionale.»

«La ami?»

«Ogni tanto penso di sì. Quando è in una giornata buona. Cioè, credo... La amo e voglio proteggerla, ma non sono innamorata di lei, se ti sembra una cosa sensata.»

«La morte del letto lesbico?»

«Qualcosa del genere» annuisce Kaysha con un sorrisino.

«Forse dovresti lasciarla.»

«È parecchio fragile.»

«Ah sì?»

«Siamo andate a vivere insieme troppo in fretta e ora faccio fatica a tirarmene fuori.»

«Un classico» replica Nova.

«Le lesbiche, eh?»

«Le lesbiche.»

«Quando romperemo, dovrò trovarmi un altro posto dove stare.» Kaysha è sorpresa dalla propria freddezza, ma in effetti la situazione non le risveglia nessun sentimento particolarmente profondo. Deve tenere d'occhio Sarah fino a quando sarà più stabile, dopodiché se ne andrà.

Nova guarda sfacciatamente in giro per l'appartamento e sorride. «Conosco un posto dove potresti andare.»

«Non mi sembra molto fattibile finché tu stai con l'agente Miss Tristezza» replica Kaysha accennando a una foto in cui Nova ha un braccio sulle spalle di Ella e un boccale di birra in mano, entrambe in divisa da calcio a righe bianche e nere. All'improvviso Kaysha è invasa dall'amarezza. La luce del mattino svanisce e loro due si trovano di nuovo allo stesso punto in cui erano sei mesi prima.

Le clavicole di Nova si arrossano e lei abbassa la cornice a faccia in giù.

«Me l'ha regalata per Natale. Io non le ho preso niente.»

«Come sta?»

«Bene.»

«Com'è possibile?»

«Alla fine non era cancro.»

«Oh, be', è una bella notizia.»

«Sì.»

«Ma state ancora insieme.»

«Sì, direi di sì.»

Kaysha è furibonda e triste e delusa, ma non ha tempo per queste cose. Vorrebbe tanto che Nova l'amasse abbastanza da lasciare Ella. Forse Nova ha avuto paura di andare a vivere insieme a lei, o forse si è accorta semplicemente che Ella le piaceva di più, o che Kaysha non era una tipa con cui valesse la pena di avere una relazione stabile. Per un attimo si chiede addirittura se Nova si sia inventata tutto per liberarsi di lei. Ma no, sa che non farebbe mai una cosa simile. Non importa cosa sia successo tra loro in passato, perché non può lasciarsene risucchiare di nuovo. Deve solo tenersi Nova vicino in modo da poter seguire i progressi dell'indagine.

«Sì, va bene.» Kaysha espira lentamente. «Parliamo di qualcos'altro. Non sono venuta per litigare.»

«Grazie al cielo!»

«Che giornata ti aspetta? Qualcosa di interessante?»

Nova alza le spalle. «Niente di che. Sto cercando di risolvere questa merda del caso della setta.»

«Ho visto in giro alcune delle loro opere d'arte. Un paio di settimane fa ho scritto un articolo su uno dei polli morti, a Whitley Bay. Affascinante.»

«Mmh. Sono sfuggenti. Ma adesso... Be', diciamo che adesso dobbiamo prenderli.»

«Che vuoi dire?»

«Ho già parlato troppo.» Nova le volta le spalle e afferra gli stivali.

«Quindi pensi che la setta abbia qualcosa a che fare con quel tizio decapitato?»

Nova alza lo sguardo. «Come ti è venuto in mente?»

«Un uccellino mi ha raccontato qualche dettaglio della scena del crimine.»

«Quanti uccellini hai in giro?» chiede Nova appoggiando un piede sul bracciolo del divano per allacciarsi lo stivale.

Kaysha sorride e fa finta di non aver sentito la domanda. «Allora, pensi che ci sia un collegamento?»

«Può essere. Nessuno si è veramente preoccupato per le capre e il resto... Mi hanno messo sul caso solo perché spaventavano gli agricoltori. Doveva sembrare che stessimo facendo qualcosa.» Nova si spruzza della schiuma per capelli sul palmo della mano. Quando raggiunge le dimensioni di una mela, si piega in modo che i capelli le penzolino davanti al viso e li massaggia. «Ora si tratta di pesci più grossi, però.»

«Avete già un'idea di chi potrebbe essere? È di qui?»

Nova scuote la testa. «Stiamo aspettando la cartella odontoiatrica, ma in questo periodo dell'anno ci impiegano secoli.»

«Già, immagino.» Sa che le sta mentendo, perché Sadia ha già identificato il corpo.

11

Sarah
5 gennaio 2000

Il fumo sale a spirale e si raccoglie contro il soffitto mentre Sarah si accende un'altra sigaretta dal mozzicone di quella precedente. Ha trascinato la sua poltrona preferita dall'altra parte della stanza, raschiando la vernice a olio del parquet, per sedersi di fronte alla finestra. Il mondo precipita alla fine del prato e sorge di nuovo dall'altra parte della valle, spruzzato di neve. Sarah riesce a vedere la strada che striscia fra le colline e porta alla casa.

Punta i talloni contro il davanzale. Kaysha ha detto che sarebbe tornata di prima mattina, ma il sole è sorto già da un'ora e lei non c'è. Sarah immagina che sia ancora accoccolata nel letto con l'ispettrice. Non è il fatto che la sua ragazza abbia passato la notte con un'altra donna a darle fastidio, è il ritardo. È stata lei a suggerire a Kaysha di riaprire la relazione con Nova, e Kaysha ha alzato le sopracciglia come se non ci avesse già pensato. Hanno buttato giù delle regole su come gestire la cosa, sottolineando che Kaysha dovrà essere sempre sincera e rientrare a casa la mattina dopo le notti passate con Nova per vedersi almeno un attimo prima di andare al lavoro. Sarah prova un'ondata di orgoglio selvaggio per la propria maturità, per aver anteposto il bene comune alle proprie esigenze. Sta permettendo, anzi *incoraggiando* la sua ragazza ad andare a letto con un'altra donna, una donna di cui è stata innamorata in passato, per proteggere altre persone. Si sta comportando in modo altruista. È quello che continua a ripetersi.

Ha finito la seconda bottiglia di quella notte già da un po' e il male della casa le si insinua di nuovo dentro, quel vuoto così dilagante che manda in confusione, l'odio che si propaga tra i muri e annerisce gli angoli come umidità. Le penetra nei polmoni. È da quando è tornata che la sta avvelenando, come avvelena tutti. Ogni tanto si chiede se sia stata la casa a rendere i suoi genitori così com'erano, a guastarli, o se è stato il contrario. Non sa bene perché non l'abbia ancora venduta o bruciata fino alle fondamenta, per ricominciare da zero da un'altra parte e dare un senso alla propria vita invece di marcire lì, nascondendosi come un fantasma dei libri di Dickens. Ma non riesce a fare questo sforzo. La casa la trascina giù, i suoi pensieri la trascinano giù, e lei è in trappola.

Sarah schiva i cocci di un bicchiere, una macchia violacea sul tappeto, e va in cantina per prendere un'altra bottiglia. Suo padre era un intenditore, e quando è tornata ne ha trovate a centinaia che riempivano la parete di fondo fino al soffitto. È passata alle cose di lusso ora, anche se ha dovuto rompere la vetrina con un'accetta trovata nella rimessa. Una volta, quando aveva tredici anni, aveva fatto arrabbiare suo padre e lui le aveva chiesto perché non poteva *semplicemente essere un po' più come David*, al che lei aveva risposto *cioè? morta?*. Poi, dopo aver fatto un giro veloce in cantina, furiosa, si era arrampicata sulla casa sull'albero. Ricorda la faccia del padre, in ospedale, con lei distesa nel letto con una flebo al braccio. Lo vedeva che era più triste per il vino che per sua figlia. Gli aveva detto che non sapeva che fosse una delle bottiglie *molto* costose, ma non era vero. Dopo quella volta, il padre aveva fatto costruire un armadietto e aveva messo le bottiglie sotto chiave.

Sarah ne sceglie una a caso e soffia via la polvere. È portoghese. 1964. Negli anni Sessanta i suoi genitori erano andati in luna di miele in Portogallo; forse l'avevano comprata allora, quella bottiglia, e conservata per un anniversario speciale o per lasciarla in eredità. Sbuffa al pensiero che potessero essere così romantici, e la stappa.

Mentre il sole sale e le ombre si allungano sul pavimento in legno pregiato, Sarah si appisola sulla poltrona. Sogna Jamie, di nuovo. Ogni volta che è sopraffatta dalla stanchezza, lo vede, in una maniera o nell'altra. A volte è com'era nell'hotel, grottesco ma innocuo, la sua lingua biforcuta gonfia e immobile dentro la bocca. Altre è ancora senza corpo ma in qualche modo vivo, parla con loro e tutte gli obbediscono; Sarah è l'unica a capire che sta mentendo. Gli incubi più brutti sono quelli in cui è intero, alto e sorridente, e tutto è bellissimo fino a quando non lo è più, e lui le sussurra qualcosa nell'orecchio e lei si piega a tutto nel tentativo di compiacerlo, fino a spaccarsi a metà; poi un piccolo strillo, lui se ne va e lei è di nuovo sola, sola a cercare di ricucire insieme i pezzi di se stessa, e si sveglia di soprassalto quando si accorge che sta morendo.

Sarah odia tutto di quella casa, anche e soprattutto la camera da letto in cui è cresciuta. Nei giorni buoni, ha tentato più volte di ridipingere le pareti delle stanze che deve usare per forza, ma ogni volta l'oscurità ritorna e lei abbandona ogni proposito. Non è mai stata brava a concludere le cose, solo a iniziarle. E ora vive in una casa che è sua per metà: la metà blu della cucina, la metà viola del soggiorno. La stanza degli ospiti è sempre stata bianca e inutilizzata, quindi lì non c'è comunque nulla di personale.

La sera in cui si sono conosciute, lei e Kaysha erano ruzzolate insieme fuori dal pub e giù per le stradine di campagna, ubriache l'una dell'altra, dimenticando per un momento i pericoli del buio. Sarah aveva raccontato di vivere da sola in un maniero infestato dai fantasmi che aveva ereditato ma che non avrebbe voluto, e Kaysha aveva riso finché non l'aveva visto. La casa ricoperta di edera aveva tre piani, quattro se si contava la cantina, era circondata da prati invasi dalle erbacce su tre lati e sul retro da un giardino recintato, oltre il quale si apriva una foresta di sempreverdi. Dalle finestre dell'ultimo piano si poteva ammirare la vallata per chilometri, per la maggior parte campi coltivati e bestiame, e anche un paio di paesini collegati da un ponte sulla sorgente del Derwent.

«Pensavo che mi stessi prendendo per il culo» aveva detto Kaysha con gli occhi spalancati mentre lei apriva la porta d'ingresso. Le aveva chiesto di fare un giro e Sarah aveva acconsentito, ubriaca e abbastanza stordita da non sentire la forza del terrore che di solito la invadeva al solo pensiero di entrare nella camera dei genitori o in quella di David. Kaysha aveva mugolato a ogni nuova stanza. Erano tutte piene di ragnatele e letteralmente intatte dalla morte degli occupanti, e Sarah non avrebbe saputo dire se la cosa le piacesse o ne fosse orripilata, o tutte e due. Kaysha aveva detto che sembrava il set di un film, talmente perfetto da non sembrare reale. Il letto dei genitori di Sarah era ancora disfatto, i vestiti del padre buttati intorno alla cesta dei panni sporchi, un bicchiere con del vino evaporato era rimasto sul tavolino da trucco.

La casa sull'albero era piena di ragni, riviste maschili marcite da tempo che lei aveva rubato dal nascondiglio del padre e alcune bottiglie di vino vuote in un angolo, insieme a una bottiglietta di vodka piena a metà che doveva aver dimenticato lì l'ultima volta che c'era salita, anni prima. Kaysha le aveva dato il primo bacio mentre erano inginocchiate vicine in quel posto umido, e Sarah si era sentita girare la testa come le succedeva a quattordici anni, seduta in quello stesso posto a immaginare di baciare una ragazza.

Poteva parlare ovunque di quanto le sarebbe piaciuto baciare un ragazzo, e lo faceva, ma soltanto quando era da sola nella casa sull'albero era libera di pensare alle ragazze in quel modo. A volte sentiva un'emozione dolce e piena di promesse, e fantasticava di se stessa in giacca e cravatta che giocava alla famiglia con una moglie carina e un cane. Altri giorni a quell'idea veniva invasa da una pesantezza cupa, e allora si strisciava una forbice sul polso, per poi nascondere i tagli con dei braccialetti.

Due settimane dopo il loro primo incontro a Kaysha scadeva il contratto d'affitto, ma aveva passato così tanto tempo con Sarah che non aveva ancora trovato un altro posto dove andare a stare. Le aveva chiesto se poteva fermarsi per qualche giorno mentre cercava un appartamento, e allora Sarah si era assicurata che fosse troppo occupata per trovarne uno. Il calore portato in casa da un'altra persona, così vivace e frizzante, aveva illuminato gli angoli più bui del maniero. Per la prima volta dalla morte di David, Sarah lì era stata felice. Per un po'.

Quando Kaysha rientra a metà mattina, lei la sta aspettando sulla soglia. La bacia senza lasciarle il tempo di entrare, fiocchi di neve sono ancora impigliati tra i suoi capelli, poi la spinge contro la porta e la bacia con più forza, mordendole il labbro e affondandole le unghie nelle spalle. Kaysha la spinge via.

«Ma cosa fai?»

«Voglio scoparti» risponde Sarah inclinando la testa per baciarle il collo.

«Sei ubriaca.» Kaysha lancia via le scarpe. «È chiaro.»

«E allora?»

Kaysha esita e stringe le labbra. «Tutto a posto.»

«È stata brava?»

«Cosa?»

«Più brava di me?»

«Lascia perdere, Sarah.»

«Immagino che abbia più esperienza, visto che è lesbica al cento per cento.»

«Smettila.»

«Non fa niente. Puoi dirlo, eh. Basta che tu dica *Sarah, a letto è più brava di te.*»

«Non ho intenzione di parlarne.» Kaysha la allontana per andare di sopra.

Sarah si attorciglia i capelli fra le dita e tira. Non ha mai saputo gestire un dolore senza infliggere la stessa pena anche al proprio corpo.

12

Nova
5 gennaio 2000

Nova bussa e apre la porta spingendola. Il laboratorio è piccolo ma luminoso, una donna alta in camice bianco è seduta a un piano di lavoro di fronte a una finestra che occupa tutta la lunghezza della parete. Regge un contenitore di plastica colmo di insalata e sembra vagamente sorpresa di vederla entrare.

«Ana Cortês? Scusi se la disturbo in pausa pranzo» esordisce Nova lasciando la porta aperta e facendo un passo dentro il laboratorio. È pulito e ordinato, ma sembra tutto leggermente datato. In un angolo l'intonaco si stacca e alcune crepe nel linoleum sono rattoppate con del nastro isolante nero. «Sto indagando sulla morte di Jamie Spellman. Posso farle qualche domanda?»

La donna rimette il coperchio al tupperware e si alza. Guarda Nova negli occhi senza l'ombra di un sorriso. È più alta di lei di diversi centimetri e possiede un'eleganza innata. I capelli scuri sono raccolti in una coda di cavallo da cui sfuggono alcune ciocche che le ricadono sul collo, arricciandosi. A parte il rossetto rosso scuro, non è truccata e tiene i primi bottoni della camicia slacciati. Una croce dorata riposa contro la carnagione bronzea dello sterno.

«State interrogando tutti?» chiede.

Nova si stringe nelle spalle. «Non tutti, no. Mi hanno detto che voi due lavoravate a stretto contatto. Pensavo che potesse raccontarmi qualcosa di lui.»

Ana annuisce e si appoggia al piano di lavoro con le braccia incrociate.

«Cosa vuole sapere?»

«Quando è stata l'ultima volta che l'ha visto?» Nova tira fuori un taccuino dalla tasca posteriore.

«Il 23. Abbiamo finito di lavorare all'ora di pranzo e poi c'è stata la festa di Natale. Io me ne sono andata abbastanza presto, verso le tre. Credo che lui si sia fermato di più, ma non ne sono sicura.»

Nova si appunta la data e l'ora e annuisce. «Passavate molto tempo insieme? Qui? Fuori dal lavoro?»

«Il suo laboratorio è proprio lì.» Ana accenna alla porta in un angolo della stanza. «Quindi lo vedevo spesso. Eravamo amici.»

«Era una relazione strettamente professionale, signorina Cortês?»

«Signora» la corregge Ana sollevando il mento e sfiorandosi la croce con la mano sinistra. Nova nota la fede.

«Eravamo insieme all'università e lui mi ha raccomandata per questo lavoro. Come le ho detto, eravamo amici. Niente di più, se è questo che mi sta chiedendo.»

Nova abbassa la testa. «Le faccio le mie condoglianze.»

«Grazie.»

«C'è qualche altro collega con cui aveva un rapporto stretto, sentimentale o meno? Qualcuno fuori dal lavoro?»

Ana esita. «Sono amica di sua moglie. Aveva delle amanti, credo, ma gli avevo detto che non volevo saperne niente.»

Nova annuisce di nuovo. «E cosa può dirmi di legami con persone... sgradevoli? Sa se per caso faceva parte di qualche gruppo clandestino? Organizzazioni criminali o cose del genere? Una setta, magari?»

Ana inarca le sopracciglia. «Una setta?»

Nova inclina la testa. «Si tratta di un omicidio molto particolare, quindi dobbiamo battere strade insolite.»

«Ce l'avrei visto bene a capo di una setta» risponde Ana, poi sembra infastidita, come se avesse detto qualcosa che non doveva dire.

«Cosa intende?»

Ana incrocia le braccia e sorride. «Niente. Era bello e affascinante, tutto qui.»

«Posso dare un'occhiata al suo laboratorio?»

Ana annuisce e le fa strada. La stanza di fianco è almeno il doppio di quella di Ana e ci sono molte più attrezzature. «Ha un'aria complicata.»

«Lo è.»

«Ho saputo che faceva cose interessanti.» Nova percorre il laboratorio a grandi passi curiosando negli armadi e nei cassetti. Ci sono solo libri e provette, niente di personale. «Ho saputo che ha vinto un bel finanziamento un paio di mesi fa.»

Prima di rispondere, Ana sostiene lo sguardo di Nova per qualche secondo.

«Sì. Era veramente in gamba. La sua morte è una grande perdita.»

«A cosa stava lavorando?»

Ana esita, poi prende un respiro profondo. «Voleva dare un contributo in merito ai vecchi casi di stupro. Cercava un modo per identificare gli stupratori usando tracce di residui di sperma. Una conquista importante.»

«Notevole» dice Nova. Ana non ribatte. «Qualcosa per cui valeva la pena di uccidere? Un concorrente, magari?»

«Forse.»

«Sa se aveva qualche nemico?»

Ana si sfiora di nuovo la croce. «Lui non è... non era un uomo semplice. Io e lui eravamo amici, ma non ne aveva tanti altri. Poteva essere molto gentile, oppure non esserlo per niente.»

«Ma non le viene in mente nessun rivale in particolare.»

Ana si stringe nelle spalle e Nova si chiede quanto in realtà fosse complesso il suo rapporto con Jamie.

«Sarà lei a portare avanti il suo progetto? È evidente che lavoravate parecchio insieme.»

«Be', sì. Ne sarei onorata, ma vedremo come la pensa la direzione. Non ho la stessa fama che aveva Jamie, qui. E non godo più della stima di un tempo.»

«La direzione la tratta male?» chiede Nova, anche se sa esattamente cosa intende. Un'ora fa, appena arrivata, è andata a parlare con il direttore generale. Sudava e inciampava nelle parole mentre le spiegava quale perdita devastante per la compagnia rappresentasse la morte di Jamie, e che se non si fosse trovato qualcuno per portare avanti il progetto avrebbero perso l'intero finanziamento – e, be', avevano già speso quasi tutti i soldi. Ha borbottato qualcosa sul fatto che avrebbe potuto affidarlo a *Cortês, lei sa il fatto suo dopotutto, molto in gamba, probabilmente anche più di Jamie, ma significherebbe un'infinità di riunioni, avere a che fare con lei tutto il tempo, e sinceramente mi fa venire i brividi. Uno di quelli... Ha capito...* – ha detto – *Pensa di essere una donna... Dobbiamo stare tutti al gioco. C'era venuto il sospetto che Jamie fosse... Ha capito... Erano sempre insieme. Gliel'ho già chiesto, ma lei dice che non ha idea di come possa essere finito com'è finito. Scommetto che lo sa, invece. Non ci si può fidare di quello che dicono questi tipi qui.* Nova si è irrigidita e gli ha suggerito di mostrare più rispetto verso i propri dipendenti, poi si è rivolta alla receptionist e ha chiesto indicazioni per il laboratorio di Ana, lasciando il direttore a bocca aperta.

«Fra gli scienziati che lavorano qui, io sono la migliore» dice Ana. «Ma ha visto anche lei lo spazio di cui dispongo. Rispetto al suo...»

«Non sembra facile.»

«Mi manda in bestia, ma cosa posso farci?»

Nova sostiene lo sguardo di Ana per qualche secondo. Percepisce la furia profonda e silenziosa che ha dentro di sé. Non si può escludere che sia scoppiata.

«Come trascorre le sue giornate al di fuori dal lavoro, signora Cortês?»

«Mi occupo dei miei figli, ispettrice. Esco con gli amici. Leggo, guardo la tv e porto a spasso il cane» risponde. «Piango gli amici perduti.»

«Le lascio il mio biglietto da visita.» Nova apre il taccuino a una pagina pulita e scribacchia l'indirizzo di un gruppo di supporto Lgbt che frequenta ogni tanto, uno spazio dove condividere le proprie esperienze. Una donna del gruppo, una bionda che veniva sempre accompagnata dal compagno macho, era una maestra elementare che era stata licenziata quando avevano scoperto che era una trans. Il comitato scolastico aveva prontamente fornito una motivazione inventata, ma tutti conoscevano quella vera. «*Off the record.* È un gruppo di supporto che potrebbe esserle utile. Sostanzialmente ci sfoghiamo gli uni con gli altri, ma ci sono anche degli avvocati. Non si sa mai.»

Ana prende il pezzo di carta e se lo infila in tasca con le guance un po' colorite. «Guardi che sto bene.»

«Non ho dubbi. Dà l'impressione di essere una persona molto capace» replica Nova, poi abbassa la voce fino a renderla un sussurro. «Il direttore è un coglione.»

Ana non dice niente, ma sorride e alza una spalla.

«Se avrò altre domande, so dove trovarla.» Nova si dirige verso la porta. «Grazie dell'aiuto.»

13

Maureen
6 gennaio 2000

Il giorno in cui suo nipote è scappato di casa è il giorno in cui Maureen Spellman ha iniziato a vivere. Da giovane, spesso fantasticava su come sarebbe stata la sua vita. Si sarebbe sposata a ventun anni con un uomo moderatamente affascinante, più grande ma non di troppo, che avrebbe adorato e a cui non avrebbe dato fastidio che lei continuasse a lavorare una volta sposati, almeno fino a quando non avesse avuto un bambino. Avrebbe avuto un figlio maschio dopo un anno di matrimonio e l'avrebbe chiamato Jack, come il nonno materno. Jack avrebbe avuto i suoi occhi azzurri e i capelli scuri del padre. Un paio d'anni dopo, avrebbe dato alla luce una figlia femmina, Susan, sempre così pulita e obbediente che tutti l'avrebbero guardata con affetto dicendo *ah, Maureen, sarà una rubacuori*. Una volta cresciuti i bambini, forse avrebbe ripreso a fare l'infermiera. Se suo marito fosse stato ricco – questo non le importava poi così tanto, ma se lo fosse stato –, sarebbero potuti andare in pensione presto e avrebbero potuto viaggiare all'estero due o tre volte all'anno. Aveva sempre desiderato vedere l'Italia.

Quando Alice si era ficcata nei guai, Maureen aveva già venticinque anni e nessuno che la corteggiasse. Il tempo stava passando più velocemente di quanto avesse previsto, ma non era un problema: nella sua corsia c'era un nuovo dottore a cui brillavano gli occhi quando la vedeva, o forse era lei che se lo immaginava. Sicuramente a lei brillavano gli occhi quando vedeva lui. Alice aveva diciassette anni e non assomigliava affatto a Maureen. Non sognava il futuro a occhi aperti, lei viveva nel presente. Maureen sapeva che Alice era molto più bella di lei. Maureen aveva mani e piedi grandi, dei banali capelli castano rossiccio e occhi un po' troppo piccoli per il suo viso tondo. Alice invece era minuta, con occhi da cerbiatta e capelli biondo rame tagliati corti come quella modella per cui al tempo avevano tutti un'ossessione. Un sorriso da sirena. Era focosa e sempre pronta a litigare, ma subito dopo ti preparava una tazza di tè, per fare pace. Era ovvio che si sarebbe messa nei pasticci, prima o poi.

Quando aveva comunicato alla sorella il risultato del test di gravidanza, Maureen era accucciata contro la porta del bagno dell'ospedale. Era positivo e Alice aveva pianto, così Maureen le aveva dato una sigaretta per calmarla, e invece le aveva fatto venire un conato di vomito. Alice aveva aperto le gambe e l'aveva gettata nel water, facendo sfrigolare l'acqua.

«Hai il suo numero di telefono?»

«Non so nemmeno come si chiama.»

«Oh, Alice» aveva sospirato Maureen passandosi una mano sul viso. «Devi rintracciarlo.»

«Perché?» aveva chiesto Alice guardandola come se fosse impazzita.

«Non penso che tu voglia essere spedita in convento.»

«Maur...»

«Cosa sai di lui? Dove l'hai conosciuto?» aveva continuato Maureen mentre una serie di possibilità le guizzavano per la testa. Se Alice non sapeva chi era il padre, avrebbe dovuto ingannare qualche povero idiota e fargli credere che il bambino fosse suo, convincendolo a sposarla. Aveva guardato la sorella. Anche così pallida e provata, era comunque bellissima. Non sarebbe stato difficile trovare qualcuno disposto a sposarla.

«Non avrò un bambino» aveva ribattuto Alice prendendole il polso. La sua mano era fredda, i suoi occhi determinati.

«Cosa stai dicendo? Certo che lo avrai, te l'ho appena detto.»

«Devi aiutarmi a liberarmene.»

Maureen e Alice erano cresciute in una canonica di periferia. La camera di Maureen dava sul cimitero e lei era rimasta spesso a guardare dalla finestra la sorella che scendeva dal davanzale di camera sua sul tetto della cucina, da lì saltava sul coperchio di gomma del bidone della spazzatura e poi se la squagliava fra le lapidi, scavalcando il muretto e scomparendo in mezzo agli alberi, la maggior parte delle volte per vedersi con un ragazzo. La mattina successiva, si presentava a colazione con un foulard annodato attorno al collo per nascondere i succhiotti. Maureen disapprovava – *Nessuno ti sposerà mai se vai a letto col primo che incontri*, le diceva –, ma la copriva sempre quando c'era bisogno.

Il padre era un accanito sostenitore della disciplina. Fin da quando era piccola, Maureen lo aveva visto picchiare la madre. Picchiava anche loro, ogni tanto. Ad Alice toccava più spesso che a lei, ma a volte capitava che fosse così arrabbiato da scoppiare per una parola di Maureen e darle uno schiaffo, per poi costringerla a pregare per il perdono. Maureen non capiva sempre per che cosa dovesse pregare, ma pregava comunque. Non era un alcolizzato, solo un uomo pieno di rabbia. La madre era morta quando Alice aveva appena cinque anni, e da allora la sorellina era stata una responsabilità di Maureen.

In ospedale capitava che arrivassero ragazze che avevano tentato disperatamente di provocarsi un aborto. Morivano dissanguate dopo operazioni clandestine andate male, oppure vomitando candeggina o piante sconosciute. Le aveva sempre ritenute stupide e sconsiderate per essersi ficcate in una situazione che si sarebbe potuta evitare tenendo semplicemente le gambe chiuse, una situazione così angosciosa che avrebbero rischiato la morte piuttosto che avere il bambino. E non solo la morte, anche la collera divina, perché un omicidio è un omicidio, non si scappa. Non avrebbe potuto sopportare che una cosa simile accadesse a sua sorella, sconsiderata o meno che fosse, così l'aveva convinta a tenere il bambino.

Un mese dopo, quando la pancia di Alice aveva iniziato a gonfiarsi, Maureen aveva lasciato attaccato al bollitore un biglietto per il padre, e alle quattro di notte si erano calate giù dalla finestra con nient'altro che una valigia di vestiti. Si era accordata con un contadino che aveva una casetta in campagna, sul suo terreno, e a cui avrebbe fatto comodo una mano con le pecore.

Maureen visse in quel piccolo cottage per sedici anni, diventando più acida a ogni agnello che aiutava a uscire dalla madre coi piedi in avanti, spettatrice di quei primi attimi di vita. Gli agnelli non uccidono le madri quando nascono coi piedi in avanti. Jamie sì. Lei stava lì a osservarli, la madre che leccava il piccolo pulendolo per bene e l'agnellino che tentava i primi passi traballanti nel fieno. Un paio d'anni dopo, si sarebbe ritrovata ad aiutare quella stessa agnellina a partorire il suo piccolo, o magari una coppia di gemelli, e prima o poi l'avrebbe vista trotterellare verso il macello. Intanto, la sua vita le scorreva davanti. Quando se ne andò dal cottage, aveva ormai più di quarant'anni. Il giorno in cui John arrivò nella sua corsia con una gamba rotta chiedendole di scrivere il suo numero di telefono sul gesso, ne aveva già quarantacinque. Questo succedeva nel 1985, e anche se la cosa che desiderava di più al mondo era avere un bambino con lui, crescere dentro di sé qualcuno che fosse fatto di loro due, ormai non aveva più il ciclo.

Quando Maureen gli porta un'altra tazza di tè, John è rintanato nella camera degli ospiti già da ore. Alla fine, la visita di Nova ha costretto Maureen a raccontargli di Jamie, non tutta la verità, ovviamente, solo lo stretto necessario. Da allora, oscilla tra l'imbarazzo e una premura eccessiva. John le è sembrato più ferito che arrabbiato. Le ha chiesto come ha potuto nascondergli la verità su suo nipote. Pensava che non ci fossero segreti fra loro. Lei gli ha detto che voleva solo crearsi una vita in cui il suo nome non venisse mai pronunciato, che voleva lasciarsi tutto alle spalle, che i ricordi erano troppo dolorosi. Hanno avuto diverse conversazioni, lunghe e serie, in cui lui le ha domandato se gli stesse nascondendo altro. Lei, pensando alle ombre tremolanti sulla parete della stanza dell'hotel, al pesante odore di morte nell'aria fredda, al bruciore della candeggina sulle dita, ha risposto *no, solo questo*.

La camera degli ospiti, né grande né piccola, è sul retro della casa, dove il sole non arriva spesso, anche se talvolta i lunghi raggi delle mattine d'estate riescono a sfiorare la parete di sinistra. È piena di cose che non vengono usate quasi mai: un letto a castello di legno per i nipotini se restano a dormire, una libreria piena di scatole di plastica colorate colme di rocchetti di filo e tele da ricamo, acquerelli e dipinti lasciati a metà, un paio di biografie di celebrità mai lette, e varie cianfrusaglie che Maureen non saprebbe dove altro mettere. Capita spesso che si lanci in nuovi hobby, comprando tutto il necessario solo per lasciar perdere due settimane dopo, infastidita perché non è abbastanza brava. In un angolo c'è una scrivania a L che hanno comprato a un mercatino dell'usato; su un lato è stato inciso più volte il nome KATY, di fianco ai rimasugli di alcuni adesivi strappati via. È piuttosto sgangherata, ma le misure erano perfette ed è costata solo cinque sterline. Da un anno Maureen dice che vuole sabbiarla e ridipingerla, ma non ne ha ancora trovato il tempo.

Sopra la scrivania ci sono alcune mensole di solito ricolme di dozzine di taccuini, album e raccoglitori, la prova dei quarant'anni di carriera in polizia di John. Ha tenuto tutti gli articoli di giornale, le fotografie e le fotocopie che non avrebbe assolutamente dovuto fare di rapporti particolarmente interessanti che ha archiviato nel corso degli anni, i nomi delle vittime e dei sospettati cancellati con un pennarello, anche se in genere riesce a ricordarseli lo stesso. John è seduto alla scrivania con gli occhiali sul naso, circondato da pile di cartelle e portadocumenti. È chino su uno di questi e sta tentando di decifrare la fotocopia macchiata di un vecchio articolo del *Chronicle*. Salta alla pagina successiva con un *bah!* proprio mentre Maureen scambia la tazza vuota con una colma di tè appena fatto, insieme a un paio di biscottini alla crema.

«Hai trovato quello che stavi cercando, tesoro?» John la ignora. «Se posso darti una mano, dimmelo.»

È già sulla porta quando John le chiede: «Era uno Spellman?»

«A meno che non abbia cambiato cognome» gli risponde lei dalla soglia. «Perché?»

«In che anno è nato?»

«Nel '65.»

John prende un appunto su un pezzo di carta e non dice nient'altro. Maureen torna di sotto con le lacrime agli occhi per lavare la tazza e iniziare a preparare la cena. Avrebbe dovuto raccontargli una bugia, dirgli che Jamie si chiamava Smith o Black o Davidson, un nome qualsiasi, ma non ce la fa a mentirgli più dello stretto necessario. Forse questa è la sua punizione.

Un'ora dopo, proprio quando si è messa comoda con una tazza di tè davanti a *Countdown*, John la chiama dalla camera e lei si fionda di sopra. È stato scostante per tutto il giorno e Maureen è contenta che abbia ricominciato a parlarle, anche se di qualcosa che riguarda Jamie. Lui siede a gambe accavallate con la tazza in mano e un'aria soddisfatta. Le fa cenno di avvicinarsi e indica un articolo incollato sulla retrocopertina di un taccuino. Maureen si avvicina per studiarlo meglio. È sicuramente Jamie, ma molti anni fa. Assomiglia a com'era l'ultima volta che l'ha visto al cimitero, curato e sbarbato nella sua magrezza di ragazzo. Ha un'espressione seria e tiene un braccio sulle spalle di una donna esile con i capelli lunghi e i lineamenti affilati. Olive.

Il titolo dice *Adolescente perde la vita sulla scogliera dei suicidi.* Maureen assume un'aria perplessa e prende il taccuino dalle mani del marito.

> Il corpo senza vita di un'adolescente di Tynemouth è stato trovato ieri ai piedi di una scogliera, all'ombra del monastero. Secondo la madre disperata, Kimberley Farrugia (16 anni) era una ragazza simpatica e intelligente che era caduta in depressione due anni fa, in seguito al suicidio del padre. Domenica sera Kimberley si è gettata dalla scogliera sotto gli occhi dell'amico di famiglia Jamie Spellman e della madre, che erano usciti a cercarla dopo essersi accorti che la ragazza non era nel suo letto.

Il resto dell'articolo è illeggibile. Maureen torna a guardare la fotografia. È difficile dedurne granché, ma c'è qualcosa nel modo in cui Jamie stringe la donna, qualcosa nel modo in cui Olive si appoggia contro la sua spalla, che le fa pensare che andavano a letto insieme. L'aveva già sospettato. Olive non l'ha mai ammesso durante gli incontri, sostiene che erano stati solamente amici, ma quando parla di lui è sempre così gentile e insiste a dire che non capisce perché sia stata chiamata a far parte del gruppo, anche se poi si è sempre presentata alle riunioni.

«Lo sapevo che l'avevo già sentito, quel nome» dice John trionfante puntando un dito sulla foto. «Mi ricordo questo caso. Ci ho lavorato per un po'. Non era di mia competenza, ma qualcuno era stato licenziato o era in ferie, qualcosa del genere.»

«E avevate scoperto cos'era successo?» chiede Maureen. Dalla data dell'articolo sa che lei e John stavano già insieme al tempo dell'indagine, ma lui è sempre stato estremamente professionale e non le raccontava mai dei casi su cui stava lavorando, quindi non è sorpresa che non gliene avesse fatto parola.

John si strofina il mento. «Avevo dei sospetti.»

«Pensi che non si sia buttata?»

«Può essere.» John si appoggia allo schienale e si copre gli occhi con una mano. Fa così quando cerca di ricordare qualcosa, Maureen lo sa bene. «Ero venuto a sapere che la ragazza era andata alla stazione di polizia per lamentarsi di lui, del *tuo* Jamie.»

«Non è il *mio* bel niente.»

«Be', sì, lo era. Non è vero, tesoro? Ma questo è irrilevante» replica lui rivolgendole uno sguardo gelido. «Quello che importa è che la ragazza aveva detto che lui la seguiva, le dava i brividi, ma nessuno si era preoccupato di riempire qualche modulo. L'agente con cui aveva parlato, Paul, conosceva la madre e lei gli aveva detto che non bisognava darle retta, che stava attraversando un brutto periodo e che avrebbe apprezzato se avessero lasciato perdere. Io però ho pensato che ci fosse qualcosa di strano e sono andato a dare un'occhiata in camera della ragazzina per cercare un diario o qualcosa di simile, ma non ho trovato nulla.»

«Scommetto che aveva in mente qualcosa» dice Maureen. La pervade un miscuglio di rabbia, disgusto e vergogna.

«Tu lo conoscevi meglio di chiunque altro, no?»

Lei dilata le narici e cerca di trattenersi. «Lo conoscevo quando era un bambino, ed era terribile già allora. Disturbato. Non era normale. Chi lo sa cosa può essere diventato crescendo.»

«Buffo. È la stessa parola che aveva usato la madre di Kimberley. Disturbata. *Kim era una ragazza disturbata*, continuava a ripeterlo.»

«Be'...»

«Forse è qualcosa che dicono i genitori quando sanno di non aver fatto un gran bel lavoro con i loro figli e questi si comportano da stronzi, o quando non sono abbastanza attenti da accorgersi che il loro figlio è in pericolo e cercano di giustificarsi dicendo *ah, è il bambino che è disturbato, io non c'entro.*»

«Non hai idea di come sia stato per me.»

«Di nuovo tu. Si tratta sempre di te, Maur.»

«Ma non...»

«C'era qualcosa che non mi tornava, sai. Mi faceva venire i brividi, non sbatteva quasi mai le palpebre, non so. Mi sono chiesto se potesse averla uccisa lui. Ma quando li ho interrogati, entrambi giuravano e spergiuravano di aver visto la ragazza cadere. Senza prove non potevo fare niente. Ma se è stato lui... questo cosa fa di te?»

Maureen spalanca gli occhi. John non l'ha mai fissata così, con quello sguardo di ghiaccio, accusatore. Le sembra che tra loro si sia perso qualcosa, la comprensione reciproca, almeno in parte.

«Se ha ucciso qualcuno... Se l'ha fatto, non c'entra niente con me. Non lo vedo da... Non l'ho praticamente più visto da quando aveva sedici anni.»

«Be', è questa la questione, no? Natura contro educazione.»

«Natura. Sempre natura.»

«Immaginavo che l'avresti detto.» John fa un sorriso triste. «Chiamerò Nova Stokoe per darle una dritta. Magari questa Olive sa qualcosa, probabilmente non lo vede da anni, ma non si sa mai.»

Una scarica di terrore attraversa Maureen. Lo sanno tutte che tra loro è Olive quella che potrebbe metterle nei guai. Se Nova parla con lei, c'è il rischio che crolli tutto. Potrebbero finire in prigione.

«Non penso che sia il caso.» Sta cercando di tenere ferma la voce. Gli posa una mano sul braccio. «Lascia che faccia il suo lavoro, amore.»

«Una dritta non farà male.»

«Potrebbe mandarla nella direzione sbagliata.»

«Cosa stai nascondendo?» John si alza. La guarda accigliato, dall'alto dei suoi quindici centimetri in più. Maureen si sente minuscola, come se si fosse rimpicciolita mentre lui cresceva. John riempie la stanza e lei non è nulla. Sente l'urgenza di confessargli ogni cosa. Se dovesse finire in prigione, se dovessero finirci tutte, chissà se proverebbe di nuovo rispetto per lei. Forse si ristabilirebbe l'equilibrio nel loro rapporto.

«Niente. Nient'altro. È solo... È solo che non è più il tuo lavoro.»

«Dovevi proprio odiarlo» dice John, le labbra arricciate nella cosa più simile a un ghigno che lei gli abbia mai visto sul viso.

«Cosa vuoi dire?»

«Be', uno penserebbe che vorresti vedere risolto l'omicidio di tuo nipote, ti pare?»

14
Kaysha
6 gennaio 2000

Kaysha arriva a casa di Nova proprio quando l'orologio del municipio scocca le nove sulla città. Ogni volta che sono insieme hanno la sensazione che possa essere l'ultima e si strappano i vestiti di dosso a vicenda con la disperazione che accompagna solo la perdita. Non arrivano oltre il tappeto in finto vello di pecora davanti al camino, dove sudano illuminate dalla luce guizzante. Una vibrazione ripetuta proveniente dalla tasca della giacca di jeans di Kaysha, lasciata a terra vicino alla porta d'ingresso, disturba la loro intimità. Muovendosi, il cellulare fa sbatacchiare sul pavimento le spille smaltate sulla giacca, e Nova si ferma.

«Vuoi andare a rispondere?»

«No» dice Kaysha arrotolandosi i capelli di Nova intorno alle dita e spingendola a tornare a quello che stavano facendo. Il telefono smette finalmente di vibrare e lei si rilassa con le spalle sul tappeto. Qualche secondo dopo, dal Nokia di Nova sul tavolino in soggiorno parte una suoneria metallica.

«Cos'è, la sigla dell'*Ispettore Gadget*?» chiede Kaysha sbirciando in basso verso Nova, che arrossisce.

«Taci» risponde. Le bacia la coscia e si tira su.

«Non adesso» dice Kaysha afferrandole il polso proprio mentre lei si sposta carponi verso il telefono. «Mi manca pochissimo.»

Nova guarda lei e poi il cellulare. Kaysha inarca la schiena, le strattona il polso. Nova sorride e torna da lei.

Più tardi, quando Nova va a farsi la doccia, Kaysha aggiunge qualche ciocco al fuoco e controlla il telefono. C'è un messaggio vocale di Maureen, che sussurra che suo marito ha trovato un vecchio articolo che collega Olive a Jamie e sta cercando di mettersi in contatto con Nova per darle la dritta. Non serve che spieghi perché la cosa è allarmante. Se interrogano Olive, l'intera faccenda verrà fuori. È ancora innamorata di Jamie, non crede che abbia fatto quello che ha fatto, e Kaysha sa di aver commesso un errore invitandola a far parte del gruppo. È convinta che non riesca ad accettare la realtà, perché equivarrebbe ad ammettere di aver aperto la porta al lupo e di averlo invitato al banchetto.

Kaysha cancella il messaggio vocale e apre il cellulare di Nova per fare la stessa cosa. Temendo che il marito di Maureen possa cercare di rimettersi in contatto con lei, blocca il suo numero e spegne il telefono. Sente che l'acqua smette di scorrere nella doccia e che Nova appoggia il piede sullo strano tappetino da bagno in legno che cigola ogni volta. Fa appena in tempo a spingere il cellulare sotto il divano prima che si apra la porta.

«Ordino una pizza?» chiede Nova sorridendo e annodando la cintura della vestaglia.

Un'ora più tardi, sono distese sul divano a guardare Sarah Michelle Gellar e Selma Blair che si scambiano un bacio. Kaysha stacca dalla sua porzione di pizza le fette di salame piccante e se le mangia per prime, poi tocca al formaggio e infine, dopo essersi succhiata la salsa di pomodoro dai polpastrelli, alla base. Nova mangia la sua metà, vegetariana, normalmente.

«L'ho visto cinque volte, al cinema» dice, per poi riavvolgere la cassetta e guardare di nuovo il bacio tra le due attrici.

«Ci avrei scommesso» risponde Kaysha alzando gli occhi verso di lei da dov'è seduta, tra le ginocchia di Nova. Finisce la pizza e si pulisce le mani sulla coperta in cui è avvolta.

«Zoticona. Usa un tovagliolo o qualcos'altro.»

«Non ho voglia di spostarmi, quindi la scelta è tra questa e la tua vestaglia.»

«Non ci provare, è di seta.»

Kaysha agita le dita avvicinandole alla vestaglia blu e sorride. Nova si sporge a chiudere la scatola della pizza.

«Era buona» dice Kaysha.

«Sei mai stata a New York?» chiede Nova.

«No.»

«Voglio andarci e assaggiare la pizza che fanno là.»

«Loro la chiamano *pie*.»

«Mi piace... Hai presente i film in cui si mettono in bocca la fetta penzolante? L'ho sempre trovata una figata. Devo assolutamente provare la pizza floscia.»

«Quindi, tra tutte le gallerie d'arte, i teatri e i monumenti di New York City, tu vuoi andarci per la pizza molle?»

«Già.»

Kaysha ride e Nova la circonda con le braccia e le dà un bacio sulla testa. Sono tre anni che vanno avanti così, a perdersi e ritrovarsi una volta dopo l'altra. Sono elettrizzate dall'illecito, l'una sempre a caccia di informazioni dall'altra, a sussurrarsi all'alba cose che non dovrebbero dirsi come ricompensa per la notte. Kaysha è galvanizzata all'idea del pericolo insito nell'indicare a Nova la direzione giusta in un caso, basandosi sulle voci captate in locali malfamati o in bar usati come base per lo spaccio di droga. Viene ripagata in soffiate per il prossimo scoop, il nome di un hotel dove c'è stato un omicidio. A volte lo conosce già.

Appena prima che Kaysha conoscesse Sarah, lei e Nova avevano deciso di provare a dare una svolta alla loro relazione. Nova in particolare si era stufata dei loro incontri clandestini e dei baci veloci: voleva qualcosa di vero. Aveva presentato a Kaysha la loro vita come se fosse una carta geografica, lisciando le pieghe e indicando i posti che avrebbero visitato. Sarebbero andate a vivere insieme da qualche parte appena fuori dalla città, dove avrebbero potuto prendere in affitto una casa con giardino o magari un appartamento all'ultimo piano con terrazza sul tetto, avrebbero avuto un portico pieno di piante in vaso i cui viticci si sarebbero arrampicati sui muri. Avrebbero avuto una cucina con l'isola e sarebbe stata così bella che si sarebbero ripromesse di imparare a fare il pane e i dolci, anche se poi non l'avrebbero fatto davvero. La domenica mattina sarebbero rimaste a letto, a volte con i postumi della sbornia, a leggere il giornale. Nel pomeriggio avrebbero giocato a Cluedo e Kaysha avrebbe buttato all'aria il tabellone perché non le piace perdere, ma a Scarabeo avrebbe vinto sempre. Forse un giorno, se mai fosse diventato legale, si sarebbero sposate. Forse un giorno, se lo avessero voluto, avrebbero avuto un bambino, o magari due. Kaysha non aveva mai pensato seriamente al matrimonio, ma la vita proposta da Nova era così vivida e così perfetta, tipo pubblicità dei cereali, che non aveva potuto fare a meno di sentirsi sedotta dall'idea.

All'epoca tutte e due avevano una relazione con qualcuno. Kaysha stava da quattro anni con Gillian, un'ex compagna di scuola che era diventata la sua ragazza. Per un po' era stato un amore romantico, ma l'anno prima che Kaysha la lasciasse erano scivolate di nuovo in un'amicizia senza sesso, dimenticandosi di cambiare l'etichetta. Non era mai stato un rapporto particolarmente focoso, e quando chiusero per Gillian non fu una sorpresa. Piuttosto, quasi un sollievo. Le disse di aver conosciuto anche lei un'altra persona, cosa che un po' ferì Kaysha, anche se sapeva di non avere il diritto di prendersela. La casa dove abitavano era di Gillian e lei promise di andarsene entro la fine del mese. Non aveva dubbi che la nuova innamorata di Gill avesse già prenotato il furgone dei traslochi.

Nova invece ci mise di più ad affrontare la questione con la sua ragazza. Ripeteva a Kaysha che continuava a provarci, ma Ella cambiava sempre argomento. Alla fine, due giorni prima della data fissata per l'arrivo di Kaysha, Nova fece sedere Ella e le disse che tra loro era finita. Le disse proprio così, ma le sue parole non fecero presa. Ella le rispose che aveva scoperto un nodulo. Non era ancora andata dal medico, ma era terrorizzata, e Nova sentiva che non era giusto lasciarla. Kaysha le chiese se non potesse continuare a sostenerla da amica, e se le sembrava giusto stare con una persona che non amava solo perché forse era malata. Nova replicò che non poteva rompere con qualcuno che probabilmente aveva un cancro. Kaysha raccolse le sue cose e se ne andò, con il cuore spezzato e decisa a non ricascarci. Aveva promesso a se stessa che sarebbe stata l'ultima volta. Doveva andare oltre, buttarsi in un progetto e distrarsi. E così fece.

Una settimana dopo, aveva rintracciato Sarah – la prima della lista di donne a cui Jamie aveva fatto del male –, e tra loro era scattata subito la scintilla. Sarah le offrì un posto dove stare, visto che nel maniero c'erano un sacco di stanze inutilizzate. Sarah era una tipa diretta, traboccava di umorismo nero ed era rabbiosa quanto lei. Aveva un conto in banca pieno di soldi che aveva ereditato solo perché i suoi genitori non avevano nessun altro a cui lasciarli, ma lavorava in nero al pub in fondo alla strada per cinque sterline all'ora, *tanto per divertirmi*, diceva. Kaysha non ci mise molto ad accorgersi di quanto fosse segnata nel profondo e di come la bottiglia che stappava tutti i pomeriggi la tenesse insieme e nello stesso tempo la mandasse in pezzi. Quella prima notte rimasero sveglie fino al mattino, a raccontarsi storie. Piansero entrambe e poi parlarono ancora e si arrabbiarono di nuovo, cominciando a fare piani. All'alba avevano fatto sesso, un amplesso passionale e carico di rabbia. Kaysha trovava Sarah attraente – le piacevano le donne che sapevano badare a se stesse –, ma sapeva che non poteva lasciarsi coinvolgere troppo, non dopo che con Nova era andata a finire così male.

Nova si è appisolata. La testa le ricade indietro sul bracciolo del divano e la vestaglia le si è aperta a sufficienza da permettere a Kaysha di appoggiare la guancia sul suo petto lentigginoso. Ascolta il suo cuore, sente il calore della sua pelle, inspira il suo odore. Il modo in cui i loro corpi si adattano l'uno all'altro smuove qualcosa dentro di lei, facendole sperare in qualche universo parallelo dove non esistono indagini di omicidio, né Sarah né Ella, e loro due stanno insieme senza riserve. Nova si muove e, come se le avesse letto nel pensiero, la stringe di più a sé, per poi mormorare qualcosa che somiglia troppo a un *ti amo* perché Kaysha possa ignorarlo. Si addormenta desiderando di poter vivere in quell'attimo per sempre.

15

Sadia

1989

La prima volta che Sadia si era sentita come se avesse perso tutto aveva diciassette anni e si trovava in una stanza d'ospedale ammuffita destinata alle conversazioni difficili. C'era un vaso di gigli di plastica e la finestra non si apriva, quindi faceva caldo e aleggiava quell'odore chimico e dolciastro tipico degli ospedali. Il medico chiese a Sadia e a sua madre di aspettare lì mentre lui finiva di controllare i risultati degli esami. Lei si mordicchiò le unghie finché la madre non le tolse la mano dalla bocca. Quando il medico tornò e prese posto sulla sedia, era molto pallido. Sadia si domandò quante volte avesse pronunciato una sentenza di morte in quella stanza.

«Ho cattive notizie» iniziò il medico.

«Sto morendo» disse Sadia, e sua madre la zittì dolcemente. Il medico sorrise.

«Non *così* cattive» replicò lui, e si passò una mano sul viso tornando serio. «La notizia buona è che non sei malata. Tutto... funziona a dovere. La notizia cattiva è che non c'è tutto quello che dovrebbe esserci.»

«In che senso?» chiese la madre intrecciando le proprie dita a quelle della figlia e dandole una stretta.

«In parole semplici, sei nata senza utero, il che spiega perché tu non abbia ancora avuto il ciclo mestruale.»

«Cosa significa?» Sadia si portò istintivamente una mano all'addome. «Tipo... cosa... Che succederà?»

«L'utero è dove si sviluppa il feto» spiegò il medico tirando fuori dalla tasca un blocchetto per gli appunti su cui tracciò uno schizzo veloce. Sadia aveva visto la raffigurazione del sistema riproduttivo durante le lezioni di biologia, ma non ci aveva mai fatto troppo caso e non ricordava i nomi dei vari organi. Il medico li indicò a uno a uno, con la punta della penna. Lei aveva due piccole ovaie attaccate a una massa del tutto inutile là dove invece avrebbe dovuto esserci l'utero, e quella massa le scendeva fino alla vagina, che a dire del medico era poco profonda. Questo avrebbe reso difficile il sesso senza alcuni esercizi di allargamento manuale. Lei era arrossita e sua madre aveva sibilato *ci penserà quando sarà sposata*, ma il dottore aveva continuato come se non l'avesse sentita. «In conclusione, senza l'utero il ciclo mestruale non è possibile, e nemmeno una gravidanza. Mi dispiace, Sadia.»

La madre aveva spalancato gli occhi, mentre Sadia non aveva battuto ciglio.

«Ma non può aggiustarlo?»

Il medico scosse la testa e si strofinò il mento ruvido. «Non c'è niente che si possa fare. Mi dispiace.»

Sadia non aveva chiesto altro, limitandosi a fissare la punta delle sue Nike bianche che spuntavano oltre il bordo della gonna e ad ascoltare le domande infinite della madre, nessuna delle quali aveva avuto una risposta soddisfacente, finché non le era stato permesso di andare a casa.

Non aveva mai pensato più di tanto ad avere dei figli, se non come a una certezza astratta che aveva a che fare con il suo futuro, abbastanza lontano da consentirle di non preoccuparsene ancora. Immaginava qualcosa di simile alla sua famiglia: sarebbe andata all'università, si sarebbe sposata e poi avrebbe avuto dei bambini. Non aveva mai riflettuto su eventuali nomi, né messo in discussione il suo destino di madre, perché sembrava così scontato che la vita adulta e la maternità rappresentavano dei regali da aprire al momento opportuno. Cose che non aveva mai desiderato particolarmente finché non le era stato detto che le erano precluse.

Rimase a letto per giorni pensando a possibili nomi, fantasticando su un figlio che aveva i suoi occhi o una figlia i cui capelli neri e ricci scintillavano al sole mentre rideva in un parco giochi. Si chiedeva se qualcuno avrebbe mai voluto sposarla, sapendo che lei non avrebbe potuto dargli un bambino e che sarebbe stato complicato anche solo fare sesso. Immaginava il suo nuovo futuro, sterile in ogni senso, sentendosi come se quello che le era dovuto le fosse stato strappato di mano prima ancora che avesse avuto il tempo di capire quanto era prezioso.

Per la prima volta, quel pomeriggio, aveva messo in discussione il volere di Allah e addirittura la Sua esistenza. Più pensava alla nuova, dura realtà in cui si trovava, più perdeva la fede. Il mondo imponeva alle donne di fare figli, trasformando quelle che sceglievano di non averne in gorgoni insensibili a cui veniva rinfacciato che nella loro vita mancava qualcosa, che non avrebbero mai conosciuto il vero amore, e Sadia era stata relegata in quella femminilità di seconda categoria da un Dio che lei aveva sempre percepito vicino e che l'amava come lei amava Lui. Prima, ogni volta che le capitava di pensare alle persone meno fortunate di lei, si limitava a ripetere la frase fatta sentita da altri: *Dio agisce in modo imperscrutabile, abbi fede in Lui e aiuta come puoi.* Adesso era lei la sfortunata, e non aveva più fede.

Passarono le settimane e Sadia faceva tutto quello che ci si aspettava da lei: andava a scuola, pregava, cucinava, puliva e si occupava dei fratelli quando i genitori erano al lavoro, tutto senza provare nulla. Era come se la potenza delle emozioni si fosse prosciugata. Sapeva di essere intrappolata in una vita che era stata costruita in progressione verso qualcosa, un lieto fine che non ci sarebbe più stato. Nei momenti liberi cominciò a vagare in macchina per la città. Ogni tanto percorreva la tangenziale, girando intorno a Manchester oltre il limite di velocità, giusto per uscire di casa. Ben presto cominciò a saltare le lezioni e a spingersi in auto fuori città, all'inizio assicurandosi di essere di ritorno alle quattro come al solito, e poi senza curarsene più. Si sorbiva le ramanzine del padre quando rientrava a mezzanotte e se le lasciava scivolare addosso, prendeva la macchina della madre se le confiscavano le chiavi della sua. Scorrazzò per città piccole e grandi e per paesini da cartolina, percorse strade che si tuffavano e risalivano nelle valli rivestite di erica, e più di una volta, cercando il brivido dell'adrenalina, rischiò di fare un incidente.

Una domenica guidò per quattro ore prima di decidere che voleva trovare una spiaggia e perdersi con lo sguardo nella vastità dell'oceano, così seguì i cartelli per una strada costiera finché non la raggiunse. Era alle porte di Newcastle e si ritrovò sull'orlo di una scogliera, accanto alle rovine di un'antica chiesa, o forse di un castello. Il cielo era sereno e sulla spiaggia sottostante la gente si affollava e mangiava nei caffè incastonati alla base delle rocce. Soffiava un forte vento, le onde bordate di schiuma si frangevano sui massi sotto di lei. Sadia immaginò di lasciarsi cadere, l'aria sul viso, l'attimo di libertà assoluta prima della fine improvvisa. Sarebbe durato poco. Spalancò le braccia e chiuse gli occhi, lasciò che il vento le facesse ondeggiare il corpo, e i capelli che aveva smesso di coprire da settimane le svolazzarono intorno alla testa.

«Attenta» disse qualcuno mentre una mano si chiudeva intorno al suo polso. «Non saresti la prima a cadere da qui.»

L'uomo la invitò a bere qualcosa e lei annuì, anche se non beveva e probabilmente lui era troppo vecchio per offrire un drink a una diciassettenne. Era più alto di lei, i capelli chiari pettinati di lato, gli occhi che scintillavano nel sole. Sembrava sicuro di sé e distaccato, come se trovare una ragazza su una scogliera e offrirle da bere fosse una cosa che gli capitava tutti i giorni. Sperò che non fosse così.

L'uomo la portò in un locale poco lontano, e Sadia si ritrovò su una panca all'aperto mentre lui – che si era presentato come Jamie – entrava nel locale. Non le aveva chiesto cosa volesse, ma tornò con una bottiglia di vino bianco e due bicchieri. Avrebbe dovuto sentirsi in pericolo, seduta fuori da un pub in una cittadina sconosciuta con un estraneo, ma qualcosa, in lui, la mise a suo agio. Era stata attratta da quell'uomo appena l'aveva visto, e quando la bottiglia di vino fu vuota era convinta che fossero destinati l'uno all'altra. Lui le aveva salvato la vita. Il vento avrebbe potuto spazzarla giù dalla scogliera e lei glielo avrebbe concesso, ma Jamie aveva impedito che accadesse.

Parlarono tutto il pomeriggio mentre l'andirivieni dei bagnanti aumentava, per poi diminuire, finché gli strilli dei bambini in mezzo alle onde più sotto non erano cessati da un pezzo e l'aria si era fatta più fresca. Lui le offrì la sua giacca. Aveva un buon odore, come di dopobarba costoso.

«Ti sta bene» le disse Jamie. Sadia aveva sorseggiato il vino lentamente dopo che il primo bicchiere le aveva dato il capogiro, e provava una sensazione piacevole. Sembrava tutto più luminoso, più facile. Il mondo appariva più accogliente. «Ce l'hai, un ragazzo?»

Sadia arrossì. «No.»

Jamie sollevò un angolo della bocca e le tese una mano sopra il tavolo. Aveva mani pulite e curate, e mentre le accarezzava il polso lei notò le ossa e i tendini che si muovevano sotto la pelle. «Bene.»

«Non sono mai stata innamorata» disse lei. Qualcosa la spingeva a dire la verità, a dire tutto, anche più di quello che era necessario. «E non lo sarò mai, perché non posso avere figli.»

Era la prima volta che lo raccontava a qualcuno che non lo sapeva già e nel farlo si aspettava di provare una tristezza immane o un senso di inadeguatezza, e invece niente: era in preda a una sorta di torpore. Non ci credeva ancora del tutto. Jamie strinse le labbra e annuì.

«Come mai?» chiese dandole una strizzatina alla mano.

«Non ho l'utero» rispose lei. «Mia madre sta dando di matto, pensa che non mi sposerà mai nessuno.»

Lui rise gettando indietro la testa, con la pelle che si increspava agli angoli degli occhi. Lei gli vide la lingua rosa, la immaginò scivolare sul proprio collo e si sentì scaldare a quel pensiero.

«Secondo me, bella come sei, non devi preoccuparti che non ti voglia nessuno» disse lui. «Semmai sarà un problema scegliere, con la fila di uomini che si presenterà alla tua porta. Ci sono altri modi di avere figli.»

«Sei gentile a dire così» rispose Sadia.

«Ti confiderò un piccolo segreto» aggiunse Jamie sporgendosi verso di lei sul tavolo da picnic. Sadia avvicinò il viso, avvertendo il suo respiro sulla guancia. «Non posso averne nemmeno io. Forse era destino che ci incontrassimo.»

La loro storia d'amore progredì rapidamente e Sadia tornò a casa solo la settimana dopo per prendere le sue cose. I suoi genitori erano arrabbiati, confusi e preoccupati, ma lei se ne andò lo stesso. Jamie l'aveva ascoltata parlare della sua vita e della sua famiglia, della sua infertilità e dell'impressione che nessuno intorno a lei fosse in grado di capire cosa provava, del suo senso di estraneità e di emarginazione da una comunità che aveva sempre amato. Jamie si era dichiarato d'accordo su tutto e le aveva detto che meritava di più, che le serviva un nuovo inizio in un nuovo posto, e un nuovo genere di amore. Si sposarono il giorno dopo il suo diciottesimo compleanno, a tre mesi dal loro primo incontro, e Sadia si sentì finalmente integra, per la prima volta da quando aveva ricevuto la diagnosi, perché Jamie la amava per ciò che aveva e non si curava di ciò che le mancava.

Quella in cui vivono è una villetta indipendente con tre camere da letto, seminascosta dagli alberi al margine del bosco. Dalla strada non si vede, anche se in fondo al giardino si sentono le macchine che passano sulla via di campagna dall'altra parte. Non ci sono vicini, niente case per quattrocento metri in una direzione e solo bosco nell'altra. Sadia adorava quella solitudine, prima; si sentiva come in un bozzolo, specialmente dopo la nascita di Ameera, e pensava agli alberi come a un utero che offriva protezione e riparo alla sua famiglia. Jamie aveva sempre insistito che non cercasse un impiego, che avrebbe provveduto lui a lei, e all'inizio Sadia si era adagiata in quella consapevolezza sentendosi amata e appagata, soprattutto con l'arrivo della bambina. Non aveva amici al di fuori di quelli di Jamie, che facevano i suoi stessi orari di lavoro, e di conseguenza trascorreva le giornate in solitudine. Spesso le sue uniche interazioni, a parte quelle con Ameera, erano con le persone che lavoravano nei caffè o nei negozi dove andava. Si era appassionata alle loro vite come se guardasse una serie tv, seguendo i loro alti e bassi come se fossero i propri, senza mai rendersi conto di quanto fosse sola, dato che tutti le dicevano che aveva una vita invidiabile. Niente lavoro, pace e tranquillità, una figlia stupenda e un bel marito che provvedeva a tutto.

Ora è consapevole di quanto sia disperatamente sola.

Di come non ci fosse mai nessuno in grado di sentire le loro urla da un lato all'altro della cucina, lo schianto di un vaso di vetro mandato in frantumi o il tonfo di un pugno contro una cassa toracica. Nessuno in grado di accorgersi di un omicidio.

16

Olive
7 gennaio 2000

La biblioteca rimane chiusa dalla vigilia di Natale al 3 gennaio, ma quest'anno Olive non si presenta ai suoi primi turni, né il 5 né il 6. Quando la sua capa la chiama, le dice che è malata e poi si tira di nuovo le coperte sulla testa e torna a non dormire. Il 7 il telefono suona tre volte nel corso della giornata, ma lei non risponde. Più tardi, quando Julia bussa alla porta e urla il suo nome dalla fessura delle lettere, Olive si rannicchia a terra e si schiaccia contro il radiatore trattenendo il respiro, anche se le tende sono chiuse.

Julia bussa per quasi venti minuti e negli intervalli tra una serie di colpi e l'altra Olive la sente borbottare con qualcuno. Sospetta che si tratti di Nancy, la giovane protetta di Julia, una ragazza con la pelle e i capelli lisci dello stesso colore del *porridge* annacquato e una personalità più o meno altrettanto vivace, a suo modo di vedere. Sente Julia sospirare e annunciare che ha intenzione di chiamare la polizia perché è preoccupata, *non è da Olive comportarsi così, dev'esserci qualcosa che non va.*

«Non ho bisogno di niente!» urla Olive appena sente queste parole. «Sono contagiosa. Vattene.»

«Olive?» Le dita di Julia spuntano dalla fessura e gli

occhi sbirciano dentro. Olive prova l'impulso di sbattere l'aletta su quelle dita ficcanaso e premere fino a farle diventare tutte rosse, costringendo Julia a ritirarle con un gemito. «Stai bene? Puoi aprire la porta?»

«Vai via» ripete Olive con un colpo di tosse forzato. «Ti ammalerai anche tu.»

«Chiamiamo un dottore, Olive?»

«È solo influenza.»

«Nancy, per favore, telefona alla guardia medica.»

«Non mi serve un dottore!» grida Olive con la voce che si fa più acuta a ogni parola. Per qualche secondo cala il silenzio, poi si sentono le due donne confabulare.

«Noi andiamo. Prenditi un paio di settimane, Olive. Ci arrangeremo. Fammi sapere se hai bisogno di qualcosa... Rimettiti presto» dice Julia composta, e Olive le sente battere in ritirata. Rimane immobile per qualche minuto, raggomitolata nella sua camicia da notte nell'angolo sotto l'appendiabiti. Il buio è quasi compatto, interrotto solo dai fari di qualche auto di passaggio che illuminano l'ingresso attraverso la finestra sopra la porta.

Olive avverte il proprio odore pungente e sente i capelli unti incollati alla testa. Di solito li lava ogni mattina, ma negli ultimi giorni e nelle ultime notti, e pure nei momenti di passaggio dagli uni alle altre, è stata fuori fase. È il silenzio. Prima adorava il silenzio, e in genere le va ancora a genio. Per questo le piace la biblioteca: anche quando la gente le parla, lo fa in tono sommesso, come quando è quasi sola in chiesa. Le persone pregano sussurrando, autoilludendosi di chiedere aiuto a Dio, ma Olive sa che in realtà vorrebbero riceverlo da chiunque sia abbastanza vicino da sentire. È una vita che ascolta i sussurri facendo finta di non sentirli.

Anche quando Alonso era vivo e Kim era piccola, Olive si beava dell'ora mattutina di quiete dopo che lui era uscito per andare in miniera e la figlia non era ancora sveglia, quella in cui preparava il pranzo della bambina per la scuola, tagliava le croste delle fette di pane e staccava delicatamente una striscia di buccia intorno al mandarino per poi richiuderla, in modo che le dita infantili riuscissero a sbucciarlo facilmente. A volte, senza riflettere, faceva la stessa cosa per il pranzo di Alonso. Stirava la camicetta di Kim davanti al televisore, guardando scorrere i titoli con il volume basso e innervosendosi per una macchia d'erba sul poliestere bianco che la mattina prima era pulito e stirato. Se c'era dello sporco da qualche parte, Kim lo trovava di sicuro. Sua figlia attirava il caos su di sé. Era solare, chiacchierona e spiritosa come il padre. Aveva il suo sorriso, tanto ampio che i grandi occhi scuri le si chiudevano e quasi tutti i dentini venivano messi in mostra. Fossette così profonde che ci si poteva cadere dentro.

Il silenzio è assordante adesso, e anche se sono più di dieci anni che la casa è così silenziosa, Olive non si è mai sentita così terribilmente sola. La solitudine le piace, ma era bello sapere che da qualche parte c'era qualcuno a cui, una volta, importava di lei. Ora, tutto ciò che ha amato è sparito. Preme le dita sul piccolo crocifisso d'oro che porta al collo.

Va in cucina e accende la radio. All'inizio la *Sonata al chiaro di luna* le ferisce le orecchie, ma lei alza il volume al massimo e mette la radio nel lavello in modo da aumentare l'eco. Apre un cassetto e ne estrae manciate di strofinacci puliti e stirati, li getta nella lavatrice, programma il ciclo più lungo e avvia anche l'asciugatrice vuota. Poi è il turno del televisore – danno un gioco a premi –, alza pure quel volume al massimo e si siede sul divano. Accavalla le gambe e le riporta in posizione. Guarda ridere la famiglia che partecipa al quiz e il conduttore rispondere con un sorriso a trentadue denti sbiancati. La casa risuona di rumori, tanto alti che non c'è da stupirsi se non sente il pulsare ritmato della musica da discoteca che Kim, adesso ventenne, ascolta al piano di sopra mentre si prepara per una serata fuori con le amiche, a ciondolare nei bar sulla spiaggia, a ridere insieme a uomini che potrebbero baciare. Non sente il ticchettio di Kim nel bagno sui tacchi troppo alti alla ricerca del suo ombretto azzurro, non sente lo scricchiolio quando si lascia scivolare sulla ringhiera e va in cucina a farsi un drink prima di andare al pub, anche se sa che lei disapprova. Sono così forti, i rumori, che è impossibile sentire Alonso che entra dal garage, cantando le parole sbagliate di una nuova canzone, stonato e con la barba più argentata di quanto lei abbia mai potuto vedere. Non sentirà lo sfrigolio dell'olio quando lui getta una manciata di scampi nella pentola e nemmeno il tintinnio quando lui e Kim fanno toccare i bicchieri prima che lei saluti il padre con un bacio sulla guancia e si scoli il suo drink. Probabilmente non sentirà nemmeno la porta che sbatte, spinta dal vento, quando Kim esce dall'ingresso mentre Alonso passa dal retro per cenare in giardino. Non sentirà Jamie che, in loro assenza, entra di soppiatto, giovane e ancora tutto intero, la bibbia in mano, cercando lei e salendo piano le scale per trovarla nel letto. Sono ancora tutti qui, pensa mentre scivola in un sonno leggero, penetrando appena sotto il frastuono in un silenzio di tomba.

17

Kaysha
7 gennaio 2000

La voce del giornalista che esce dal grande televisore in soggiorno è quasi coperta dall'acciottolio di stoviglie in cucina. La routine è la stessa della loro infanzia: Kaysha, la maggiore e più responsabile, lava; Deja, quella noiosa, asciuga; Dev mette a posto mentre balla, ormai adulto, come tutti loro. Lascia cadere una tazza e ride.

«Dev!» urla la madre dal soggiorno, perché è sempre stato maldestro e lei lo sa. «Stai attento.»

«È stata Deja!» grida lui di rimando chinandosi a raccogliere i cocci. «L'ha fatto apposta.»

Sentono un *mmh* poco convinto della madre e Deja guarda torva il fratello, poi alza gli occhi al cielo e si getta i capelli dietro la spalla.

«Che bambino!» dice prima di passare lo strofinaccio a Kaysha e uscire a grandi passi dalla cucina. Kaysha e Dev ridacchiano e finiscono di mettere via i piatti. Sono sempre stati più uniti, nonostante la differenza di età e il fatto che Dev e Deja siano gemelli. Scherzano sulla sorella, secondo loro nata senza senso dell'umorismo; sostengono che nell'utero lui si è accaparrato tutti i geni della personalità e a lei ha lasciato solo una passione per i lavori domestici e una tendenza a organizzare cose già organizzate.

Il ventisettesimo compleanno dei gemelli è la settimana prossima, ma Dev sarà in spiaggia a Marbella con degli amici, e per questo lo stanno festeggiando in anticipo di qualche giorno con una cena in famiglia e una torta presa al supermercato. Non hanno ancora acceso le candeline, ma Dev ha già infilato un dito nella glassa. A Kaysha è stato detto di portare Sarah, che ha incontrato la famiglia una sola volta, ma non l'ha fatto. Entrambi i gemelli sono single, perché Deja ha rotto con il suo ragazzo qualche settimana fa e anche se Dev passa da una fidanzata all'altra, una più splendida dell'altra, come se andassero fuori moda, al momento non ne ha nessuna. Kaysha preferisce che sia così, perché quando ci sono soltanto loro prima o poi vanno tutti e letto, e lei e sua madre stanno alzate a parlare fino a notte fonda. Sua madre è la persona che più adora al mondo. La considera un'anima gemella, si dicono tutto. Quasi tutto. Kaysha non la vede e non le parla come si deve dalla breve telefonata piena di tensione della vigilia di Capodanno, e non è troppo felice all'idea della conversazione che seguirà. Non può mentire a sua madre, ma non vuole nemmeno coinvolgerla. Le legge in faccia che non vede l'ora di riprendere il discorso, sa che qualcosa non va.

Dopo aver riposto i piatti, accendono le candeline e i gemelli si sporgono sulla torta per spegnerle. Deja le riaccende perché sostiene che Dev ha soffiato prima di lei, così cantano di nuovo *Happy Birthday* solo per Deja. Giocano a Monopoly e Dev vince dopo che Kaysha gli ha venduto Park Lane per una sterlina e lui ci ha piazzato sopra un albergo. Deja finisce sulla casella, perde clamorosamente e se ne va a letto. Alle nove Dev esce per rispondere a una telefonata e poco dopo va via, con un inconfondibile guizzo negli occhi. Romesh, che è il padre dei gemelli ma non di Kaysha, dorme in poltrona, e a quel punto restano solo lei e sua madre. Raramente Kaysha è stata così nervosa.

Roxy l'attira a sé e Kaysha le appoggia la testa nell'incavo tra il collo e la spalla. Il volume del televisore è basso, ma nessuna delle due sta guardando davvero il programma.

«Allora, pulcina, cosa c'è che non va?» chiede Roxy con voce dolce.

«Non posso dirtelo» risponde Kaysha, e sa che sua madre rispetterà quella scelta ma si preoccuperà ancora di più.

«Va bene» dice Roxy accarezzandole la testa. «Ha a che fare con il lavoro e sono informazioni riservate?»

Kaysha scuote la testa, pur sapendo che se avesse detto di sì Roxy avrebbe lasciato perdere. Non riesce a mentire a sua madre. Non ci è mai riuscita. Le si chiude lo stomaco. Odia tenerle nascosto qualcosa, anche se è la cosa giusta da fare.

Roxy rimane in silenzio per un po', poi le chiede come sta Sarah. Kaysha fa spallucce. Non vuole parlare di Sarah. Non si piace troppo quando pensa a come la sta trattando.

«Non benissimo.»

«Di nuovo attaccata alla bottiglia?» domanda Roxy.

«Già» risponde Kaysha.

Per un mese, prima di Natale, Sarah aveva drasticamente ridotto il consumo di alcol. Parlava di vendere tutto e partire per un viaggio, con l'idea di trovare un posto in cui ricominciare da capo. Kaysha ci aveva quasi creduto. Dalla vigilia di Capodanno invece beve più che mai.

«Non devi restare per forza, lo sai, vero? Qui sei sempre la benvenuta.»

«Lo so» risponde lei, ma anche se ama la sua famiglia più di qualsiasi altra cosa al mondo non vuole tornare a vivere lì.

«Non spetta a te prenderti cura di lei.»

«È solo che è in un momento difficile.»

Riportano l'attenzione sullo schermo, attraversato da un investigatore in giacca e cravatta che rincorre un uomo con la pistola.

Roxy dice: «Ti vedi di nuovo con la poliziotta.»

Kaysha le lancia un'occhiata. «Da cosa l'hai capito?»

«Io so sempre tutto» risponde Roxy. «Pensavo che con lei avessi chiuso.»

Kaysha si raddrizza sul divano girandosi per appoggiarsi al bracciolo opposto, e infila la punta dei piedi sotto la coscia della madre. «Per quanto riguarda Nova, non devi preoccuparti.»

«Non ho detto niente» ribatte Roxy, ma incrocia le braccia. Chiude gli occhi e rimane in silenzio. Kaysha sa che si sta concentrando sul proprio respiro per spazzare via la rabbia o la preoccupazione o qualsiasi cosa provi al pensiero di sua figlia che va a letto con una poliziotta. Ha imparato la tecnica da un induista, un suo vicino di quando era ragazza. Ha sempre detto che quell'uomo e sua moglie erano gentili con lei. Le avevano insegnato a controllare la rabbia dopo che suo padre se n'era andato. Una volta aveva spedito a lei e ai suoi quattro fratelli un biglietto natalizio con dentro una banconota da cinque sterline da dividersi. Non lo avevano mai più rivisto.

Suo padre era bianco e sua madre nera. Roxy era quella con la pelle più chiara, tra i suoi fratelli e nella congregazione, e i suoi amici bianchi le dicevano che le invidiavano *l'abbronzatura*. In estate confrontavano il braccio con quello di Roxy per vedere se la pelle scurita dal sole somigliava finalmente alla sua, e le dicevano che pensavano a lei *come a una bianca*, quasi fosse un complimento. Roxy l'aveva considerato tale finché non era diventata abbastanza grande da capire che quello che dicevano, in realtà, era *pensiamo a te come a un essere umano*, e si era resa conto che se avesse avuto la pelle scura come sua madre probabilmente non avrebbero notato in lei nessuna bellezza.

«Pensa a quello che fanno a noi» dice Roxy alla fine.

Kaysha geme e si copre gli occhi con la mano. Ne hanno già parlato decine di volte. «Lo so, mamma. Però non sono tutti... Lo sai, insomma. Lei non è così.»

«Certo che no» replica Roxy alzandosi dal divano. «Tè?»

«Sì» risponde Kaysha. Poi ascolta i respiri profondi della madre in cucina, il borbottio del bollitore e il tintinnio delle tazze. Fino a tredici anni Kaysha è vissuta a Brixton ed è perfettamente consapevole di come la polizia si comporta con i neri.

«Lo sa come ti hanno trattata quando sei stata violentata?» chiede sua madre. Kaysha sussulta, ma Roxy non ha mai avuto paura di chiamare le cose con il loro nome. *Non pronunciare la parola non basta a cancellare quello che è successo*, direbbe. Kaysha concorda sul principio e fa del proprio meglio per non girare intorno alle cose, ma quando si tratta del suo trauma è diverso. Non ha mai parlato a Nova dello stupro, crede che sia una questione personale e non vuole che pensi a lei in modo diverso o che la consideri una vittima.

Kaysha non risponde e Roxy dilata le narici. «Non gliel'hai detto perché hai paura che ti tratti come ti hanno trattata quelli. Sai che nel profondo è così anche lei.»

«Non abbiamo quel genere di rapporto, mamma. È solo sesso.»

A sua madre va di traverso il tè e Romesh cambia posizione, ma poi ricomincia a russare.

«Stronzate. Ho visto in che stato eri l'ultima volta che ti ha mollata. Non è solo sesso. Se non ti fidi di lei...»

«Mi fido di lei.»

«Se lo dici tu...»

«Be', di sicuro non posso parlargliene adesso, giusto?» dice Kaysha accennando con la testa al televisore. È cominciato il telegiornale delle dieci e sullo schermo compare il viso di Jamie. È apparso anche su tutti i giornali. È il genere di notizia di cui in condizioni normali Kaysha avrebbe voluto occuparsi a qualsiasi costo, ma l'ha lasciata a una collega. Non vuole scrivere niente di positivo su di lui, perché quando muore qualcuno è obbligatorio, anche se si tratta di un bastardo.

«La polizia sta indagando sulla morte di un uomo che è stato ritrovato, brutalmente assassinato, in un hotel a Byker» esordisce il giornalista.

Roxy si sporge in avanti, la bocca aperta. Lancia un'occhiata a Kaysha. «È lui» dice con gli occhi sbarrati.

Kaysha annuisce. «È da un paio di giorni che ne parlano dappertutto» risponde.

«L'avevo sentito, ma non avevo capito che era lui.»

«Già.»

«Ecco perché sei così turbata, ultimamente.»

Kaysha non dice niente e guarda il pavimento.

«Kay.»

«Non l'ho ucciso io.»

«Ok.»

«Non sono stata io. Ho bisogno che tu lo sappia. Non sono stata io.»

«Però sai chi è stato?»

Kaysha si strofina il collo. «Sto cercando di scoprirlo.»

«È stata Sarah?»

Kaysha prova un moto di rabbia nei confronti di sua madre per averlo anche solo ipotizzato, ma le basta pensare a quante volte si è chiesta la stessa cosa per farselo passare. «No, sono stata con lei quasi tutto il tempo, la vigilia di Capodanno. È rimasta sola per un'ora al massimo.»

«In un'ora si può uccidere qualcuno.»

«Lei parla e basta» dice Kaysha. «Non lo farebbe mai davvero.»

«Però avrebbe un movente?»

«Ci sono un sacco di persone che avrebbero un movente.»

18

Kaysha
Maggio 1985

Il dolore partì dal petto per irradiarsi alle spalle, alle clavicole, al collo, e infine alla nuca, rimbalzando su una superficie dura. L'anellino del naso fu spinto nel setto e qualcuno le soffiò nella bocca, facendola sentire come se stesse sott'acqua e il respiro le fosse rimasto dentro i polmoni per troppo tempo. Kaysha ebbe la vaga sensazione di essere sul punto di morire e provò una grande calma. I pugni cessarono, si udirono dei passi. Diede qualche piccolo colpo di tosse e poi sentì qualcuno accanto a lei chiamarla per nome, con il sollievo nella voce.

Rinvenne un po' di tempo dopo. Delle dita le premevano il lato del collo e poi il polso. Di nuovo il suo nome, a voce bassa. Stavolta era un po' più presente a se stessa e aprì un occhio, senza riuscire a vedere molto più che la sagoma scura di una persona e la luce alle sue spalle. Si chiese se fosse un qualche genere di aureola, poi scivolò di nuovo nell'incoscienza.

La terza volta, la luce le premeva sulle palpebre e lei riuscì ad aprire tutti e due gli occhi. Era in una stanza che non riconobbe e il panico le sfarfallò dentro, in un punto profondo e quasi inaccessibile. Si rese conto che doveva esserle successo qualcosa di brutto, ma ci volle parecchio prima di sentir nascere nel corpo l'istinto di fuga, il desiderio di scappare, e anche quando arrivò quasi non riuscì a muoversi.

Finalmente entrò qualcuno, la stessa persona di prima, con un bicchiere pieno d'acqua tra le mani. Le sorrise e la aiutò a mettersi seduta e a bere. Tremava. Lei aveva la gola secca e chiusa e cominciò a tossire, chiedendosi se avesse avuto una reazione allergica o qualcosa di simile. Poi le venne il dubbio di essere in ospedale, ma capì che non era così.

L'aria nella stanza sapeva di sudore e acqua di colonia scadente, il marciume dolciastro dell'umidità. Appena ebbe mandato giù l'acqua la espulse, e l'uomo la fece inclinare in avanti battendole la mano sulle spalle. Vomitò tutto sulle ginocchia nude e sul pavimento, sentendosi soffocare perché non era abbastanza piegata. Quando smise di vomitare, per un istante ebbe l'impressione di essere un po' più lucida e si guardò intorno, rendendosi conto di conoscere l'uomo che si stava occupando di lei. Jamie. Non conosceva il suo cognome, però. Era un amico di un amico e frequentava la sua stessa università. Una volta, a settembre, era stata a casa sua a una festa prima di passare la notte fuori. Non riusciva a capire cosa ci faceva di nuovo lì. Non le sembrava di aver avuto in programma di venirci.

Jamie la aiutò ad alzarsi e lei vomitò di nuovo mentre lui la sosteneva, ma era rimasta soltanto un po' di bile. Lui la accompagnò fuori dalla stanza facendole attraversare un ingresso buio per arrivare in un bagno. Le disse che era meglio che facesse una doccia e le aprì il rubinetto della vasca. Solo quando si ritrovò seduta sotto il getto dell'acqua, Kaysha si rese conto di essere già nuda. Jamie staccò il soffione e glielo passò dicendole di darsi una ripulita, ma non uscì e si sedette sul coperchio del water, gli occhi incollati al pavimento. Inspirava dal naso ed espirava dalla bocca, intenzionalmente, come se cercasse di calmarsi.

«Grazie» gli disse lei sentendo bruciare la gola nel pronunciare quelle due sillabe. Lui la guardò e Kaysha raccolse le ginocchia verso il petto per nascondersi, anche se l'aveva già vista.

«Stai bene?» le chiese, la voce bassa e dolce. Si passò una mano sulla fronte.

«Sono morta?» domandò lei orientando verso le ginocchia il getto tiepido per lavare via il vomito. L'odore le salì alle narici facendole venire un conato. Jamie si portò un dito al naso.

«No» rispose.

«Mi stavi facendo un massaggio cardiaco» disse lei.

«Sì.» Jamie la guardò. Era pallido e continuava a toccarsi il petto con la mano, come per assicurarsi che il cuore battesse ancora. «Pensavo che stessi peggio. È tutto a posto.»

«Cos'è successo?» chiese Kaysha, e spostò il soffione in modo da farsi scorrere l'acqua sul petto dolorante. Anche se il bagno era illuminato solo da un lampione la cui luce filtrava da un vetro smerigliato, vedeva che sui seni stavano affiorando delle chiazze scure. Lividi, o forse morsi. «Mi fa male tutto.»

Jamie emise un verso gutturale.

«Sì, ero... Non sentivo più il battito.»

«Grazie» sussurrò lei di nuovo. Stava battendo i denti. Prese una saponetta e cominciò a strofinarsela addosso. Quando le sfuggì di mano, la ripescò dai pochi centimetri d'acqua che si erano raccolti sul fondo della vasca. Mentre si stregava le cosce, si accorse che le facevano male anche quelle. Si toccò la vulva e inspirò tra i denti. La fitta di dolore la colse di sorpresa mozzandole il fiato, e per qualche secondo non riuscì a respirare. Jamie le lanciò un'altra occhiata.

«Stai bene?» le chiese ancora, e lei annuì.

«Potresti lasciarmi un attimo da sola?»

«Ho paura che tu svenga di nuovo» disse lui, però si girò verso il muro dandole le spalle.

Kaysha era a disagio, ma ancora confusa, stanca e riconoscente delle sue premure. Prese un bel respiro e sollevò un tallone sul lato della vasca, facendo leva e mordendosi le labbra per trattenere un gemito. Il dolore era affilato e insieme profondo, e quando tirò via le dita le sentì imbrattate di qualcosa.

«Potresti accendere la luce?»

Jamie si sporse a tirare un cordino e Kaysha dovette strizzare gli occhi abbagliati dal chiarore improvviso che le provocò una fitta alla testa. Si guardò le dita: c'era del sangue, vivo e recente, non mestruazioni. C'era anche qualcos'altro, qualcosa di lattiginoso, e lei cercò di tirarsene fuori ancora, solo per essere sicura. Il cuore le batteva più forte del dovuto. Si strofinò i polpastrelli e capì cos'era.

Quando alzò lo sguardo, vide che Jamie era ancora girato dall'altra parte ma la osservava dallo specchio, gli occhi sbarrati senza un battito di ciglia. Dalla gola le uscì un singhiozzo. Jamie non si mosse.

«Cos'è successo?» chiese di nuovo Kaysha strofinandosi con il sapone nonostante il dolore. Voleva spingerselo dentro, cancellare ogni traccia di lui.

«Cosa vuoi dire?» domandò lui accavallando le gambe.

Solo in quel momento lei notò che indossava una vestaglia, con le sottili gambe bianche che spuntavano da sotto la stoffa come le radici di una pianta. L'acqua che scorreva era diventata fredda e Kaysha rabbrividì.

«Perché sono qui?» Iniziò a ruotare polsi e caviglie, piegare ginocchia e gomiti, come per verificare fino a che punto aveva il controllo del proprio corpo. Si sentiva pesante, le membra stanche e sconnesse.

«Adesso stai bene» le disse Jamie distogliendo lo sguardo dallo specchio e riportandolo sul muro. Si torse le mani. «Non preoccuparti.»

Lei avrebbe voluto ribattere che non stava bene, che riusciva a sollevare le braccia a fatica e non credeva di essere in grado di camminare, correre neanche a pensarci, che non sapeva perché era lì né cos'era successo. Non disse niente.

«Vuoi che ti aiuti a uscire?» domandò lui.

«Posso avere un asciugamano?»

Sul pavimento ce n'erano alcuni in un mucchio e Jamie li guardò.

«Dovrei averne uno più pulito in camera mia» disse lasciando la porta socchiusa. Tornò dopo pochi secondi. «Non è immacolato, ma meglio di quelli.»

Si chinò su di lei e la sostenne con un braccio per farla alzare. Puzzava di sudore stantio e Kaysha ebbe un conato, ma non vomitò. Mentre usciva dalla vasca rischiò di scivolare e afferrò Jamie per la spalla, con il risultato che la vestaglia si aprì. Prima che lui potesse richiuderla, intravide il suo petto. Era solcato da righe rosa scuro, alcune così profonde da risaltare, rosse, sulla pelle, e le ci volle qualche istante per rendersi conto che erano graffi.

Kaysha era seduta sul bordo del letto di Jamie, e l'aria era così fredda sulla pelle umida da darle i brividi, ma nello stesso tempo si sentiva ardere. Jamie prese un mucchietto di vestiti dai piedi del letto e glieli avvicinò. Erano i suoi. Se li mise mentre lui distoglieva lo sguardo. Le mancava una calza, lui se ne accorse e la cercò sotto il letto, senza trovarla, per poi passargliene una presa dal suo cassetto. Indossava ancora la vestaglia ed era seduto sulla sedia della scrivania, la testa appoggiata contro il muro, i piedi nudi premuti sul pavimento. Dopo un po' si alzò e cominciò a vestirsi, e mentre si infilava una camicia nera dalla testa a Kaysha venne in mente una scena della sera prima, uno sprazzo soltanto: un pub dove aleggiava l'odore di vodka e lui che le allungava un bicchiere pieno di un liquido rosa.

Kaysha voleva chiedergli cosa c'era in quel drink. Voleva chiedergli cosa ci faceva nella sua camera da letto, intontita, quasi morta, coperta di lividi e di sperma. Voleva dirgli che sapeva che non sarebbe andata a letto con lui, non in condizioni normali, mai e poi mai. Voleva dirgli che sapeva che lui non stava tremando per la preoccupazione o per la vergogna, ma perché per poco non l'aveva uccisa. Voleva dirgli che sapeva cosa le aveva fatto, e invece tacque, e quando lui le chiese se desiderava uno strappo fino a casa lei sorrise, annuì e disse *sì, grazie*.

Appena la macchina di Jamie se ne fu andata, Kaysha chiamò un taxi per farsi portare alla stazione di polizia. Erano passate da poco le cinque e il sole si stava già arrampicando nel cielo. Non si cambiò, ripartì da casa esattamente com'era, e il tassista disse *non volevi farti vedere messa così, eh, gioia?*. Lei non aveva risposto e lui aveva aggiunto *niente di cui vergognarsi, è capitato un sacco di volte anche a me, sai.*

L'intera stazione di polizia era impregnata dell'odore di disinfettante, così intenso che Kaysha sentì l'interno del naso irritarsi come se avesse l'influenza. Si mise a respirare dalla bocca per evitare di inspirarlo e vomitare. Lo aveva sentito appena entrata nell'ingresso, mentre aspettava che un agente registrasse il suo arrivo. Lì era attenuato dalle ventate di aria fresca che arrivavano all'aprirsi e chiudersi delle porte, ma nella cella con la porta spalancata in cui era stata accompagnata, che l'agente aveva chiamato *sala d'aspetto*, era fortissimo.

Non c'erano finestre e alla plafoniera mancava una lampadina. Di fianco al bagno, una piantana diffondeva nella cella una luce ambrata. In un angolo, sul pavimento, c'era una pila di riviste malconce e a una parete era appeso un poster su cui si leggeva L'AGENTE DI PATTUGLIA SBARAGLIA LA MARMAGLIA, con il disegno di un poliziotto sorridente che, manganello in mano, stava in piedi accanto a una cabina telefonica per le chiamate di soccorso. Qualcuno gli aveva annerito un paio di denti.

Kaysha chiuse gli occhi. L'eco delle voci e degli scarponi duri nei corridoi le sembrava amplificata. Anche il raschiare dei suoi polmoni le arrivava più forte di quanto fosse possibile. Si sentiva le membra pesanti. Cercò di concentrarsi sul mal di testa, sui lividi che aveva sui fianchi, sul pulsare sordo all'addome, lasciando che il dolore si espandesse fino a riempire ogni centimetro del suo corpo.

Dopo un bel po', entrò un poliziotto con i capelli bianchi. Si appoggiò allo stipite a braccia conserte. Era alto e grosso, con degli occhiali che gli facevano apparire gli occhi più grandi del normale.

«Signorina Jackson?» chiese squadrandola da capo a piedi. Kaysha annuì e lui le fece cenno di seguirla.

Percorsero il corridoio fino a una stanza con due sedie e una scrivania. Faceva troppo caldo e c'era troppa luce, e una delle pareti era in vetro nero. Kaysha sapeva che era uno specchio unidirezionale e si domandò se qualcuno la stesse osservando dal lato opposto. Il poliziotto si sedette e con un gesto la invitò a prendere posto sulla sedia di fronte, poi tirò fuori dal cassetto dei fogli e una biro con l'estremità rosicchiata. Batté i fogli sul ripiano per allinearli, si accese una sigaretta e guardò Kaysha negli occhi.

«Allora» disse soffiando il fumo verso il soffitto. «Come mai qui?»

Kaysha fece un respiro profondo. «Sono stata violentata.»

«Da chi?» chiese lui guardandola al di sopra degli occhiali.

«Da un certo Jamie.»

«Da un certo Jamie» ripeté lui prendendo un appunto. «E dov'è successo? Quando?»

«Da pochissimo... Qualche ora fa. Ero a casa sua, penso.»

«Pensa?»

«Non ricordo granché.»

«Cosa ci faceva a casa sua?»

«Non lo so. Mi sono svegliata lì» rispose Kaysha.

«E dov'è stata prima di arrivare a casa sua?»

Kaysha riferì con voce piatta quello che ricordava, concentrandosi sui dati di fatto e cercando di tenere a bada le emozioni. Gli disse che aveva in programma di vedersi con un'amica in città per bere qualcosa e festeggiare l'esame conclusivo di quell'anno.

«Cosa studia?» domandò l'agente con la penna sospesa sopra il foglio.

«Letteratura inglese.»

Lui sollevò un sopracciglio. «Quindi è brava a inventare storie.»

«Cosa intende?»

Il poliziotto sogghignò scuotendo la testa. Poi lanciò il mozzicone in un cestino vuoto ai suoi piedi. «Vada avanti.»

Kaysha riprese a parlare. Era arrivata al pub intorno alle sette, ma Denise non era ancora lì. Il locale era più affollato del previsto perché avevano organizzato un quiz, e dato che lei non partecipava aveva dovuto sedersi al bancone. Aveva notato una coppia che si separava a un tavolo vicino. Dopo che la donna se n'era andata, l'uomo era scoppiato a piangere e lei si era sentita un po' un'intrusa, in quel momento così intimo. Lui aveva singhiozzato, poi era andato a giocare a una slot machine, premendo i tasti con forza eccessiva, e alla fine, quando probabilmente aveva finito gli spiccioli, aveva sferrato un pugno alla macchina ed era uscito dal pub come una furia. Era stato allora che Jamie si era seduto accanto a lei e con un cenno della testa alla slot aveva detto *che coglione!*, senza neanche un *ciao*. Kaysha ci aveva messo qualche secondo a rendersi conto che lo conosceva, di vista, e che non era un cascamorto qualunque.

Avevano parlato per un po' e lei gli aveva chiesto del suo corso di laurea, degli amici, di un eventuale lavoro, mentre lui non le aveva fatto domande, se non per sapere chi stava aspettando e quando sarebbe arrivata la sua amica. Le aveva raccontato che studiava scienze biologiche e che gli esami erano stati tosti. Kaysha disse al poliziotto che lei continuava a cercare con gli occhi Denise, che alla fine non si era presentata all'appuntamento, almeno a quanto poteva ricordare. Aggiunse anche che a un certo punto Jamie le aveva detto che era bellissima, come un'amazzone, e lei aveva alzato gli occhi al cielo ed era andata in bagno. Quando era tornata, Jamie aveva preso un altro drink a tutti e due. Un ombrellino di carta e una ciliegia glassata erano appoggiati al bordo del bicchiere. Era un cocktail che non aveva mai assaggiato e le era sembrato che avesse un sapore strano, ma non sapeva che sapore avrebbe dovuto avere. Quella era l'ultima cosa che ricordava chiaramente fino a quando si era svegliata.

«Cos'aveva bevuto?» chiese l'agente con un'altra sigaretta all'angolo della bocca.

«Solo due drink.»

«Ah, e quali erano questi *due* drink?»

«Il primo era un vodka tonic e quello che mi ha pagato lui era un cocktail, qualcosa a base di frutta.»

Il poliziotto annuì e prese un appunto. «E ha lasciato il drink incustodito, per qualche motivo?»

«No, ma lui mi ha preso il secondo mentre ero in bagno.»

L'agente alzò gli occhi al cielo e si appoggiò allo schienale incrociando le braccia sul petto. «Signorina Jackson, sua madre non le ha insegnato che non si lascia mai incustodito un drink?»

«No. Era troppo occupata a insegnare a mio fratello a

non mettere della droga in quelli delle ragazze» rispose Kaysha prima di riuscire a impedire che le parole le uscissero di bocca.

L'agente fece un sorrisino di scherno. «Non sono convinto che sia stata drogata.»

«Non ero ubriaca.»

«Gli studenti non bevono sempre prima di uscire?»

«A volte, ma...»

«Probabilmente era solo ubriaca.»

«No, non lo ero.»

«Ha qualche ricordo del presunto stupro?»

«No.»

«Ha qualche ricordo di aver espresso il suo dissenso all'atto sessuale?»

«No, ma...»

«Allora come fa a sapere che non è stato consensuale? Farsi offrire da bere lancia un segnale di un certo tipo a un uomo. Sono sicuro che lo sa.»

Kaysha non disse niente e si guardò le mani. Gli occhi le si riempirono di lacrime. Era venuta a sporgere denuncia perché era quello che consigliava sempre alle altre ragazze. Faceva parte di un gruppo di donne, all'università, quasi tutte bianche, che si batteva per un miglior trattamento delle vittime di abusi sessuali, e la raccomandazione principale era di rivolgersi alla polizia appena possibile dopo aver subito una violenza, perché più persone denunciavano più la polizia sarebbe stata costretta ad ascoltarle e prendere provvedimenti. Avevano organizzato marce nel campus e manifestazioni di protesta al Grey's Monument, dov'erano state importunate da alcuni passanti, di solito uomini bianchi di mezza età che davano loro delle sgualdrine. Una volta uno aveva spinto a terra una sua amica e le aveva detto che meritava di essere violentata. E la polizia non l'aveva nemmeno aiutata.

«Le donne come lei sono pericolose.»

«Sto solo cercando di denunciare un abuso sessuale.»

«Come fa a dire che è stato un abuso?»

«Mi sono svegliata sul pavimento di casa sua, nuda, mentre lui cercava di rianimarmi.»

«Rianimarla?» ripeté l'agente sporgendosi sulla scrivania.

Kaysha annuì e chiuse gli occhi. «Con un massaggio cardiaco.»

«Quindi stava cercando di salvarle la vita?» chiese il poliziotto scompigliandosi i capelli, per poi rimetterli a posto. «Quest'uomo le ha salvato la vita e adesso lei lo denuncia per stupro?»

«Resta il fatto che mi ha violentata.»

«Certo.»

«Non mi crede?»

L'agente cambiò posizione sulla sedia e si strofinò una mano sulla corta barba grigia. «Non so cosa si aspettasse, signorina Jackson. Si fa offrire da bere da un uomo, si assenta lasciando il drink incustodito e, a quanto pare, lo segue volontariamente a casa sua. Non posso arrestare qualcuno per stupro se lui pensava che lei lo volesse, le pare?»

Kaysha si premette la base dei palmi sugli occhi e trattenne il respiro per qualche secondo. «Quindi finisce qui?»

«Guardi, signorina Jackson, voglio che lei riconsideri seriamente la sua accusa. Un'incriminazione per stupro potrebbe rovinare la vita a quel ragazzo. Pensi alle ripercussioni, se lei portasse avanti questa cosa.»

Kaysha si accasciò sulla sedia, lasciando che il male alla testa si diffondesse dentro di lei.

«Vuole che qualcuno le dia un passaggio a casa?» domandò l'agente. Kaysha aprì gli occhi. L'agente stava piegando a metà i fogli e mettendo la penna nel taschino.

«Non mi farete il test?» chiese incredula sbarrando gli occhi. «Il tampone?»

«Si riferisce al protocollo per i casi di stupro?»

«Esatto.»

«Quello lo applichiamo solo per i casi di stupro, signorina Jackson, non di incomprensione sessuale» rispose sospingendola fuori dalla porta. Lei si girò in tempo per vederlo lasciar cadere nel cestino gli appunti appena presi.

Kaysha si appoggiò al muro della stazione di polizia cercando di orientarsi. Non conosceva quella parte della città. C'erano solo uffici e grandi magazzini, un ristorante chiuso in cui non era mai stata e niente vetrine di negozi o donne con bambini. Quando era piccola, sua madre le diceva sempre che se si fosse persa avrebbe dovuto chiedere aiuto a una donna con un bambino. Erano le più affidabili. La strada era ripida e in fondo, tra gli edifici, si intravedeva l'arco reticolato in ferro di uno dei ponti. Non sapeva distinguerli l'uno dall'altro, a parte il Tyne Bridge perché compariva sulle bottiglie della birra, e non era quello. Si incamminò nella direzione opposta, allontanandosi dal fiume, verso il rumore di traffico.

Da qualche parte il rintocco di una campana annunciò le nove. Il sollievo di ritrovarsi in una zona della città che le era familiare fu cancellato da un senso di claustrofobia mentre veniva sballottata da frotte di persone uscite a fare acquisti lungo le stradine acciottolate in pendenza, fiancheggiate da bancarelle di tela a strisce blu e bianche. La gente si affollava intorno ai mucchi di frutta fresca e verdure fangose, pile di jeans di marca scontati, cesti di batterie, accendini Zippo, cartine di sigarette, anelli per le tende, montagne di carne appena tagliata su banconi refrigerati, banchi di pesci immobili. Le vetrine erano piene di tailleur dai colori pastello e alcuni uomini in tuta da lavoro erano seduti a fumare davanti al furgone degli hamburger in fondo a Northumberland Street. Un autobus bianco e arancione a due piani avanzava lentamente lungo la via stretta tra i negozi e Kaysha gli attraversò la strada proprio davanti, seguendo un gruppo di persone. Al suono del clacson si affrettarono tutti a saltare sul cordolo, appena in tempo.

«Brutta nottata, tesoro? Vuoi un passaggio a casa?» le urlò un tizio mentre passava davanti al furgone degli hamburger. Lei gli fece un gestaccio senza guardarlo e lui le gridò dietro *troia* tra le risate dei suoi amici.

Kaysha si fece largo tra la gente. Aveva speso tutti i soldi per il taxi che l'aveva portata alla polizia e dovette farsela a piedi fino a casa, quaranta minuti di camminata. Via via che si allontanava dal centro addentrandosi nella periferia residenziale, le strade si svuotarono. Le insegne delle catene alla moda e i caffè cedettero il posto a negozietti d'angolo strapieni con le merci esposte in ceste sui marciapiedi, e a ristorantini a buon mercato che promuovevano la colazione inglese completa a tre sterline. Una vetrina su due era un *take-away* e a ogni incrocio si diramavano schiere senza fine di villette vittoriane. Se in mezzo alla folla aveva provato un senso di claustrofobia, in quelle vie silenziose si sentiva ancora più a disagio. Immaginava mani che la spingevano in un vicolo, dita appiccicose che le serravano la bocca per soffocarle un grido mentre i passanti non si accorgevano che veniva trascinata via, picchiata, violentata e assassinata, dopodiché il suo corpo veniva gettato nell'intercapedine tra un capanno da giardino e una siepe, per non essere mai più trovato. Quando fu vicina a casa, aumentò il passo fino a mettersi a correre e, una volta arrivata nella strada in cui abitava, fece uno scatto, ormai senza fiato. Viveva in un palazzo alto insieme ad altri cinque studenti, e sulla finestra del bovindo c'era un cartello con la scritta COAL NOT DOLE.

L'ingresso era buio e silenzioso. Kaysha si chiuse a chiave la porta alle spalle, scalciò via le scarpe aggiungendole al mucchio vicino allo zerbino e corse in bagno. Si tolse vestito e reggiseno, li gettò in un bidone pieno di involucri di tamponi e salviette e aprì la doccia. Aveva ancora il fiatone. Le sembrava che i polmoni si fossero contratti e che il cuore le martellasse contro le costole: ne sentiva il rimbombo, lo avvertiva nei palmi, sui polpastrelli. Aveva gli occhi pieni di lacrime e dei singhiozzi asciutti riempivano gli intervalli tra un respiro e l'altro. Il bagno era piccolo e ingombro di asciugamani, flaconi di shampoo e latte detergente, saponette, spugne naturali e sintetiche, spray per il corpo, profumi, olio e balsamo per capelli, spazzolini, dentifrici, collutori, ciabatte, biancheria usata, pigiami, specchi e, per finire, il tappetino sporco. Kaysha aveva l'impressione che fosse tutto sopra di lei e il buio e il sudiciume di quella stanza e della casa iniziarono ad avvolgerla, a toglierle spazio, chiudendosi su di lei come una scatola. Appena prima che il mondo finisse, Kaysha si arrampicò sulla cassetta del water, spinse la finestra e infilò il viso nello spiraglio, mandando giù una boccata d'aria dopo l'altra come se non avesse mai respirato prima di allora.

19

Ana
Luglio 1997

È stato dopo aver parlato di Kaysha Jackson che ad Ana è venuta l'idea. Si trovava in un pub con Jamie ed erano rimasti a pranzo a lungo, molto più di quanto avrebbe osato fare se fosse stata da sola, e stavano ricordando i tempi dell'università. La chiacchierata toccò temi leggeri, all'inizio, parlarono dei locali che frequentavano, dei liquori troppo dolci che bevevano, di vecchi amici e amanti. Dopo un po', sul viso di Jamie passò un'ombra e lui disse *ti ricordi quella stronza che sosteneva che l'avessi violentata?*, e Ana annuì. Se la ricordava, eccome. Ricordava la mattina in cui era cominciato tutto. Scendendo a prendere un bicchiere d'acqua, brilla e soddisfatta dopo una notte fuori con Chris, il suo primo ragazzo, aveva trovato Jamie in cucina che piangeva. Non lo aveva mai visto piangere e ricordava la dolcezza di quell'attimo, le lacrime che gli scendevano lungo le guance finendogli in bocca, e lei che non sapeva se innamorarsi di lui oppure fargli da mamma, e aveva sentito che le sarebbero venute facili tutte e due le cose.

Quando si accorse della sua presenza, lui cercò di parlare, ma gli uscì solo un singhiozzo. Ana lo abbracciò infilandogli il viso tra i capelli e baciandogli la testa e lui si aggrappò a lei, il respiro bagnato contro la clavicola. Fu scosso dai singhiozzi a lungo, mentre lei gli accarezzava la schiena sussurrandogli parole dolci, consapevole di puzzare probabilmente di sesso, sudore e alcol stantio, ma lo stesso valeva per lui, e quindi non aveva importanza. Ricordava la catasta di cartoni della pizza di fianco alla porta di servizio, il lavello pieno di piatti e il modo in cui Jamie le piantava le unghie nella vita mentre piangeva. Sapeva che non avrebbe pianto davanti a nessun altro e aveva sempre ripensato a quell'attimo come all'attimo che aveva davvero cementato la loro amicizia, perché lui sapeva di potersi mostrare vulnerabile davanti a lei. Si fidava. In seguito, avrebbero pensato l'uno all'altra come a una famiglia.

Finito di piangere, la voce roca, le disse di aver commesso un errore. Aveva preso delle droghe con una ragazza che si chiamava Kaysha, un'amica di amici che Ana conosceva solo di vista. Le disse che erano andati a letto insieme, non ricordava molto ma l'avevano fatto. Disse che lei aveva insistito per andare a casa sua, anche se non era proprio il suo tipo. Lui parlava e Ana annuiva, ancora con una mano sulla sua spalla. Dopo aver fatto sesso, avevano perso i sensi tutti e due, e quando si era svegliato Jamie si era reso conto che Kaysha non respirava. Per un attimo Ana si chiese, inorridita, se al piano di sopra ci fosse un cadavere, ma lui le disse di averle fatto il massaggio cardiaco e che lo shock lo aveva reso abbastanza lucido da sapere cosa doveva fare. L'aveva rianimata e poi aiutata a lavarsi, dopo che lei aveva vomitato dappertutto. Si era preso cura di lei, e le disse di temere che quella ragazza lo denunciasse per uno stupro che lui non aveva mai commesso. Poi ricominciò a piangere, e Ana lo strinse ancora a sé.

L'istinto di Ana, in quanto donna, era di credere sempre alle donne. Anche lei era stata vittima di abusi, come del resto la maggior parte delle ragazze che conosceva, in un modo o nell'altro. Aveva sempre creduto alle donne, perché le prove non c'erano mai. Passava un sacco di tempo a correggere con tatto chi parlava di donne che si inventano gli abusi per danneggiare gli uomini. *Non lo fa nessuna*, diceva. *Praticamente nessuna. Solo le pazze.* Però a Jamie aveva creduto. Lo conosceva. Non avrebbe mai abusato di nessuna. Non ne aveva bisogno. Era così bello e gli riusciva così facile trovarsi una ragazza da portarsi a letto che, semplicemente, non era necessario che ne violentasse una. Non lo avrebbe fatto e basta.

Non è neanche il mio tipo, ripeté lui. *Probabilmente non ci sarei nemmeno andato a letto se non avessimo preso quella roba.* Ana pensò che in realtà Kaysha era proprio il suo tipo, ma non disse niente per non turbarlo ancora di più. Provava una grande rabbia nei confronti di quella ragazza, perché la sua bugia avrebbe fatto del male a Jamie, ma anche a tutte le donne che tentavano di denunciare le violenze e venivano ignorate. Il problema erano Kaysha e quelle come lei. Se non fosse stato per loro, forse alle altre avrebbero creduto.

Ana disse che poteva andare a casa di Kaysha – qualcuno che sapeva dove abitava l'avrebbero trovato – per fare una chiacchierata con lei, per calmarla e dirle che era solo ubriaca, per chiederle di non andare in giro a raccontare che Jamie era uno stupratore e magari di smettere di bere così tanto o di prendere droghe con persone che evidentemente non conosceva abbastanza per sentirsi al sicuro. A quella proposta, Jamie strinse le labbra e le appoggiò una mano sulla guancia, poi scosse la testa. Disse che lo avrebbe fatto sembrare colpevole, disperato, e non voleva che Ana venisse coinvolta. Lei annuì e rispose di essere sicura che la tempesta sarebbe passata in fretta – dopotutto, era la sua parola contro quella di Kaysha, e perlopiù la polizia credeva agli uomini, cosa che normalmente la mandava in bestia. Questa volta però era utile, perché Jamie stava dicendo la verità.

Ana rimase preoccupata per settimane, pregò ogni sera per Jamie, pregò perché Kaysha facesse la cosa giusta. Quando sentì dalla sua amica Evelyn le prime voci sulla violenza subita da Kaysha, le chiese *da chi?*, ed Evelyn si limitò a fare spallucce, ma si guardò i piedi in un modo che le fece capire che in realtà non voleva essere lei a rivelarle che il suo migliore amico era uno stupratore. *Senti*, le disse allora Ana prendendola per un braccio, *sai benissimo che non perdo occasione per dire che bisogna credere alle donne, ma questo non è successo, punto. Io ero in casa. Me ne sarei accorta. Si è inventata tutto.*

In seguito, ogni volta che saltava fuori l'argomento, Ana iniziò a raccontare a un sacco di amici che Kaysha era una bugiarda, e dopo un po' si ritrovò a tirarlo fuori lei stessa, a sussurrarlo a donne che conosceva a malapena nei bagni delle discoteche, ad avvertire sottovoce gli uomini che vedeva avvicinarsi troppo a Kaysha nell'associazione studentesca. Diventò il suo unico argomento di conversazione e si sentiva lusingata dall'approvazione che le arrivava dagli uomini che metteva in guardia.

Jamie andò al bancone a prendere un'altra bottiglia di birra per sé e un bicchiere di vino per Ana, il terzo. Il pomeriggio si apriva lungo e luminoso dinnanzi a loro, con le sue mille possibilità. Le placche equestri in ottone che pendevano dalle travi del soffitto risplendevano sotto le luci e le facevano correre il pensiero al tramonto in un parco divertimenti al mare. Provava lo stesso fremito, la stessa aspettativa, nonostante l'argomento di conversazione, come se stesse per accadere qualcosa di grosso.

«Vorrei poter provare che ha mentito» disse Jamie mentre staccava l'etichetta della bottiglia con l'unghia.

Ana si arricciò una ciocca intorno al dito e intanto rifletteva. «Una prova dev'esserci per forza.» Si passò la punta setosa dei capelli sulle labbra. Il vino la faceva ragionare in cerchi più ampi del solito, non c'era nulla di perfettamente lineare. «Tipo... un qualche genere di test?»

«Un test?» Jamie arrotolò l'etichetta formando un tubo.

«Sì» disse Ana. Aggrottò la fronte. «Un confronto tra campioni di sperma di un individuo, per dimostrare... se qualcuno mente su chi ha...»

«Già, ma non mi aiuterebbe» obiettò Jamie. «Il risultato sarebbe quello, perché... perché abbiamo scopato. Non c'è modo di provare che non c'è stata violenza, soprattutto visto che avevamo preso quel cazzo di... qualunque cosa fosse. Una qualche droga dello stupro. Un errore da principiante da parte mia.»

«Vero, nel tuo caso non servirebbe a niente» ammise Ana continuando a ragionare. «Adesso non c'è modo di provarlo, ma trovare un metodo potrebbe aiutare altri. Tipo... vecchi casi di stupro, un modo per profilare come si deve i campioni di sperma del passato.»

«Ma non esiste già?»

Ana scrollò le spalle. «Non è particolarmente affidabile, per quel che ne so.»

Jamie si scolò la bottiglia e cambiò posizione sulla sedia. «Pensi che riusciresti a metterlo a punto?»

«Be', direi che rientra nella nostra area di competenza, no? E se possiamo evitare che qualcun altro venga accusato ingiustamente, ne vale la pena.»

«Ci vorrà un sacco di lavoro.»

«Potremmo farlo insieme» disse Ana. Tamburellò le unghie sul bicchiere. «Se lo chiedessi a Phil, secondo me ti darebbe l'ok, come progetto speciale.»

Jamie si sporse sul tavolino e mise una mano sulla sua, forse perché smettesse di battere sul bicchiere o forse come gesto d'affetto, chissà. «Sento che spetta a te.»

«Non vuoi aiutarmi?»

«Il mio aiuto non ti serve. L'idea è tua, e so che sei in grado di condurla in porto da sola. E quando lo avrai fatto, e la tua ricerca avrà vinto una marea di premi e cambiato la vita agli uomini come me, verrai finalmente apprezzata. Voglio dire, apprezzata davvero, come scienziata.»

Ana diede una stretta alle dita di Jamie, che si erano intrecciate alle sue. Suo fratello, la sua anima gemella. I loro sguardi si incrociarono.

«Ti voglio bene» disse lei, come mille volte prima di allora.

«Non quanto ne voglio io a te.»

Settembre 1999

Ana fu l'ultima ad arrivare alla riunione, dopo che un picco di corrente aveva fatto saltare la luce durante la notte, cosa che aveva comportato che la sveglia non suonasse e che lei fosse – per la prima volta nella sua carriera – in ritardo al lavoro. Quando prese posto in fondo alla sala, senza aver fatto la doccia e con il sudore che le colava dall'attaccatura dei capelli, i croissant erano stati fatti fuori e il caffè era freddo. Vedendola entrare, Phil fece una battuta sarcastica, come se i suoi ritardi fossero abituali e lo irritassero da anni. Lei si scusò e si sedette. Jamie incrociò il suo sguardo e le fece l'occhiolino, facendola sentire meno agitata. Dopotutto, quella riunione era tutta per lui. Le aveva detto che doveva esserci – *ci teneva* – perché aveva un annuncio da fare. Lei era rimasta interdetta perché in genere le raccontava cos'aveva in ballo, anche quando lei non voleva saperlo. Si chiese, un po' invidiosa, se lo avessero promosso prima di lei. Non ne sarebbe stata stupita, anche se erano consapevoli entrambi che nel lavoro lei era più brava, combinava meno pasticci e passava un bel po' di tempo a correggere in segreto i suoi errori. A Phil però non fregava niente, l'importante era che Jamie era simpatico e affascinante, *uno dei ragazzi*. Ana no.

Phil si schiarì la gola e si passò una mano sul viso perennemente arrossato, per poi prendere la parola. Fece il solito aggiornamento settimanale sui dati e i numeri societari, sui progetti più importanti e, in breve, sulla festa di Natale aziendale che non si sarebbe più tenuta alla Fed Brewery come previsto: per risparmiare era stata spostata in sede, nella sala del personale, dove sarebbero stati offerti vino e stuzzichini.

«Vi pregherei» cominciò sollevando un sopracciglio e ammiccando verso Jamie, «di non provare a fotocopiarvi le chiappe in preda ai deliri dell'alcol. Se rompete la stampante con il vostro culone, ve la detrarrò dallo stipendio.»

«E se le signore si fotocopiano il seno?» chiese Jamie serio. «È ammesso?»

«Del tutto accettabile, a condizione che sia io che te riceviamo una copia dell'immagine» rispose Phil. Tirò fuori un fazzoletto e si soffiò il naso. «Bene, passiamo a cose più eccitanti?»

«Più delle tette?» domandò Jamie alzando le sopracciglia. Phil sorrise. Pur trovandosi all'estremità opposta della sala, Ana vide che aveva i baffi sporchi di moccio.

«Jamie ha una notizia davvero elettrizzante, per lui personalmente e per la Parson's. È un po' che nel tempo libero lavora a un piccolo progetto.» Phil fece una pausa e guardò Jamie, che annuì. Aveva l'aria di un bambino che sta per ricevere un attestato a un'assemblea scolastica. Ana incrociò di nuovo il suo sguardo e fece una smorfia che chiedeva *ma di cosa sta parlando?*. Lui si limitò a stringere le labbra e farle l'occhiolino, per poi tornare a fissare Phil. «E a nostra insaputa, il subdolo diavoletto l'ha candidato al premio per il progresso scientifico della fondazione Coel.»

Ana sentì che la pelle le formicolava per quella che poteva essere confusione o invidia o rabbia. Il premio Coel era una cosa grossa, la più grossa. Le sarebbe piaciuto candidare la sua ricerca a questo giro, ma non aveva fatto in tempo a completare la stesura della valutazione conclusiva. Lo studio era stato portato a termine e avrebbe potuto candidarlo lo stesso, ma voleva che fosse perfetto. In un ambiente in cui veniva regolarmente ignorata, nonostante il suo talento, sapeva che per vincere doveva essere impeccabile. Preferiva aspettare un altro anno prima di inviare la candidatura, piuttosto che mandare qualcosa che fosse meno che perfetto.

Phil fece una pausa ad arte guardandosi intorno per assicurarsi di avere l'attenzione di tutti. Jamie gli rivolse un sorriso a trentadue denti, e prima ancora che Phil dicesse *e l'ha pure vinto, cazzo!* Ana capì. Lo capì dalla faccia di Jamie. Lo stomaco le si fece pesante e le venne voglia di piangere, e pur cercando di convincersi che erano lacrime di gioia per il suo amico, perché aveva conseguito un traguardo così grande, in realtà sapeva di esserne invidiosa. Tutti applaudirono e i più vicini a Jamie gli diedero delle pacche sulle spalle, si sporsero sul tavolo per stringergli la mano, mentre Ana si asciugava le lacrime dalle guance. Quando Jamie la guardò, sollevò i pollici e abbassò gli occhi, cercando di ricomporsi. Avrebbe dovuto essere felicissima per lui e odiava se stessa perché non lo era. Si sentiva colta alla sprovvista, come se lui le avesse mentito non parlandole della candidatura al Coel, non dicendole nemmeno che aveva un progetto in ballo. Lei lo aveva aggiornato sulla propria ricerca a ogni passo, anche se lui non aveva voluto essere coinvolto. Si sentiva come se fosse stata presa a schiaffi, perché forse la loro amicizia non era quello che sembrava. Forse non lo conosceva bene come pensava, oppure lui non aveva fiducia in lei.

«Voglio che tu legga l'abstract» disse Phil tendendogli una busta di plastica. «È... eccellente. Non sapevo che fossi capace di tanta eloquenza.»

«Sempre lusinghiero, Phil» rispose Jamie prendendola e tirando fuori i documenti.

«Scherzavo, ovviamente» disse Phil. «In piedi, dai, in piedi.»

Jamie si alzò. Sorrise, lanciando un'occhiata ad Ana, e per un attimo sembrò esitare. Qualcosa nel suo sguardo le fece trattenere il respiro, e quell'attimo si espanse, come fa il tempo quando sai che stai per cadere, l'attimo in cui sei per aria prima di toccare terra. Quando lui cominciò a leggere, quello che gli uscì di bocca furono la voce di Ana, il suo lavoro, le sue parole, nemmeno ritoccate, che si sparsero nella sala esattamente come le aveva scritte lei.

20

Ana
Giugno 1988

La versione di Tom di come si fossero conosciuti sembrava sempre la più romantica, e quando qualcuno chiedeva del loro incontro Ana lo raccontava dalla prospettiva del marito. La madre di lui si era assunta il compito di trovargli una moglie dopo aver desiderato per anni l'arrivo di un nipote, mentre il suo unico figlio la esasperava ostinandosi a restare single. Aveva messo un annuncio nella rubrica dei cuori solitari, ricevendo dodici lettere. Non le aveva aperte, ma una domenica, a pranzo, le aveva consegnate al figlio, all'epoca trentunenne. Quando aveva capito di cosa si trattava, Tom le aveva gettate con un sospiro nel bidone dei rifiuti, ma Doris era andata a recuperarle e, mentre lui sonnecchiava sul divano dopo cena, gliele aveva infilate in macchina, nel vano portaoggetti.

Tom le trovò qualche giorno più tardi, cercando gli occhiali da sole. Grugnì, ma avendo alle spalle una giornata di merda pensò che magari avrebbe potuto farsi una risata. La verità era che gli sarebbe piaciuto molto trovare una persona e sistemarsi, ma odiava l'idea di andare per pub a caccia di qualcuno. Otto buste contenevano una foto – alcune suggestive, altre semplici fototessera –, ma a lui interessava di più ciò che quelle donne avevano da dire. Alcune sembravano sole, altre semplicemente incuriosite dall'annuncio, in cui lui risultava più alto di dieci centimetri e con un impiego – faceva le pulizie in un'università – molto più prestigioso di quanto non fosse. Sua madre lo aveva definito un *dirigente operativo per la rimozione di scarti accademici*, e tutte chiedevano spiegazioni in merito.

Tom lesse ciascuna lettera e rispose a qualcuna, bevendosi una bottiglia di birra. Perlopiù erano abbastanza generiche: parlavano di hobby e di lavoro, e poi c'erano domande sulla sua vita, se voleva figli, se ne aveva già, se gli dispiaceva uscire con qualcuno che ne aveva, e così via.

Nel primo paragrafo della sua lettera, Ana aveva scritto che era transgender, spiegava cosa significava e diceva che, nei rapporti potenzialmente amorosi, preferiva metterlo subito in chiaro, in modo da non dover affrontare la questione in un secondo momento. Scriveva che non le interessava servire come esperimento per la sessualità di qualcuno e nemmeno essere una tacca *esotica* sulla colonnina di un letto. Cercava l'amore solo se era genuino. Nel resto della lettera, e in quelle successive, non tornò più sull'argomento; scrisse invece dei gruppi musicali che le piacevano, dei libri che aveva letto e del suo lavoro di scienziata originaria del Brasile.

Non condividevano gli stessi gusti, né musicali né letterari, ma nei giorni seguenti Tom tornò alla lettera di Ana più e più volte. Qualcosa, nella sua schiettezza, lo attirava: la sincerità delle sue parole e la sensazione che come lui cercasse un amore autentico, oppure niente. Dopo aver riflettuto per un po' su come formulare la risposta, le inviò una lettera con una fotografia. Prima di farla, era andato apposta a regolare la barba da Boots. Le scrisse che la trovava spiritosa e interessante, che la rispettava per avergli detto che era transgender e che, sebbene non avesse mai preso in considerazione l'idea di uscire con una donna trans prima, non pensava che la cosa potesse dargli fastidio. A lui sembrava solo una persona simpatica. Aggiunse che gli sarebbe piaciuto avere ancora sue notizie.

Lei gli rispose la settimana successiva e la corrispondenza proseguì per tre mesi, solo per posta, finché non decisero di vedersi. Tom lo aveva desiderato dalla prima lettera, ma si era goduto la lentezza e il romanticismo di quello scambio epistolare. Ogni volta che vedeva una donna al supermercato o in biblioteca si chiedeva se fosse lei, se la serendipità li avrebbe portati a incontrarsi prima che concordassero di farlo.

Decisero di bere qualcosa in città un sabato pomeriggio, in un posto abbastanza affollato da far sentire Ana al sicuro, ma non così tanto da non riuscire a parlare. Ana propose un ristorante al Quayside, in genere meno gremito del centro ma altrettanto bello.

Tom si presentò con un mazzo di gigli, arrivando in ritardo di dieci minuti, come sempre, a prescindere dall'anticipo con cui usciva di casa. Si rese conto di riconoscere Ana, anche se lei non gli aveva mai mandato una fotografia. L'aveva vista anni prima al lavoro. L'aveva notata nei corridoi, quando passava con le braccia cariche di libri. Spesso era accompagnata da un uomo alto, un bianco, probabilmente non il suo fidanzato, anche se sembravano molto uniti. L'aveva sempre trovata carina, ma senza indulgere su quell'impressione: non era il tipo da attaccare bottone con gli studenti. Adesso sembrava diversa – bella, più che carina –, come se si fosse trasformata nella sua vera sé.

La giornata era inaspettatamente soleggiata e lei era seduta a un tavolino da due sul marciapiede davanti al ristorante, un bicchiere di rosso in mano e lo sguardo sul fiume, su cui in quel momento stava passando una moto d'acqua. Indossava un prendisole e un cappello di paglia, con i capelli neri sciolti sulle spalle. La pelle riluceva dorata sotto la luce del sole. Avrebbe dovuto andare in televisione.

«Tom?» gli chiese quando si accorse di lui. Si alzò e gli tese la mano, per poi dargli due baci sulle guance. «Io sono Ana.»

«Questi sono per te» disse Tom timido, come se avesse trovato l'Ana sbagliata. Era decisamente fuori dalla sua portata, e lui lo sapeva. Lei prese i fiori con un sorriso, li annusò e poi chiese a un cameriere di passaggio un po' d'acqua in cui metterli.

«Io ti conosco» disse guardandolo al di sopra degli occhiali da sole.

Lui annuì. «Ci siamo incrociati all'università» rispose con il fiato un po' corto mentre si sedeva.

«Sì. Non mi aspettavo di riconoscerti.»

Tom alzò le spalle. «In genere la gente non nota chi fa le pulizie.»

«Evidentemente io sì.»

«Anch'io ti avevo notata» disse lui.

Ana sorrise stringendo gli occhi. «Pulire dove sono passati gli studenti dev'essere una faticaccia.»

«Vero, più di quanto immaginassi. Non è la mia specialità, diciamo. Niente di male se lo fosse, eh» aggiunse rendendosi conto che parlava a vanvera, ma incapace di fermarsi. «Sono laureato in informatica e in realtà volevo insegnare, solo che quando ho finito non c'erano possibilità nel dipartimento, e così ho preso il primo posto disponibile all'università, in modo che non si dimenticassero di me quando avessero riaperto le candidature. Sono anni che lo faccio, e ancora niente posti a informatica.»

«Qualcosa si sbloccherà, prima o poi.»

«Speriamo» disse Tom sorridendole. Lei bevve un sorso di vino. «Tu invece sei laureata in chimica?»

«Esatto.»

«Figo. Ci sono molte donne che lavorano nel tuo... ufficio?»

«Laboratorio» lo corresse lei. «Qualcuna, ma quasi tutte in amministrazione, niente ricercatrici. L'ambiente è prettamente maschile. Una Barbie scienziata non te la immagini, no?»

«In effetti... Forse dovremmo scrivere a quelli della Barbie per fargliene produrre una.»

«Facciamolo» propose Ana. Il suo calice era vuoto e quando passò il cameriere gli chiese di portare la bottiglia e un altro bicchiere per Tom. «Come sta Izzy?»

Izzy era la micia di Tom e lui le aveva spedito tre foto, insieme alle lettere, perché Ana aveva scritto che le piacevano i gatti. Aveva sedici anni e stava perdendo le energie, le toccava andare spesso dal veterinario per qualche acciacco.

«Ancora indistruttibile» rispose Tom.

Ana rise. «Mi piacerebbe conoscerla.»

«Secondo me farebbe piacere anche a lei.»

«Non vedo l'ora.»

«Santo cielo, hai un accento...»

«Fastidioso, lo so, i miei amici me lo dicono sempre. Troppo nasale.»

«Stavo per dire che lo trovo bellissimo. Parli un inglese perfetto.»

«È tutta la vita che lo parlo» rispose lei sollevando un sopracciglio. Tom ebbe la sensazione di aver detto la cosa sbagliata, ma lei sorrise. «E tu parli altre lingue?»

«No... Be', a scuola ho fatto francese, ma ero pessimo. Arrivavo a malapena alla sufficienza. Però qualche settimana fa ho cominciato a studiare il portoghese.»

«Il portoghese?»

«Sì, in biblioteca ho preso un libro con cassetta inclusa, sai. A settembre al college comincia un corso serale e magari mi iscrivo.»

«Portoghese portoghese o portoghese brasiliano?»
«Sono diversi?»
«Il brasiliano è più bello» rispose Ana portandosi una mano al petto. «Secondo me, ovviamente.»
«Non so quale sto imparando.»
«Come mai ti interessa imparare il portoghese?» chiese lei sorridendo e appoggiandosi allo schienale.
«Mah, sai... È solo che gli inglesi... Insomma, ci aspettiamo sempre che parlino tutti la nostra... l'inglese. E non ci prendiamo mai la briga di imparare le altre. E poi...» continuò arrossendo e bevendo un sorso di vino. «Non voglio che tu pensi che io dia per scontato che sia sempre tu a parlare la mia lingua.»
Ana sorrise e sollevò il bicchiere verso Tom, che lo urtò con il suo. Poi bevvero tutti e due.
«Non iscriverti a quel corso» disse Ana. «Te lo insegno io.»

Settembre 1999

Gran parte della comunità viveva nelle casette centenarie dei minatori, appositamente costruite in file ordinate che partivano dalla strada come due polmoni. Non avevano giardini, solo cortili in cemento trascurati con i fili per stendere che li attraversavano come ragnatele, ciascuno con un capanno in mattoni che in origine fungeva da gabinetto. C'erano un piccolo agglomerato di negozi e un paio di pub, come un'isola in mezzo alle vie, e una chiesa sbarrata con delle assi all'imbocco del bosco. La valle che si apriva dall'altra parte precipitava su costellazioni di campi e boschetti fino a essere tagliata in due dal fiume sottile. In inverno, quando la neve si depositava sui terreni coltivati e sui tetti e copriva di ghiaccio le pecore e i rami delle conifere, sembrava una cartolina di Natale.

Ana e Tom vivevano in una strada leggermente più sopraelevata rispetto alle altre, vicino a un campo da golf e a un pascolo occupato da vacche Highlander. La casa costava poco perché il paesino era noto per essere *malagevole*, il che in realtà significava che la gente era povera e che le droghe tra cui scegliere erano eroina e hashish, invece della cocaina che girava in città.

Il fumo saliva dai comignoli nel tramonto dorato di settembre e una Mini Cooper rossa percorse veloce la cresta della collina per accostare poi davanti alla casa di Tom e Ana, come faceva spesso il venerdì sera.

«Stiamo scherzando?» disse Tom girandosi per guardare la macchina al di là della finestra. Ana sollevò la testa dalle mani a cui la teneva appoggiata da un po'. Tom raddrizzò le spalle. «Ora esco e gli dico di...»

«No» lo interruppe Ana prendendogli il braccio. Tirò su col naso, si asciugò il viso e si passò le dita tra i capelli. Si guardò intorno. La cucina era ancora in disordine dalla colazione. «Puoi caricare la lavastoviglie?»

«Non lo difenderai anche stavolta, vero?» chiese Tom divincolando il braccio e sbirciando di nuovo fuori.

«No, ma...»

«Che faccia tosta!» urlò Tom. «È convinto di poter venire qui come se niente fosse.»

«Tom» disse Ana con voce decisa. Jamie si era appoggiato alla macchina mentre Sadia faceva scendere Ameera dal sedile posteriore. In mano aveva una bottiglia di champagne.

«Lui non entra.»

«Me ne occupo io.» Ana si chinò per guardare il proprio riflesso nello sportello del forno e si tolse il mascara sciolto sotto gli occhi con le dita. «Non so come potrebbe reagire se facciamo una scenata.»

«In che senso, non sai come potrebbe reagire?»

«Va tutto bene. Per favore, carica la lavastoviglie e basta» rispose Ana raddrizzando le spalle e raccogliendosi i capelli in una coda di cavallo.

«Cosa ti ha detto?»

«Niente. Solo... Ormai non so più di cosa sia capace.»

«Lo conosci meglio di chiunque altro. Cos'ha per tenerti in pugno in questo modo?»

«Lascia che me ne occupi io» rispose Ana, ma Tom la seguì alla porta, e mentre allungava la mano verso la maniglia lei sospirò. «Per favore, non cominciare.»

«Mi adeguerò a quello che fai tu» disse Tom, anche se aveva negli occhi un'espressione che le dava poca fiducia.

Appena Ana aprì la porta, Ameera le corse incontro. Lei la prese in braccio e la baciò su tutto il viso, beccandola come un uccellino. Ameera le cinse il collo. Sapeva di plastilina e bergamotto, e Ana le fece una pernacchia sulla guancia per farla ridere.

Sadia fu la seconda a entrare, come sempre così bella che sembrava uscita dalla televisione. I ricci le ricadevano intorno al viso liscio e splendente, e i grandi occhi scuri – simili a quelli di Ameera, anche se non potevano esserlo – quasi si chiusero quando salutò Ana con un sorriso.

«Ehi, ciao» disse sporgendosi in avanti per abbracciarla, ma mentre si staccava lo sguardo le si fermò sugli occhi gonfi e sul naso rosso di Ana. «Stai bene, tesoro?»

«Sì» rispose Ana. Indicò un mazzo di gigli in un vaso di fianco alla porta. «Sto bene. Tom mi ha regalato dei fiori, ma sono allergica.»

«Stupidone» disse Sadia rivolta a Tom, scuotendo la testa. «Cos'hai combinato?»

«In che senso?» chiese Tom.

Sadia rise. «Cos'hai fatto che ti ha spinto a comprarle dei fiori?»

Tom spostò lo sguardo su Ana e poi su Jamie, in piedi sulla soglia, e infine tornò a posarlo su Sadia. «Non tutti gli uomini che comprano fiori alla moglie hanno combinato qualcosa, tesoro.»

Sadia rise di nuovo e si mise le mani sui fianchi. «Dovresti prendere esempio da Tom, signor Spellman.»

«Ne sono sicuro» rispose Jamie con aria annoiata.

Sadia allungò le braccia per prendere Ameera, che Ana si teneva sul fianco.

«No» disse la bambina aggrappandosi più forte.

«Avevi nostalgia di zia Ana?» le chiese Sadia facendole una carezza sui capelli. Ameera annuì e appoggiò la guancia sulla spalla di Ana, che strinse a sé la bambina e le diede un bacio sulla testa. Sadia si tolse le scarpe ed entrò in cucina.

Jamie si appoggiò allo stipite incrociando le caviglie. Tese la bottiglia di Moët e inclinò la testa di lato sorridendo ad Ana, gli occhi dolci, come faceva ogni volta che lei era arrabbiata con lui. Ana lo trovava carino quando lo faceva, come un monello che sapeva di essere nei guai, e si addolciva finendo sempre per perdonarlo. Stavolta non funzionò, ma lei prese comunque lo champagne e lui sorrise e le si avvicinò per darle un bacio sulla guancia. Lei si irrigidì. Era un gesto che aveva ripetuto innumerevoli volte. Lei però non gli si avvicinò, non lo circondò con un braccio, non gli restituì il bacio. Quando sentì il mento ruvido contro la guancia, per un secondo temette che la azzannasse alla gola come un animale.

Ameera si stava arrotolando intorno all'indice la catenina del crocifisso di Ana e Jamie tese la mano a Tom, che non gliela strinse. Mise invece un braccio intorno alla vita di Ana e lo fissò serio.

«Ok» disse Jamie, e seguì Sadia in cucina. Quando si fu allontanato, Ana rivolse a Tom un'occhiata dura.

«Tom, per favore» lo pregò raggiungendo gli altri.

I gemelli, che avevano quasi dieci anni, avevano sentito arrivare gli Spellman ed erano scesi a rotta di collo per salutarli.

«Cosa ci fai qui?» chiese Eloise sospettosa a Jamie. «Papà ha detto che stasera non saresti venuto.»

Jamie sorrise. «Ma noi veniamo sempre il venerdì sera, tesoro.»

«Sì, lo so, ma papà ha detto che stavolta no» insistette Eloise mettendo le mani sui fianchi come faceva Tom quando era arrabbiato. Sadia aggrottò la fronte e guardò Ana, che si strinse nelle spalle.

«Be', papà si sbagliava, no?» rispose Jamie, e tese una mano a fare il solletico a Eloise. Nel giro di un secondo la stava facendo dondolare tenendola per le caviglie e lei strillava di gioia e allungava la punta delle dita verso il pavimento, senza toccarlo davvero. Succedeva regolarmente: Eloise adorava Jamie, e lui le riservava un sacco di attenzioni. Ad Ana era sempre piaciuto guardarli giocare, ma per la prima volta, vedendo la figlia che dondolava a testa in giù, si rese conto che Jamie avrebbe potuto lasciarla cadere. Se l'avesse voluto, avrebbe potuto farle del male. Tentò di togliersi quel pensiero dalla testa perché sapeva che non l'avrebbe mai fatto, ma d'altronde non aveva neppure mai immaginato che ne avrebbe fatto a lei. Sentì Tom irrigidirsi al suo fianco e capì che stava pensando la stessa cosa.

Alexander, seduto sul tavolo della cucina, era tutto preso a raccontare a Sadia dei biscotti che aveva preparato con Tom quella settimana per una raccolta fondi, ma quando vide Ameera scese e tese le mani verso l'alto per farsela passare da Ana. La piccola strillò e si divincolò per andare da lui. Il bambino adorava giocare con lei e spesso la prendeva in braccio e la portava in giro, anche se era chiaramente troppo pesante per lui. Quella vista risvegliò in Ana la voglia di un altro bambino, ancora più del solito. Ne voleva un altro, almeno uno. Adorava l'idea di avere una grande famiglia, la casa straripante di figli e nipoti, mai troppo lontana dal gorgoglio di risate infantili o dalle ditate appiccicose sui vetri. Lei e Tom avevano intenzione di presentare una nuova domanda di adozione una volta concluso il progetto e, se Ana avesse vinto, avrebbero usato i soldi per costruire una casa più grande. A questo punto non sapeva più se sarebbe successo... Non solo la casa, non era sicura nemmeno che potessero intraprendere una nuova adozione. Jamie sapeva troppo. L'avvertì come una perdita, la perdita di bambini che non conosceva ancora ma che avrebbe potuto conoscere. Era una perdita anche per Tom, e questo la fece sentire pure peggio.

«Ma... Non hai cucinato?» chiese Jamie depositando Eloise sul pavimento e riprendendo la bottiglia di Moët dalle mani di Ana. La mise in frigo e tirò fuori una birra.

«Possiamo ordinare qualcosa» intervenne Sadia prima che Ana potesse rispondere, e poi la guardò. «Oppure possiamo andare via, se è un brutto momento.»

«No, restate!» esclamò Alex che giocava al cavallo con Ameera, a quattro zampe con lei sulla schiena. «Non è un brutto momento.»

«Sciocchezze» disse Ana aprendo una credenza per prendere una bottiglia di vino rosso e due bicchieri. Ne passò uno a Sadia e poi rovistò in un cassetto in cerca del cavatappi. «Avevo solo voglia di cinese. Vi va bene?»

«Buono» sussurrò Eloise, che stava legando insieme le stringhe delle scarpe di Jamie. Lui non se n'era accorto e Ana non gli disse niente.

«Sì, ottima idea» concordò Sadia, e le allungò il bicchiere per farselo riempire. Ana si accorse che aveva visto cosa stava facendo Eloise, ma nemmeno lei lo avvertì. «È una vita che non mangio cinese. Jamie vuole sempre prendere il kebab.»

Sul viso di Jamie passò un'ombra e Ana si chiese se Sadia avesse scoperto la faccenda della ragazzina. Ana l'aveva visto sedurla in un locale. Lui diceva di conoscerla perché lavorava in una kebabberia dove andava spesso. Era decisamente troppo giovane e Ana glielo aveva fatto notare, ma quando lui si era messo a ridere dicendole di non preoccuparsi, lei aveva lasciato cadere la cosa. Era la soluzione più semplice. Jamie non gliene aveva più parlato fino a qualche settimana prima, quando le aveva raccontato che la ragazzina era rimasta incinta. Lei aveva finto di non sentire, perché desiderava non averlo fatto. Immaginava che, dopo il parto, sarebbe successa la stessa cosa di quando era nata Ameera: Jamie avrebbe portato a casa il neonato e Sadia ne sarebbe stata emozionata, felice al punto di non farsi domande sul perché il marito conoscesse tante giovani donne disposte a regalargli i loro figli. Ana cercò di non pensare a cosa doveva aver detto Jamie alla madre biologica di Ameera per indurla a rinunciare alla sua bambina.

Ana sapeva di essere egoista. Era furibonda per il premio Coel e sapeva che aveva segnato la fine della sua amicizia con Jamie, anche se lui era convinto di poterla riconquistare come sempre, anche se lei sapeva di dover fingere di averlo perdonato. Nei quindici anni in cui erano stati amici, aveva ostinatamente chiuso un occhio in mille occasioni, prendendo le sue parti anche quando non era certa che fosse giusto e lasciando passare cose riguardo cui sapeva che avrebbe dovuto metterlo con le spalle al muro. In quel momento si rese conto che le veniva facile perdonargli il male che faceva alle altre persone, perché lo amava più di quanto amasse loro. Per molto tempo era stato la persona più importante della sua vita, finché non erano arrivati i bambini. A volte lo aveva anteposto addirittura a Tom. Più spesso di quanto avrebbe dovuto.

Quando arrivò la cena, Ana mise in tavola i contenitori di alluminio insieme a una manciata di posate e ai piatti, e tutti si accomodarono come facevano quasi ogni venerdì sera, a casa loro o dagli Spellman. Sadia stava preparando una ciotola di riso e pollo sminuzzato per Ameera, e intanto gli altri cominciarono a riempirsi il piatto. Tom si era seduto il più lontano possibile da Jamie.

«Bene» disse Sadia mentre mangiavano. Sorrise. «Jamie ha un annuncio da fare.»

«Un altro, davvero?» rispose Tom senza alzare gli occhi dal saté.

«Oh, lo sapete già?» chiese Sadia.

Ana tenne lo sguardo sul cibo, inspirò a fondo e trattenne il fiato contando fino a cinque.

«Te l'ho detto» intervenne Jamie mettendosi del riso nel piatto e spargendolo con la forchetta. «Ne hanno parlato al lavoro.»

«Oh, pensavo che...» iniziò Sadia confusa. Poi si illuminò di nuovo in viso e si alzò. «Facciamo un brindisi, allora?»

Tom lanciò un'occhiata ad Ana, seduta al suo lato del tavolo, e inclinò la testa, le narici dilatate. Lei si allungò per toccargli la mano e poi si alzò in piedi a sua volta. Sadia prese la bottiglia dal frigo e Ana pescò i calici da champagne in fondo a uno scaffale, un regalo di nozze della madre di Tom. Li ripulì dalla polvere mentre Sadia faceva saltare il tappo.

«Possiamo averne un po', mami?» chiese Eloise chinandosi sul bicchiere per esaminare le bollicine dorate.

Jamie rise. «Assolutamente no, è roba per grandi» le rispose scompigliandole i capelli.

Tom aprì la bocca per parlare, ma Ana lo anticipò. «Potete berne un goccino minuscolo dentro la limonata» disse versandone un centimetro in ciascuno dei due bicchieri. Eloise scagliò il pugnetto in aria e poi fece la linguaccia a Jamie, che sollevò il mento ma non aprì bocca.

«Sei la migliore, mami» disse la bambina.

«Ricordatelo, la prossima volta che ti dico di mettere in ordine camera tua» rispose Ana riempiendo i bicchieri di limonata e passandoli ai gemelli. Quando tutti ebbero un calice in mano, Sadia si alzò di nuovo e sollevò il suo.

«Al mio straordinario marito» disse. «Un grande scienziato insignito di un premio importante. Sono fierissima di te. Hai lavorato tanto per raggiungere questo obiettivo.»

Jamie sorrise e toccò il bicchiere di Sadia con il proprio, per poi tenderlo verso Ana, Eloise, Alexander e infine Tom, che scostò il suo. Ana gli appoggiò una mano sulla coscia. Tra le sopracciglia di Sadia comparve per un attimo una ruga, ma dalla bocca non le uscì nemmeno una parola, e tutti bevvero e si riempirono i bicchieri finché la bottiglia non fu vuota.

«Allora, da quanto tempo stai lavorando a questa ricerca, Jamie?» chiese Tom dopo qualche minuto. Eloise stava togliendo tutti i piselli dal suo curry, disponendoli sul bordo del piatto per formare una faccina sorridente. «Quante ore ci hai dedicato?»

Jamie fece per rispondere, ma Sadia lo precedette.

«C'è voluta una vita, Tom» disse. «Davvero, sono anni che ci lavora, zitto zitto. Praticamente non era mai a casa.»

«Be'...» tentò di intromettersi Jamie, ma Sadia continuò.

«E quando arriveranno i soldi del premio... ne sarà valsa la pena. Non vedo l'ora di cambiare la cucina.»

«Se Ana fosse stata fuori casa così tanto, probabilmente avrei pensato che fosse impegnata in qualcosa di... extracurricolare» disse Tom facendo l'occhiolino a Jamie.

Jamie lo fissò e Sadia rise un po' troppo forte. Si girò verso il marito con un'espressione fintamente scandalizzata e trattenne il fiato. «Quindi, è questo che facevi?»

Jamie rivolse lo sguardo al cielo. «Ovvio.»

«Forse ti conviene tenerlo d'occhio, Sads» le suggerì Tom.

«Tom» disse Ana alzandosi e prendendolo per il gomito. «Di sopra c'è una scatola di cioccolatini, per dessert. Aiutami a cercarla.»

«Vengo io, mamma» si offrì Alex.

«No, tu rimani qui e finisci di mangiare. Mi aiuta papà» ribadì Ana, e Tom la seguì.

«Cosa c'è?» chiese appena la porta della camera da letto si richiuse alle loro spalle.

«Smettila, per la miseria» sibilò Ana. «Ti ho detto di non fare casino.»

«Cosa ci fa, qui, Ana? Come puoi permettere che si prenda il merito di qualcosa a cui lavori da tre anni, dedicandoci la maggior parte del tuo tempo, qualcosa per cui hai trascurato me e i bambini, senza che noi ci lamentassimo una sola volta, e lasci pure che venga a casa nostra? E vuoi che io me ne stia lì a fare il simpatico?»

«Senti...»

«Sei innamorata di lui? Non l'ho mai pensato ma... non lo so. È così?»

«Ti stai comportando da stronzo» disse Ana.

«Be', cos'altro devo pensare? Con che cosa ti sta ricattando?»

«Non mi sta ricattando.»

«Ma potrebbe farlo?»

«Certo che potrebbe, Tom. Potrebbe raccontare a tutti che sono trans.»

«Ma non è solo questo, vero?»

Ana guardò il marito e si rese conto che non aveva senso mentirgli. Lui sapeva che gli stava nascondendo qualcosa. «No.»

Tom si sedette sul bordo del letto e accavallò le gambe. «Sputa il rospo, allora.»

«Sa dell'adozione» disse Ana, e Tom la guardò per qualche secondo prima di assimilare le parole della moglie. Poi sbarrò gli occhi.

«Non lo sa nemmeno mia madre» disse.

«Lo so.»

Tom si coprì la parte inferiore del viso per impedirsi di

dire qualcosa di cui si sarebbe pentito. Ana gli si sedette accanto sul letto. Quando aveva deciso di lasciare il Brasile, a diciott'anni, sua madre aveva venduto la fede nuziale, un cimelio di famiglia della nonna di suo padre – che era ricca –, per trovare i soldi che servivano per farle un nuovo passaporto. Un passaporto falso, da cui risultava essere *Ana Maria Cortês* e che alla casella *sesso* riportava una piccola F che l'aveva riempita di un'euforia tale da farla scoppiare in lacrime. Da allora era tornata in Brasile solo una volta, dove aveva passato una settimana a Rio con i suoi genitori insieme a Tom, sei mesi prima dell'adozione dei gemelli. Si era sentita avvolta da una cultura che amava e da cui nello stesso tempo era molto distante, dopo tutti quegli anni. I suoi erano venuti a trovarla due volte, la prima un anno dopo che si era trasferita in Inghilterra e poi di nuovo nel 1998. Quando erano con lei, avvertiva con molta consapevolezza il loro essere stranieri.

Dopo il viaggio in Brasile, non era mai più uscita dal paese, perché usare il passaporto era troppo rischioso. La possibilità di essere scoperta e arrestata la riempiva di un tale terrore che era più facile non farlo, anche se per adottare i bambini non aveva avuto alternativa. Se avesse detto la verità su di sé, non avrebbero potuto effettuare l'adozione. Se qualcuno avesse scoperto che li aveva adottati con un passaporto falso, le avrebbero portato via i bambini e l'avrebbero mandata in prigione, e probabilmente avrebbero fatto lo stesso con Tom. E lei lo aveva raccontato a Jamie, anni prima, perché a lui raccontava tutto, nonostante avesse promesso a Tom di non rivelarlo mai a nessuno.

«Non ci credo» disse Tom. Stava piangendo. Ana gli mise una mano sul ginocchio, ma lui si spostò. Si sentì bussare alla porta.

«Mami?» chiamò Alexander da fuori. «Eloise ha vomitato dappertutto.»

«Arrivo, tesoro» rispose Ana. «Un minuto.»

«L'avrà messa di nuovo a testa in giù» sbottò Tom.

«Lo so.»

«Non ci credo, cazzo.»

«Lo so.»

«Non sono... Non sono mai stato così incazzato...»

«Lo so. Lo so» disse Ana coprendosi gli occhi con una mano. «Ma non è il momento. Dobbiamo tenerlo buono finché non avrò capito cosa fare.»

«Mi sa che è l'unica, no?»

«Ne riparliamo più tardi.»

«Non c'è dubbio che ne riparliamo, cazzo.»

Tom aveva ragione: Jamie si era di nuovo messo a fare la lotta con Eloise dopo mangiato e lei aveva vomitato sul linoleum. Quando Ana scese, Sadia stava pulendo il pavimento, tra un conato e l'altro. Eloise era sulle ginocchia di Jamie, avvilita, e Alex stava guardando i cartoni con Ameera in soggiorno.

«Faccio io, Sadia, davvero» disse Ana prendendole di mano il rotolo di carta da cucina e inginocchiandosi accanto a lei. «Ellie, papà ti sta riempiendo la vasca. Vai su a farti il bagno, per favore.»

«Però non voglio andare a letto» rispose la bambina. «Posso tornare giù, dopo?»

«Vedremo» rispose Ana avvolgendosi vari giri di carta intorno alla mano.

Sadia si alzò e sporse la testa fuori dalla finestra aperta della cucina. «Scusa, sono terribile quando si tratta di vomito» disse facendo respiri profondi. «Anche quello di Ameera.»

«Grazie per averci provato» rispose Ana. «Non dovevi.»

«Be', è tutta colpa di Jamie se ha vomitato» ribatté Sadia infastidita.

Jamie tirò su col naso. «È sempre colpa mia.»

«Bene» disse Sadia chiudendo la finestra ed evitando

con cura di guardare in direzione del bidone in cui Ana stava ficcando la carta da cucina. «Recupero mia figlia e andiamo a casa. Te la senti di guidare, J, o chiamo un taxi?»

«Me la sento» rispose lui. Seguì con lo sguardo Sadia che andava in soggiorno e poi si girò verso Ana. Era la prima volta che erano soli da quando lei aveva saputo del premio. «Allora, hai detto a Tom di farsi gli affari suoi?»

«È soltanto stanco» rispose Ana. Si alzò in piedi e si lavò le mani. Quando si girò, se lo ritrovò vicino.

«Tutto a posto tra noi, vero?» le chiese, anche se lei sapeva che non gli interessava davvero.

«Certo» disse. Jamie alzò il mento e la guardò, e lei sostenne il suo sguardo. Fu allora che lo vide per la prima volta come dovevano averlo visto gli altri; aveva una luce negli occhi che in qualche modo doveva esserle sfuggita, ma che colse in quell'istante. Se l'avesse notata prima, avrebbe capito che non era suo amico, e che non lo era mai stato. Quelli erano gli occhi – si rese conto improvvisamente – che Kaysha Jackson aveva fissato mentre lui la violentava, e solo allora Ana capì che Kaysha aveva detto la verità.

Il lunedì dopo, Ana e Tom si presero una mattina libera dal lavoro per partecipare a un'assemblea scolastica in cui si sarebbero esibiti i gemelli. La rappresentazione raccoglieva i pensieri della classe su cosa sarebbe successo nel nuovo millennio. Alcuni bambini esposero disegni di auto che volavano e macchine per il teletrasporto, una bambina recitò una poesia scritta da lei sul Millennium Bug che avrebbe cancellato tutta la tecnologia esistente e gettato di nuovo l'umanità nei secoli bui, e un bambino si piazzò sul palco dichiarando che sarebbe rimasto semplicemente tutto uguale, cosa che deluse un po' Ana, sebbene fosse d'accordo. Eloise si era avvolta nella stagnola ed era andata su e giù con scopina e paletta, tutta rigida, fingendo di essere un robot per le pulizie domestiche. Alex invece presentava e commentava, con la voce più simile a quella di un conduttore di quiz televisivi che riusciva a sfoderare, controllando le battute sui cartoncini preparati la sera prima con Tom, che per tutto il tempo si era sporto nel corridoio centrale per filmare con la videocamera.

Mentre Ana guardava lo spettacolo, si rese conto che erano quelli i momenti che rendevano bella la vita, quelle piccole cose in mezzo ai grandi eventi, e desiderò di poter estendere quell'attimo ancora un po': i suoi bambini illuminati dalle luci della ribalta, il calore di suo marito accanto a lei. Era solo una persona tra le tante, che viveva nel modo in cui aveva sempre sognato di vivere. Sembrava troppo bello per essere vero.

Quando andò al lavoro nel pomeriggio, felice nonostante tutto, scoprì che qualcuno aveva cambiato il nome sulla targhetta di fianco alla sua porta in MAN CORTÊS con un pennarello. Sfilò il cartoncino dal supporto e lo gettò nel cestino con tanta forza da farlo rovesciare, e un torsolo di mela rotolò a terra. Quando si girò, Jamie era appoggiato allo stipite della porta a braccia conserte. Sorrise.

«Ops.»

21

Josie
8 gennaio 2000

Gli autobus diretti verso il centro passano davanti alla casa di Josie Kitchen ogni dieci minuti, ma lei se li lascia sfrecciare accanto mentre cammina. Non si preoccupa di girare intorno alle pozzanghere e le sue Air Max sono già bagnate. Fa cadere all'indietro il cappuccio mentre la neve diventa più fitta e immagina che, nel momento in cui arriverà alla stazione di polizia, avrà i capelli ridotti a ciocche gocciolanti intorno al viso, come succede alle donne nei film quando si presentano alla porta di qualcuno, pronte a proclamare il loro amore o il loro rimorso. Ricorda di aver studiato il concetto di fallacia patetica in letteratura inglese e immagina che, se fosse in un film, pioverebbe invece di nevicare. Pioggia battente. Si strofina gli occhi sapendo che il mascara si scioglierà e le colerà sul viso. Si chiede se assomiglia all'autoritratto che ha fatto una volta nell'ora di arte: si era dipinta in lacrime, sottosopra, inerme ma carina. Lo aveva intitolato *Non corrisposta* e aveva cercato di cogliere l'intensa tortura, la triste bellezza insita nell'amare Jamie quando lui nemmeno sapeva come si chiamava. All'epoca, pensava che nessun altro sentimento potesse riempirla quanto il desiderio che provava per quell'uomo. Non concepiva come potesse esistere qualcosa di più straziante.

I cuscinetti in gommapiuma degli auricolari sono bagnati, e Josie immagina i fiocchi di neve sciolti entrare nella plastica o scivolare lungo il filo fino al walkman che ha in tasca, mandandolo in tilt. In ogni caso non farebbe differenza, perché quando la metteranno dentro glielo confischeranno. Avrebbe dovuto lasciarlo a casa per il suo fratellino Tony, così almeno sarebbe stato utile a qualcuno invece di restare rinchiuso in un armadietto della polizia insieme ai suoi vestiti umidi. Immagina Tony steso sul letto, a inserire le sue cassette e ascoltarle una dopo l'altra perché gli ricordano lei. Si preoccupa di quanto sarà condizionato dal fatto che lei sarà in prigione. Se non altro, avrà la camera tutta per sé.

Sta ascoltando una cassetta che ha registrato più o meno nello stesso periodo in cui ha dipinto *Non corrisposta*, canzoni scelte con cura una domenica sera dalla hit parade di *Top 40*, solo quelle tristi che assecondavano il suo umore più che tirarla su di morale, e mentre cammina si lascia investire dalla nostalgia, tornando allo stato d'animo di quando era piccola, quando le emozioni erano più semplici e facili da gestire. Cerca di ricordare l'immagine che si era fatta di Jamie prima di conoscerlo davvero. Ha ascoltato la cassetta tante di quelle volte che l'ordine delle canzoni le si è impresso nella memoria: sa che ci saranno un paio di secondi con la voce del dj tra *Something About the Way You Look Tonight* e *Torn*, perché non aveva premuto il tasto STOP in tempo. Ricorda di averle registrate di proposito in crescendo, e che quando ascoltava la musica a letto, ogni sera, alla fine era così sottosopra che non riusciva a dormire e a volte doveva far correre le unghie su e giù per le cosce fino a farle sanguinare, solo per sfogare una parte delle emozioni accumulate.

Pensa che probabilmente arriverà all'ultima canzone, *Time to Say Goodbye* di Andrea Bocelli e Sarah Brightman, quando sarà nei pressi della stazione di polizia. È un pezzo abbastanza diverso da quelli che ascolta in genere, ma all'epoca in cui aveva registrato la cassetta era in voga e il suono le piace, le piace soprattutto che le si espanda intorno e dentro, facendole sentire che esiste qualcosa di più grande di lei. Sta andando alla polizia per qualcosa di più grande di lei. Ci sta andando perché è la cosa giusta da fare, perché salverà le altre donne, salverà la sua bambina. Chissà cosa le potrebbe fare se rimanesse sola con lei.

Non si mette a piangere finché non parte *Un-Break My Heart*, e una volta cominciato si accorge di non riuscire a smettere. Si infila in un vicolo e si appoggia al muro. Da un tubo sopra di lei escono volute di vapore dalla doccia o dalla cucina di qualcuno che lava i piatti e si stagliano nel cielo scuro di gennaio. Passa un altro autobus, quasi vuoto, i finestrini appannati illuminati dalle luci arancioni all'interno. Per un attimo, un secondo appena, meno di un secondo, immagina di buttarglisi sotto. Immagina il buio, un'eternità immensa e vuota, libera da Jamie Spellman e da lei, da quello che ha fatto. Non crede più in Dio, nonostante tutti gli anni di scuola cattolica. Dio non avrebbe lasciato che accadesse questo alla sua bambina.

Sente la piccola muoversi dentro di lei e non si butta. Pensa alla possibilità di tornare indietro, in mezzo alla poltiglia di neve fino all'appartamento sopra la kebabberia di suo padre. Vorrebbe tanto poterlo fare, ma non si fida di se stessa. Non può correre il rischio di stare con altre persone. Deve essere rinchiusa per la sicurezza di tutti. Soprattutto, pensa toccandosi la pancia, della bambina.

Il freddo e l'acqua penetrano attraverso il tessuto del cappotto ereditato da sua cugina Jenn, che ha un anno meno di lei ma è più alta di trenta centimetri, e Josie rabbrividisce e batte i denti mentre cerca di ritrovare la risolutezza. Comincia *It's All Coming Back to Me Now*, a cui mancano i primissimi accordi perché non aveva premuto in tempo il tasto RECORD, e Josie tira su col naso e si asciuga il viso, facendosi forza per affrontare il freddo. È la cosa giusta da fare. Deve consegnarsi. Non ha detto a nessuno dove stava andando, perché sapeva che qualcuno avrebbe cercato di fermarla. Pensa che chiamerà suo padre quando le verrà concessa la sua unica telefonata e gli spiegherà che lei non sarà a casa per cena e che dovrà trovare qualcuno che lavori per lui il sabato sera.

Mentre lo pensa, si rende conto che non tornerà neanche al caffè. Immagina cosa succederà quando non si presenterà al suo prossimo turno, a come scopriranno quello che ha fatto. Lo diranno ai clienti, e quelli carini che le davano la mancia a Natale e che hanno fatto minuscoli golfini a maglia per la sua bambina proveranno disgusto nei suoi confronti. Immagina Sadia che va al caffè con la figlia e i baristi che sussurrano in cucina dopo che se ne è andata. *È lei, la donna a cui Josie ha ucciso il marito.*

La prima volta che ha visto Jamie, Josie aveva quattordici anni e ricorda quel momento con la nitidezza tipica delle travagliate ossessioni adolescenziali. Era il sabato che precedeva l'inizio del secondo quadrimestre a scuola, tardo pomeriggio nella kebabberia del padre, e aveva le gambe fredde perché indossava una minigonna e calzettoni alle ginocchia. Stava litigando con suo padre riguardo alla lunghezza della gonna, che aveva tirato su fino a dove osava. Fece un gesto di stizza verso di lui, cosa che – lo sapeva benissimo – lo mandava in bestia, e alzò il volume al massimo. Stavano trasmettendo *Rotterdam*, e Josie si appoggiò al bancone. Non entrava un cliente da venti minuti, e dover stare lì tutti i sabati sera mentre i suoi amici si ubriacavano in Leazes Park la faceva infuriare.

Il pezzo finì e iniziò *Children*, la sua canzone preferita in assoluto: ogni volta che la sentiva risvegliava in lei qualcosa, le faceva venire voglia di ballare, di sfrecciare lungo un'immensa autostrada americana a bordo di una decappottabile piena di amici. Ascoltarla la faceva sentire più viva che mai, e Jamie entrò nella sua vita proprio quando le prime note di pianoforte echeggiarono nel negozio. I loro sguardi si incrociarono e il cuore prese a batterle così forte che si dimenticò di respirare. Fu un attimo di perfetta serendipità. Suo padre corse ad abbassare il volume e lanciò a Jamie un'occhiata di scuse. *Piantala, per la miseria*, le sibilò, ma Josie non gli fece caso. Quell'uomo era probabilmente l'essere umano più bello che avesse mai visto nella vita reale. Portava un bomber in pelle e un paio di occhiali da sole, e lei pensò che sembrava la risposta di Newcastle a Brad Pitt, o un membro di un gruppo musicale o qualcosa del genere. In seguito, gli avrebbe detto spesso che era stato amore a prima vista.

Suo padre gli chiese cosa desiderava e Josie fu sollevata, perché non pensava che sarebbe stata in grado di rivolgere a quell'uomo una domanda banale tipo *cosa posso servirle?*. Il padre tornò alle griglie per preparare l'ordinazione e l'uomo lasciò cadere sul palmo di Josie alcune monete da una sterlina. L'odore del suo dopobarba le arrivò dal lato opposto del bancone: era un profumo costoso, non come lo spray per il corpo in sconto di suo padre, ammesso che lo usasse. Di colpo si sentì in imbarazzo per come era vestita e desiderò essersi messa qualcosa di meglio, più da adulta. Prese in considerazione la possibilità di abbassarsi dietro il bancone o uscire dalla porta sul retro e aspettare nel vicolo che se ne andasse, perché non sopportava l'idea che lui la vedesse con quegli abiti così banali.

Mentre aspettava la sua ordinazione, due kebab di pollo con doppia salsa all'aglio, lui si appoggiò al muro. Teneva un pollice in tasca e batteva il ritmo della canzone con il palmo sulla pelle del bomber, e Josie lo trovò il gesto più figo che avesse mai visto. Lo avrebbe imitato per mesi ogni volta che cercava di mostrarsi distaccata, con i pollici nella cintura e le mani che tenevano il tempo.

Quando lui uscì, lei corse di sopra, in camera sua, ebbra di desiderio. Non si era mai sentita così immediatamente attratta da qualcuno, e non poté fare a meno di pensare: è questa, è questa la cosa di cui parlano tutte le canzoni e i film e le poesie. Rise di sé, sentendosi come se fosse stata travolta da un treno, e passò il resto della serata sul letto, senza fare niente, ascoltando musica e fissando le doghe della rete sopra la sua. Immaginò una vita con l'uomo del kebab di pollo, anche se sapeva che era una follia. Immaginò di sposarlo, di dargli dei figli, di andare a letto con lui ogni sera per il resto della sua vita.

Lo tenne per sé come un segreto, come se nel momento in cui le loro dita si erano sfiorate quando gli aveva dato il resto fosse successo qualcosa di più di una scossa elettrica. Era stato troppo e troppo poco, e di colpo i compagni di scuola le sembrarono immaturi e indegni della sua attenzione. Aveva appuntamento con Michael Phillips per andare al cinema, quel martedì, ma lo chiamò e gli disse di aver cambiato idea. Non aveva più il tempo di uscire con lui: le serviva un uomo più grande.

Con sua grande gioia, l'uomo entrò di nuovo alla stessa ora la settimana dopo. Prevedendo il suo arrivo, si era messa dei pantaloni svasati presi in prestito dalla sua migliore amica e una maglietta un po' stretta che risaliva mettendo in mostra qualche centimetro di pancia e le stava attillata sulle tette. Si era spalmata sulle palpebre un ombretto cremoso, si era depilata le sopracciglia fino a farle quasi sparire e si era cosparsa di profumo del Body Shop. Quando era scesa per presidiare il bancone, si sentiva Britney Spears.

«Non me ne frega niente se ti sei messa in ghingheri, tanto a bere non ci vai» le disse suo padre vedendola arrivare in fondo alle scale. Le lanciò un'occhiataccia e tornò subito alle cipolle che stava affettando. Herman, che lavorava alle griglie, fece un sorrisino.

«Dio mio, papà, sto solo facendo uno sforzo per la tua

stupida kebabberia» abbaiò Josie di rimando, e andò al bancone, dove appoggiò il mento al palmo cercando di sfoderare un'espressione ingannevolmente annoiata. Quando entrò Jamie – anche se naturalmente all'epoca lei non conosceva ancora il suo nome –, dovette trattenersi dal rivolgergli un sorriso smagliante. Meglio fingersi indifferente che mostrarsi troppo interessata, come aveva letto quella mattina su una rivista.

«Cosa posso servirle?» gli chiese con quella che sperava fosse una voce sensuale. Si era esercitata.

«Vai in qualche bel posto, tesoro?» disse lui sollevandosi gli occhiali da sole sulla testa. Aveva gli occhi grigioazzurri e le stava sorridendo. Non aveva i denti più dritti che avesse mai visto, ma i canini erano molto appuntiti e di nuovo le fecero correre il pensiero a Brad Pitt, stavolta in *Intervista col vampiro*. Decise che mentalmente lo avrebbe chiamato Brad finché non avesse scoperto il suo vero nome.

Da allora in poi lui venne tutti i fine settimana, e ogni tanto chiacchieravano insieme per qualche minuto di un film appena uscito o di musica, e dopo che se n'era andato Josie metteva il broncio fino alla fine della serata. Pensava a lui di continuo, appena lo vedeva si sentiva mancare il fiato, sovreccitata, ed era di malumore per il resto del tempo. Si rese conto di essere innamorata. Una domenica era in centro con Lou, la sua migliore amica, che era bravissima a sgraffignare qualsiasi cosa voleva e non poteva permettersi – e non poteva permettersi niente. Josie la spinse a rubare un flacone del dopobarba di Jamie dopo averli annusati tutti per capire qual era quello giusto. Ogni sera ne spruzzava un po' sul cuscino, immaginando di addormentarsi accanto a lui.

La domenica sera, Josie si metteva in camera sua con il diario ad ascoltare *Top 40* sul primo canale della radio e a scrivere pagine e pagine di testi di canzoni che secondo lei descrivevano quello che provava, e poi fantasticava che un giorno, di lì a dieci anni, Jamie avrebbe trovato il suo vecchio diario e si sarebbe commosso per quella sua ossessione, e avrebbe detto che faceva anche lui la stessa cosa, che andando al lavoro in macchina cantava canzoni e pensava a lei, finché non si erano messi insieme.

Lo trovava perfetto. Le piaceva il modo in cui si passava le dita tra i capelli, con qualche piccola ciocca che a volte gli ricadeva sugli occhi. Le piaceva che lui le chiedesse com'era andata la sua giornata, e quando si appoggiava al bancone mostrandole il proprio cellulare, sempre l'ultimo modello. Suo padre e Herman ridacchiavano ogni volta che lei cercava casualmente di portare la conversazione su di lui, giusto per l'emozione di parlarne. La prendevano in giro dicendo che aveva una cotta, e dopo un po' cominciarono a chiamarlo il suo fidanzato, cosa che la faceva morire di imbarazzo, specialmente quando lo dicevano davanti a lui. Lei ribatteva di non dire scemenze, figurarsi se le piaceva, era vecchissimo, che orrore, e loro ululavano dalle risate.

In camera, quando Tony era a letto, scriveva di Jamie sul diario. Buttava giù brevi paragrafi frettolosi sul fatto che sapeva che lui stava flirtando e che il modo in cui le toccava il palmo un secondo di troppo pagando il kebab non era affatto casuale. Quando le sorrideva guardandola negli occhi, le dava l'impressione di leggerle dritto nell'anima. Più tardi, a luce spenta, con una mano nei pantaloni del pigiama, si sarebbe immaginata degli scenari in cui lui tornava dopo l'ora di chiusura mentre lei era sul retro a fumarsi una sigaretta di nascosto, quando i suoi dormivano già, e lei saliva in macchina e scopavano. Questo non lo scriveva sul diario. Inventò un codice segreto, nel caso in cui qualcuno lo avesse letto, cosa non improbabile. Le scopate erano patatine. Scriveva: *Dio, quanto vorrei uscire con Brad a mangiare patatine. Un sacco di patatine.*

Passarono due anni, ma Josie non perse l'interesse. Ogni tanto usciva con qualche compagno di scuola, in genere più grande di un anno, e una volta addirittura con uno che ne aveva un paio più di lei, ma quando era con loro pensava a Jamie. Una settimana dopo l'altra, aveva messo insieme tanti piccoli frammenti della sua vita, e alla fine le sembrava quasi di conoscerlo. Aveva una moglie che non gli piaceva e una figlia piccola. Era uno scienziato, aveva una bella macchina, la sua birra preferita era la Budweiser. Il suo film preferito invece era *Arancia meccanica*, che Josie non aveva visto anche se aveva fatto finta del contrario. Una volta si era accorta che Jamie si era fermato per scambiare due parole con uno dei ragazzi delle consegne che ciondolava lì in attesa della chiamata successiva. Le serviva una scusa per parlare di nuovo con lui, così prese dalla cassa un paio di sterline fingendo di essersi dimenticata di dargli il resto e scivolò fuori da dietro il bancone, ma prima di raggiungere l'uscita sentì il proprio nome e si bloccò, invisibile dietro la porta.

«Eh, la ragazzina ha un debole per te» stava dicendo il tipo delle consegne, e Jamie rise.

«Per forza, sono uno schianto.»

«Un po' giovane però, no?»

«Bah, sai cosa si dice» rispose Jamie ridendo di nuovo. «Se le sono venute, è scopabile. Ci vediamo, amico.»

Il ragazzo delle consegne tossì e sputò. Nel profondo di se stessa Josie sapeva che quello che aveva detto Jamie era abbastanza orribile, e che non avrebbe dovuto parlare di lei in quel modo, ma decise che era una battuta spiritosa. Stava solo scherzando. Non parlava sul serio. Quello che intendeva veramente era che non la riteneva troppo giovane. Da un paio d'anni Josie sperava che lui aspettasse che lei compisse i sedici anni, l'età in cui era legale fare sesso con un minorenne, per portarsela via. Le avrebbe confessato i propri sentimenti, dicendole che l'aveva amata dal primo giorno in cui si erano incontrati ma che non aveva potuto farci niente. Non successe. Qualche settimana prima della scadenza, lei fece in modo di fargli sapere che presto avrebbe avuto sedici anni, ma il giorno del compleanno venne e se ne andò, e lui continuò a comportarsi come sempre.

Una domenica pomeriggio, Josie e Lou erano stese sul letto di Lou. Erano amiche del cuore dall'età di cinque anni, anche se era difficile trovare due persone più diverse. Josie era una tipica *charva*, con tanto di capelli ossigenati e un paio di scarponi Rockport che suo padre le aveva comprato da un furgone ambulante. Lou invece era una *goth*. Si vestiva di nero da capo a piedi e pensava un sacco alla morte. Secondo le leggi non scritte della scuola avrebbero dovuto essere nemiche giurate, ma erano sempre state inseparabili. Lou era tutta presa dagli Smashing Pumpkins e diceva in giro che era una *wiccan* perché aveva un gatto nero, ma perlopiù era semplicemente interessata a trombare, come tutti.

Quando Josie le disse che Jamie non si era ancora deciso, Lou rise. «Per forza, scusa, con tuo padre sempre intorno.»

«No, a volte lo vedo fuori quando mi faccio una sigaretta» rispose Josie arrotolandosi una ciocca di capelli intorno al dito.

«Questi uomini di merda, eh» disse Lou imitando sua madre, che usciva sempre con qualcuno che finiva per rivelarsi una testa di cazzo. Lou tirò fuori alcuni libri da una pila sotto il letto.

«Niente incantesimi, grazie.» Josie alzò gli occhi al cielo, ma ne prese uno lo stesso. Aveva la copertina di velluto nero e, anche se la magia era solo un mucchio di stronzate, come sospettava Josie, se non altro era bello da guardare. Gli incantesimi nelle pagine interne erano stampati in un carattere antiquato e c'erano illustrazioni di pentacoli, erbe e cristalli. C'erano ricette per sortilegi di vendetta, pozioni per dormire meglio, per attirare la fortuna e anche l'amore. Josie si soffermò su una pozione d'amore e Lou fece un verso di approvazione.

«Prepariamola» disse scorrendo la lista degli ingredienti con l'indice.

Esattamente tre settimane dopo, proprio quando Josie stava perdendo l'ultima briciola di quella debole speranza di cui l'aveva colmata la pozione, successe. Lei e Lou si erano imbucate in un pub usando la scollatura al posto della carta d'identità. Josie vide Jamie al bancone. Si sentì rizzare i capelli sulla nuca, e stava per andare a parlargli quando si accorse della donna alta con la chioma scura accanto a lui. Jamie disse qualcosa e lei rise, scuotendo la testa. Immaginò che fosse sua moglie, e ci rimase male perché non avevano l'aria di essere sul punto di divorziare come raccontava sempre. Forse non era sua moglie e lui si era trovato una nuova fidanzata, quella lì, una della sua età con un lavoro e una casa, non un'adolescente brufolosa che divideva ancora la camera con il fratellino. Si sentì stupida e ridicola per aver pensato che tra loro potesse mai esserci qualcosa. Per lui era solo una bambina. Era ovvio che non l'avrebbe mai voluta.

Josie voleva andare via, ma Lou ordinò uno snakebite and black. Si sedettero in un angolo sperando che la proprietaria del locale, notoriamente abile nell'individuare i bevitori minorenni, non le notasse, e Josie tenne gli occhi fissi sulla nuca di Jamie come per indurlo a voltarsi e vederla.

«Be', stasera sei proprio uno spasso, eh?» disse alla fine Lou accavallando le gambe e asciugando il bicchiere appannato.

«È lui» disse Josie.

«Chi?»

«*Lui*» ripeté Josie accennando con la testa al bancone. «Capelli chiari, giacca di pelle.»

«Vicino alla donna col vestito bianco?»

«Sì.»

Jamie si girò verso la donna e per un attimo lo videro di profilo. Da quella prospettiva sembrava che avesse ciglia lunghissime, e Josie osservò il modo in cui gli si increspavano le guance quando rideva.

«Non male» disse Lou scrollando le spalle. «Un po' vecchio, diciamo.»

«Io adoro gli uomini più grandi» rispose Josie. «È perché sono matura, per la mia età.»

«Pensi di essere Cher Horowitz, tu» commentò Lou.

«Magari.»

«Come si chiama?»

«Non lo so» disse Josie arrossendo. «Io lo chiamo Brad.»

«Brad?» ripeté Lou divertita. «Chi è che si chiama Brad da queste parti?»

«Be', perché assomiglia un po' a Brad Pitt.»

Lou sputò l'ultimo sorso di sidro su tutto il tavolo e poi tossì. «Ma va' a cagare.»

«Un *pochino* sì, dai.»

«Ti servono gli occhiali, cazzo» disse Lou, e osservò la proprietaria mettersi la borsa in spalla e uscire dal pub. «Vado a prenderci una pinta ciascuna, intanto che è fuori.»

Josie aveva ancora metà del suo drink e lo bevve velocemente nel tempo in cui Lou era al bancone. Era di fianco a Jamie e lei le invidiò quella vicinanza. Mentre li scrutava, Lou gli toccò la spalla e gli rivolse la parola, per poi indicare Josie. Jamie girò la testa guardandosi intorno. Quando la vide, si fermò, sorrise e le strizzò l'occhio. Anche la donna con i capelli scuri si voltò, ma solo per un attimo. Lou prese le pinte che il barman le aveva messo davanti e tornò al tavolo.

«Cosa gli hai detto?» sibilò Josie tirando fuori una sigaretta dal pacchetto di Lou e accendendola con le dita tremanti.

«Che secondo te assomiglia a Brad Pitt.»

«No.»

«Giuro. A volte alla magia serve una spintarella, ma funziona sempre» disse. Mandò giù la sua birra, fece un bel respiro e si alzò.

«Dove stai andando?» chiese Josie.

Lou prese due sigarette dal pacchetto e gliele mise davanti. «Be', non voglio mica fare la ruota di scorta» rispose. «Chiamami dopo e fammi sapere che succede.»

Sparì prima di darle il tempo di dire altro, e Jamie si sedette sulla sedia appena liberata.

«Tutto a posto?» chiese mettendo sul tavolo due bottiglie di birra scura. Ne spinse una verso di lei. Josie sbatté le palpebre, sentendosi colta in fallo.

«Quella era tua moglie?» gli chiese.

Lui rise. «Solo un'amica. Non hai motivo di ingelosirti.»

Josie si sentiva la gola stretta ed era accaldata per l'imbarazzo e più emozionata di quanto non fosse mai stata.

«Perché dovrei ingelosirmi?» chiese con una voce affannata e più alta del solito.

Lui si limitò a sorridere e bevve un sorso dalla bottiglia. «Quindi trovi che io assomigli a Brad Pitt?» disse. Josie si accorse di essere arrossita e sperò che il locale fosse abbastanza buio perché lui non se ne accorgesse. «Più bello, però.»

«Non ho detto questo, in realtà.»

«La tua amica ha detto che mi trovi attraente.»

«Non è vero» rispose Josie mortificata. «In realtà ho un ragazzo.»

«Ah sì?» disse lui avvicinandosi. Le mise una mano sulla coscia, dandole una breve stretta, e poi si sporse a baciarla. Josie provò un attimo di vertigine. Il bacio fu questione di un secondo, ma a lei sembrò durare per sempre, il momento più cruciale della sua vita fino ad allora. Mentre il desiderio la pervadeva in ondate solleticanti, si sentì più adulta che mai, ma anche giovanissima, minuscola sotto le sue mani adulte.

Lui si raddrizzò e bevve un sorso, per poi guardarla negli occhi con un'intensità tale da costringerla a distogliere lo sguardo.

«Mi metterai nei guai» disse avvicinandosi e portandole una ciocca di capelli dietro l'orecchio. Quando le sfiorò il collo con il naso, Josie ebbe un brivido.

«No, promesso» rispose.

«Andiamo da qualche parte» propose lui a voce bassa. Il respiro le solleticava l'orecchio e lui le diede di nuovo una strizzatina alla coscia. Josie annuì, senza fiato, in acque pericolose ma troppo al largo per poter tornare indietro.

Solo più tardi, in un'umida stanza d'albergo, dolorante e sopraffatta ma sostanzialmente uguale a prima, venne a sapere il suo nome.

22

Nova
8 gennaio 2000

Sul retro della stazione di polizia c'è un piccolo cortile dove ci sono i bidoni della spazzatura e un tavolo da picnic mezzo marcio, da usare in pausa pranzo nelle giornate calde, anche se sono rare. Nova butta il mozzicone di sigaretta, che finisce in una tazza di plastica colma di acqua fangosa e si spegne con uno sfrigolio. Sta nevicando, ma lei non si prende mai la briga di portarsi il cappotto pesante, così si ferma solo un altro minuto per calmarsi e poi torna nella stanza degli interrogatori.

La ragazzina è pallida, con qualche brufolo attorno al mento da scolaretta, carina nonostante abbia pianto. Ha i capelli decolorati, ma si vede la ricrescita color topo. Quando Nova rientra, Josie si sta pulendo lo sporco sotto le unghie lunghe.

L'ispettrice prende un taccuino dal cassetto. «Grazie per la pazienza» esordisce, e la ragazza scrolla le spalle con un'occhiata allo specchio unidirezionale. Nova sa che l'ispettrice capo è lì dietro che le osserva. Josie ha rifiutato l'offerta di un avvocato e lei non voleva avere altre persone nella stanza per non farla sentire in inferiorità numerica. L'ispettrice capo ha insistito per essere presente, ma lei l'ha convinta che l'avrebbe spaventata – la verità è che vuole disperatamente prendere il comando dell'indagine perché ritiene che Nova non stia ottenendo risultati abbastanza in fretta. In realtà, semplicemente non sta compilando i rapporti come dovrebbe. C'è qualcosa nelle dichiarazioni di quelle donne che le sembra troppo personale per essere riferito, anche se sa che così rischia il posto. «Posso portarti qualcosa? Un altro bicchiere d'acqua?»

Josie scuote la testa. «Sto bene, grazie.»

«In caso, basta che tu me lo dica.» Si appoggia allo schienale della sedia. La ragazza annuisce e Nova continua. «Bene. Dov'eravamo rimaste?»

«Il solstizio.»

«Sì, giusto. Quindi... Hai preso parte al rituale con il serpente a Penshaw. E di quello so tutto.»

«Ah sì?»

«Oh sì. E poi cos'è successo? Perché non è morto quella notte, giusto?»

«E poi l'ho visto solo un'altra volta. A Santo Stefano.»

«Cos'è successo a Santo Stefano?» L'opzione più probabile è che Jamie Spellman sia morto il giorno di Capodanno, forse la sera della vigilia. Sua moglie ha detto che lo ha visto per l'ultima volta nel pomeriggio del 31, quindi qualunque momento prima di allora è impossibile. A meno che Sadia non abbia mentito, ovviamente.

«È venuto a casa mia con qualche vestito e cose varie.» Josie ricomincia a piangere. Nova le offre un pacchetto di fazzoletti e lei ne prende uno. «Per la bimba.»

«Certo, certo, e avete parlato?»

«Be', l'ho mandato a quel paese» risponde alzando il mento. «Gli ho detto che non avevo bisogno di niente, da lui. Voleva portarmi via la bambina. Continuava a dire che mi avrebbe portato via la bambina e poi si è presentato con questo scatolone di vestitini di seconda mano che erano di sua figlia cercando di fare il carino, e io gli ho detto di andare a f... Gli ho detto di andarsene.»

«Non l'ha presa troppo bene, immagino.»

«No. È diventato di nuovo cattivo e ha detto quello che diceva sempre, quello che mi aveva già detto. Che mi avrebbe trascinata in tribunale, perché nessuno affiderebbe un bambino a una stupida adolescente invece che a un uomo adulto con una moglie e una casa.»

Nova alza un sopracciglio. «Dipende. C'è uomo e uomo, no?»

«Ho pensato davvero... Ero così spaventata che mi portasse via la bambina.»

«Ed è per questo che l'hai ucciso?»

Josie annuisce.

«Josie... Se ti avesse trascinata in tribunale almeno avresti avuto una possibilità, capisci? Avrebbero potuto assegnarti un appartamento in una casa popolare e anche se non avessi ottenuto l'affidamento ci sarebbero state le visite. E ora?»

«Lo so.»

Nova fa un respiro profondo. «Quindi l'hai visto di nuovo il 31?»

«No, quella è stata l'ultima volta che l'ho visto vivo. A Santo Stefano» dice con lo sguardo fisso sul tavolo. «Gli ho detto di crepare. Sono stata così sfacciata perché mi sentivo, non so, forte. Potente. Dopo Penshaw.»

«È stata l'ultima volta che l'hai visto *vivo*?»

Josie alza gli occhi di scatto e sostiene lo sguardo di Nova per un secondo, come se stesse soppesando le parole. «Quella è stata l'ultima volta che l'ho visto.»

Nova corruga la fronte. «A parte il giorno in cui l'hai decapitato, Josie?»

«Io non... Cioè, non l'ho *fisicamente* decapitato.»

«Hai detto che l'hai ucciso. L'hai ammazzato in un altro modo e qualcuno si è offerto di disfarsi del cadavere al tuo posto e si è occupato del resto?» chiede Nova consapevole dello sguardo dell'ispettrice capo che la fissa attraverso la vetrata.

«No, be'. Non so cos'è successo al corpo. L'abbiamo ucciso noi... L'ho ucciso io col rituale. È davvero potente. Anche io non ci credevo, era solo per... per sfogare la rabbia e la frustrazione, e abbiamo sacrificato il serpente, e ovviamente non pensavo che avrebbe funzionato, non per davvero. Non ci credevo per niente, in realtà, ma poi è morto, perché io lo desideravo così tanto...»

«Josie... Non l'hai ucciso.» Nova si sforza di tenere la voce ferma anche se si sente svenire per il sollievo.

«Sì invece» ribatte la ragazza sporgendosi in avanti con gli occhi sbarrati. «Dovete mettermi in prigione. Ho ucciso Jamie e ho paura che potrei uccidere qualcun altro... Non so... solo volendolo.»

«Josie...»

«E se faccio del male alla bambina?» Le lacrime iniziano a scorrerle lungo le guance. «E se piange tutto il tempo e io non riesco a dormire e desidero che muoia e lei muore? Dovete portarmela via... per favore.»

«Ok. Calmiamoci un secondo.» Nova raddrizza la schiena e si sporge sul tavolo per prendere le mani di Josie nelle sue. Gliele stringe, e la ragazza risponde alla stretta mentre piange. L'ispettrice lancia un'occhiata allo specchio unidirezionale, ben conscia che più tardi si beccherà un cazziatone, ma non può lasciare che un'adolescente incinta abbia un attacco di panico sotto la sua supervisione. Non l'ha ucciso. «Respira, Josie.»

Per alcuni minuti respirano profondamente, insieme, finché la ragazzina smette di piangere. Trema ancora, ma si asciuga le lacrime con la manica e guarda Nova negli occhi.

«Grazie.»

«È tutto a posto. Quindi mi stai dicendo che non l'hai ucciso fisicamente, con le tue mani, un coltello, un'accetta, del veleno o qualcosa di concreto: non hai fatto fisicamente del male a Jamie Spellman?»

«No, ma...»

«Non hai fatto altro che lanciare... lanciare un incantesimo, desiderare che fosse morto e lui è morto? E questo è ciò di cui ti ritieni responsabile?»

«Sì, ma è stato più di un incantesimo...»

«Ok. Fermiamoci qui. Facciamo cinque minuti di pausa.» Nova si alza ed esce di nuovo dalla stanza.

23

Kaysha
8 gennaio 2000

Kaysha parla con ognuna delle donne tutti i giorni, una breve telefonata o un messaggio per assicurarsi che stiano bene, per controllare chi ha parlato con la polizia o se qualcuna ha sentito qualcosa di nuovo, per cercare note di colpa nella loro voce o tastare il terreno nella speranza di una confessione. Lo sa che sarebbe più ragionevole non restare in contatto, ma ci sono troppe pedine, troppe persone che devono sopportare un segreto terribile, troppe vite che rischiano di essere distrutte. Deve tenerle tutte sotto controllo.

Quando Kaysha va a trovare Olive, sono due giorni che lei non risponde ai messaggi e alle telefonate. È quella che la preoccupa di più, perché non si è mai veramente lasciata coinvolgere nel gruppo. Tutte hanno avuto bisogno di un po' di tempo per fidarsi di Kaysha e le une delle altre, ma Olive non ci è mai riuscita. Si è fatta beffe delle loro storie, sottintendendo che stavano mentendo o esagerando. La vigilia di Capodanno voleva chiamare la polizia, e Kaysha trema ogni giorno di più al pensiero che lo possa fare davvero.

Ora, davanti a casa sua con il cappuccio a coprirle il viso, un po' bussa con il battiporta e un po' sbatacchia l'aletta della cassetta delle lettere. È già stata qui, quando la stava studiando per decidere se includerla o meno nel gruppo, e come al solito è sorpresa della grandezza della casa. Olive fa la bibliotecaria e suo marito lavorava in miniera, e queste ville a schiera vittoriane che danno sul Mare del Nord e il monastero di Tynemouth devono costare parecchio.

«Olive, apri» sibila Kaysha attraverso la buca delle lettere, visto che il ripetuto bussare non ha ricevuto risposta. «Voglio solo essere sicura che tu stia bene.»

Dopo un paio di secondi sente il *clic* della serratura, e prende il fatto che Olive non apre la porta per accoglierla come un invito a farsi avanti.

La casa è buia, ma da sinistra proviene il mormorio di un televisore. Kaysha si toglie le scarpe e segue il suono attraverso il soggiorno fino in cucina, dove Olive è seduta a un tavolo da pranzo rotondo. La stanza è decorata con gusto, ma è vecchiotta: piastrelle scheggiate e carta da parati macchiata in più punti. Una delle porte finestre che dà sul giardino è crepata e riparata alla bell'e meglio con del nastro adesivo.

«Cosa vuoi?» le chiede Olive. La voce è roca, come se non aprisse bocca da giorni.

«Sono passata solo per vedere se era tutto a posto.» Si avvicina al tavolo e le parla con lo stesso tono lento e calmo che usa quando va a trovare la zia Zainab, che soffre di demenza senile. «Non ti sei più fatta viva.»

«E perché avrei dovuto?»

«Ho bisogno che tu mi faccia sapere che va tutto bene finché le acque non si calmano.» Appoggia le mani sulla sedia davanti a Olive. «Posso?»

Lei stringe le labbra e Kaysha le si siede di fronte. È trascorsa soltanto una settimana dall'ultima volta che l'ha vista, ma è dimagrita. Indossa un pigiama con Braccio di ferro che sembra una taglia da bambini e le sta largo. Ha un aspetto fragilissimo, come se fosse fatta di carta.

«Cosa vuoi?» le chiede di nuovo passandosi le dita fra i capelli unti. Si muove a scatti, ricorda un passerotto. «Non ho detto niente a nessuno.»

«Volevo assicurarmi che fosse tutto a posto.»

«Sto bene.»

«Non sembra. Mi pareva di aver sentito la tv appena entrata... Stavi parlando con qualcuno?»

Olive sposta lo sguardo dalla sedia accanto a lei al soffitto. «Quando diventi vecchia, parli di più con te stessa. Spesso è l'unica conversazione sensata della giornata.»

«Sei andata al lavoro questa settimana?»

«E tu?»

«Non come al solito, ma ho lavorato, sì» risponde Kaysha. Ha scritto qualche breve articolo per il *Chronicle* per tirare avanti prima di tornare a occuparsi di qualcosa di più impegnativo.

«Ma certo.» Olive si acciglia. «Come puoi semplicemente... Come puoi andare avanti come se niente fosse, come se una brava persona non fosse morta?»

«Non era una brava persona.»

«Non dovresti parlare male dei morti.» Si tocca la croce dorata che porta al collo.

«Sei cattolica?»

«Che t'importa?»

Kaysha alza le spalle. «M'importa.»

«Protestante.»

«Sei stata in chiesa, ultimamente?»

«Ci vado tutti i giorni» risponde Olive. «Quasi tutti i giorni.»

Kaysha ha letto da qualche parte che i preti non possono riferire a nessuno quello che gli viene raccontato in confessione, ma non è sicura che questa regola valga anche quando si tratta di omicidio. Non sa nemmeno se i protestanti hanno il sacramento della confessione. E se Olive l'ha detto a qualcuno? Vorrebbe chiederglielo, ma non vuole metterle quell'idea in testa, nel caso non ci avesse ancora pensato.

«Hai bisogno di qualcosa?» le chiede.

«Tipo?»

«Potrei portarti un po' di spesa: latte, pane, sigarette... Quello che ti pare.»

«Non fumo.»

«Qualunque cosa.»

Olive si sporge sul tavolo, le unghie che scavano il legno. «Hai già scoperto chi è stato?»

Kaysha sostiene il suo sguardo. «No.»

«Scommetto che è stata la tua ragazza.»

«No.» La sua voce è ferma, nonostante sappia che anche qualcuna delle altre sospetta di Sarah. Sembrerebbe l'opzione più probabile: è quella con la lingua più lunga, quella che ha proposto più e più volte con un luccichio negli occhi che avrebbero dovuto fare *a quel pezzo di merda quello che gli avrebbe fatto Michael Myers*.

«La stai proteggendo.»

«Ascolta, Olive, non sappiamo chi è stato. Ma ormai non possiamo fare altro che coprirci le spalle a vicenda. Ha fatto del male a tutte noi, e non sto giustificando quello che è successo... ma... è successo.»

«E se l'assassina, chiunque sia ma facciamo finta che si chiami Sarah» prosegue Olive, «cosa succede se lo fa di nuovo? Se decide di decapitare il prossimo uomo che la guarda nel modo sbagliato?»

«Jamie non è morto perché ha guardato qualcuna nel modo sbagliato» sbotta Kaysha. «È morto perché la sua malvagità gli si è ritorta contro.»

«Era un brav'uomo.»

«Era uno schifoso assassino, Olive» dice Kaysha afferrandola per il polso.

Lei spalanca gli occhi. «Vattene.»

«Ti ha tolto tutto. Perché lo difendi ancora?»

«Vattene da casa mia» ripete Olive con il viso rosso di rabbia.

24

Nova
10 gennaio 2000

La camera di Lou Alderman è esattamente quella che ci si aspetterebbe da un'adolescente patita dell'occulto, anche se il resto della casa è tutto il contrario. Le altre stanze sono dipinte di un delicato color pesca e crema e punteggiate di bouquet di rose bianche e girasoli finti, disposti con gusto in vasi graziosi. Le tende cadono ad arte, come se fossero state stirate già con quelle pieghe perfette. Fuori è una giornata grigia, ma la casa è luminosa.

La camera di Lou invece ha le pareti di una sfumatura viola, quasi nera, e le tende sono tirate. Mazzi di erbe e fiori sono appesi al soffitto e le candele ingombrano a tal punto le diverse superfici che Nova teme che possano dar fuoco alla stanza. Un bastoncino di incenso sta bruciando su una mensola: l'aria è soffocante e profuma in modo insopportabile. Un disegno del simbolo della setta è incorniciato sopra il letto della ragazza.

«Deduco che tu non intenda negare il tuo coinvolgimento, quindi?» dice facendo un cenno con la testa al disegno. Lou si limita a sorridere, poi libera una poltrona per l'ispettrice spostando un groviglio di sciarpe e un gatto nero e si siede a gambe incrociate sul letto, il gatto accoccolato fra le ginocchia. Nova si accomoda sulla poltrona e si sporge in avanti. Non si capacita di essere rimasta tanto sorpresa che sia stata una ragazzina ad architettare tutto: non poteva essere diversamente. Sono una potenza, e sempre sottovalutate.

«Ascolta, non sono qui per arrestarti.»

Lou si appoggia con la schiena contro il muro. «Be', e perché dovrebbe farlo?»

«Furto, per dirne una. Danneggiamento di beni pubblici. E potrei continuare.»

Lou piega la testa in segno di riconoscenza.

«Ma, come ho detto, non voglio arrestarti. Sono disposta a lasciar correre, anche se mi sei costata innumerevoli ore di tormenti.»

«Perché?» chiede Lou.

«Perché non ti arresto?»

«Sì.»

«Perché hai tutta la vita davanti, e un precedente penale non ti sarà d'aiuto per fare quello che potresti fare.»

Lei si stringe nelle spalle. «Tutti da queste parti hanno la fedina penale sporca. Cosa cambia se ce l'ho anch'io?»

«Sì, e grazie alla loro fedina penale sono rimasti bloccati qui. È uno schifo, perché chiunque da giovane fa delle cazzate, ma questo non dovrebbe rovinarti il resto della vita. Invece funziona così se non hai abbastanza soldi per disfarti dei tuoi errori. Tu sei sveglia, puoi combinare qualcosa di bello se ti impegni.»

«Come fa a sapere che sono sveglia?»

«Quante persone hai coinvolto nella tua gang? Cinque? Dieci? E sei il capo. Le hai convinte tutte che sgozzare una pecora e pronunciare qualche parola magica avrebbe risolto i loro problemi. Non è facile» dice Nova appoggiandosi allo schienale e accavallando le gambe. «Immagina se facessi un uso migliore del tuo cervello. Potresti fare qualsiasi cosa.»

«Tipo? La poliziotta? Dovrei difendere leggi del cazzo

che rovinano la vita ai poveri e a chiunque non è bianco? Nah, amica. Non fa per me» ribatte Lou raddrizzando le spalle. Tutta quella convinzione coglie Nova di sorpresa, ma non può che concordare. Non sa più dov'è finita quella parte di lei che credeva nelle forze di polizia, e se tornasse indietro, con la saggezza che ha ora, non ci entrerebbe mai.

«Non ti stavo consigliando...»

«Faccio quello che faccio perché la gente ha bisogno di aiuto. Adoro gli incantesimi, ma lo scopo è far sentire le persone forti. Da queste parti la legge non ci dà nessuna mano, serve solo per aiutare quelli che vivono nelle ville da signori a tenere tutta la loro preziosa roba lontano da noi.»

«Non dico che non sia vero.»

«E per tenere le donne al proprio posto.»

«Sì, anche.»

«Mio padre ha violentato mia madre. E lei era coraggiosa e ha provato a portarlo in tribunale, ma le hanno detto che il fatto non sussisteva perché non si poteva parlare di stupro se erano sposati. Lo sapeva? Siamo ancora una proprietà. Non potevo lasciare che Josie lo diventasse per quel vecchio viscido che si scopava.»

Nova solleva le sopracciglia. Non aveva mai pensato che la morte di Jamie fosse stata effettivamente causata dalla setta, ma forse si era sbagliata. Si tende in avanti.

«Hai ucciso tu Jamie, Lou?» le chiede a bassa voce fissandola negli occhi. «Per proteggere Josie?»

Lei ride. «Faccio un rituale e sgozzo qualche pecora rognosa e per questo sarei capace di mozzare la testa a un tizio qualunque? Non penso proprio.»

«Cosa intendi con quello che hai detto a proposito di Josie, allora, se non l'hai ucciso? Hai chiesto a qualcuno dei tuoi seguaci di farlo?»

«No, guardi, io non vado in giro ad ammazzare esseri umani e non lo giustifico. Voglio solamente far sentire le persone forti. Voglio che le ragazze si sentano potenti. Volevo che Jo sapesse che poteva sconfiggerlo. Con la sua sola, come dire... energia.»

«Lo sai che è convinta di averlo ucciso per davvero?» chiede Nova, lo sguardo sulle proprie mani e poi di nuovo su Lou. «È convinta di essere un'assassina. Mi ha pregato di rinchiuderla in prigione in modo che non possa mettere in pericolo nessun altro. Ha paura che potrebbe fare del male alla sua bambina senza volerlo. Lo sai, questo?»

Per un secondo Lou strabuzza gli occhi, poi si scosta dal viso i capelli lunghi fino alla vita. «Non... Abbiamo solo fatto un incantesimo che, tipo, scatena un'energia di rimbalzo, la raddoppia. La morte di quell'uomo è solo colpa sua, non nostra.»

«Cosa vuoi dire?»

«È come se... qualsiasi cosa queste persone hanno fatto al mondo si ritorcerà su di loro, più forte. Forte il doppio. Non potevo sapere che sarebbe finito smembrato, no? Chissà che cosa ha combinato per meritarsi una morte del genere. Dev'essere qualcosa di più di quello che ha fatto a Josie.»

Nova ha sempre avuto un rapporto tormentato con la fede: non è né credente né atea. Non ha avuto un'educazione religiosa, ma rispetta l'importanza che la religione ha per le persone, e nei momenti difficili in cui si sente impotente capita che si ritrovi a pregare. Quando pensa alla morte, le piacerebbe credere in qualcosa di sostanziale che la rendesse meno terrificante. Però crede nel karma: l'idea che ogni azione provochi una reazione è qualcosa di abbastanza meccanico perché la consideri sensata.

Annuisce. «Cosa credi che avrebbe dovuto fare per meritarsi questa fine, quindi? Se sei convinta che non basti raggirare una ragazza convincendola a fare un figlio per te, cosa potrebbe essere?»

«Non so. Qualcosa di più? O forse no. Sento che ha fatto un mucchio di cose malvagie. Mi dava questa sensazione. Era una persona cattiva.» Lou infila una mano sotto il cuscino e ne tira fuori un sacchetto di velluto nero ricamato con il disegno di un sole e alcune stelle. «Vediamo cosa dicono i tarocchi.»

L'ispettrice la guarda estrarre un mazzo di carte e mescolarle: sono più grandi e più interessanti delle carte da gioco. Mentre scorrono fra le mani di Lou, Nova coglie sprazzi di figure e edifici. Lou si ferma, prende le prime tre dalla cima del mazzo e le posa a faccia in su. Stringe le labbra e Nova non vede l'ora di sapere cosa dicono, anche se è convinta di non crederci.

«Cosa significano?»

«Ecco» esordisce Lou gettandosi i capelli dietro le spalle. «Abbiamo l'otto di spade, il Diavolo, e poi il nove di spade. È come se... stessero dicendo che abusa delle persone. Raccontano di trappole e false promesse, e di un'aura di sconforto che lo circonda. Non credo che sia lui quello che si sente disperato, è un sentimento che lo accompagna.»

«Ok.»

«Manca ancora un pezzo di storia, però» prosegue Lou, e prende dal mazzo la carta seguente per posarla sopra le altre. È a testa in giù e Nova legge la scritta L'IMPERATORE sul lato inferiore. Lou fa una smorfia. «Non mi sorprende.»

Nova alza le spalle e Lou va avanti.

«L'Imperatore parla di autorità e controllo, ma in un modo... più paterno di quello che mi fa venire in mente Jamie. Di solito non è un cattivo ragazzo, ma a testa in giù...», disegna un cerchio a mezz'aria con un dito, «diventa un tiranno. Ha perso il controllo ed è furioso. Farebbe qualunque cosa per recuperarlo.»

Nova annuisce. «È tutto?»

Lou prende un'ultima carta dal mazzo e rimane in silenzio per un minuto. Picchietta il dito su una carta dopo l'altra e poi di nuovo solo sulla prima, la terza e la quinta.

«Otto, nove e dieci di spade. È una storia, una tragedia. Dovunque andasse, rendeva tutto orribile, e poi... quella fine. Le carte parlano di sconfitta, e morte.»

«La sua morte?»

«Forse, ma non credo, basandomi sulle altre carte. È qualcosa che ha fatto.»

«Pensi che abbia ucciso qualcuno?» Nova si chiede se Lou stia usando i tarocchi per dirle in modo tortuoso che sa più di quello che le sta raccontando. Chissà se Jamie ha veramente ammazzato qualcuno. Pensa al passo della bibbia su cui era posata la sua testa. *Occhio per occhio.* Finora aveva pensato che indicasse semplicemente una vendetta, ma in effetti quel passo significa più che altro una punizione pari alle colpe commesse. Occhio per occhio, omicidio per omicidio. Tenta di non lasciarsi trasportare. Sa di essere condizionata dall'influenza di Lou. Quell'adolescente è davvero una forza della natura.

La ragazza scrolla le spalle e fissa le carte. «Potrebbe essere un simbolo.»

«Cosa stai pensando?»

«Non so. Però suppongo che lei ne verrà a capo, giusto? Prima o poi.» La guarda di nuovo, senza sorridere.

Nova sente il cellulare vibrare in tasca e lo prende come un segno: è ora di andare. Per un millesimo di secondo ha paura che il telefono sia stato connesso a qualcuno per tutto il tempo, qualcuno che la licenzierebbe per aver lasciato che Lou se la cavasse. Controlla lo schermo, ma è solo Jenna, della scientifica.

«Bene, devo andare, però ricorda cos'ho detto. Basta sacrifici animali.»

«Farò la brava» replica Lou mentre raccoglie le carte e le fa scivolare di nuovo dentro il sacchetto di velluto. Quando Nova si alza e la guarda, vede solo una ragazzina che tenta di dare senso al mondo.

In macchina, il cellulare squilla un'altra volta e Jenna le dice che hanno i risultati degli esami del sangue di Jamie, meglio che lei venga a dare un'occhiata. Il laboratorio è nella zona industriale di un sobborgo di ricchi. Nova odia andarci, perché puzza sempre di qualcosa di chimico, come l'ospedale. Jenna l'accoglie nell'ingresso con un caffè e vanno insieme nel suo ufficio, dove apre alcuni rapporti sul pc. Mentre glieli spiega, indicando righe di codici con le unghie fresche di manicure, Nova annuisce come se fosse tutto chiarissimo, anche se non c'ha mai capito un'acca di tabelle e abbreviazioni.

«Insomma» conclude Jenna posando la tazza vuota sul davanzale della finestra dietro di lei, «un bel po' di droghe sono entrate in circolo poco prima che fosse ucciso.»

«Che droghe?»

«Una buona dose di diazepam, che è una scelta interessante. È un potente ansiolitico, conosciuto soprattutto come Valium.»

«Quindi potrebbe non essere stata un'azione premeditata?»

«Sembra improbabile.»

«Potrebbe averlo preso da solo? Un'overdose?»

Jenna arriccia il naso. «Un tentato suicidio? Sarebbe una strana scelta di farmaci... Suppongo che possa dipendere dal suo stato mentale. Se si trattasse di una dose minore, avrei pensato che l'avesse presa da solo, magari come aiuto per dormire o qualcosa del genere... Ma, come ti dicevo, è una quantità troppo elevata per essere casuale.»

«D'accordo. Hai trovato altro?»

«Il livello di alcol era piuttosto alto. Non reagisce bene col diazepam, quindi immagino che fosse ko.»

«Ah, in realtà pare di no» risponde Nova. Il medico legale aveva parlato con lei un paio di giorni prima per darle le poche informazioni che avevano potuto raccogliere senza il resto del corpo. «Dall'angolazione di alcuni colpi dell'accetta – pensano che si tratti di un'accetta, qualcosa di pesante e relativamente affilato per essere una lama, non un trinciante, ecco –, sembra che fosse in piedi quando è stato colpito per la prima volta. Dicono che l'angolazione fosse tipo verso l'alto, come se qualcuno gli avesse sferrato i colpi con un'inclinazione di circa quarantacinque gradi. All'inizio, quantomeno. Ovviamente per il resto del tempo era a terra. I colpi sono stati parecchi.»

«Ah, quindi pensi che sia stata una donna? Sarebbe più bassa, voglio dire.»

«Mmh. C'è qualcuno che non la pensa così. È un crimine piuttosto raccapricciante per una donna, eppure c'è qualcosa in questo omicidio che mi fa pensare a... Non so, una donna esasperata.»

«Be', è interessante quello che hai detto in effetti, perché il diazepam è un medicinale per cui serve la ricetta, non è una cosa che ordini al tuo spacciatore, a meno che tu non ne sia già dipendente.»

Più tardi, quando Nova controlla la lista dei farmaci trovati in casa Spellman durante la perquisizione, vede che non c'era nulla che fosse stato prescritto per Jamie, solo cinque o sei medicinali di Sadia, e il diazepam era il primo della lista.

25

Sadia
11 gennaio 2000

Sadia organizza il funerale del marito, o più che altro una funzione religiosa in sua memoria, tanto velocemente quanto ci si sarebbe potuti aspettare se fosse morto in circostanze normali. Una mossa che più tardi la polizia considererà sospetta, come se avesse troppa fretta di far riposare in pace l'idea di lui, visto che di sicuro non è il suo corpo che sta seppellendo.

Non c'è nessuna bara. Il pastore aveva proposto di esporne una vuota davanti alla chiesa, come aveva fatto per coloro i cui corpi erano stati dilaniati dalle bombe o sui campi di battaglia, dispersi in mare o semplicemente dispersi. Sadia aveva detto di no: pensava che avrebbe attirato l'attenzione sul fatto che Jamie non era *intero*. Temeva che la gente pensasse che stava seppellendo la testa senza il corpo, anche se non poteva seppellire nemmeno quella dal momento che era ancora sotto sequestro, a decomporsi lentamente in un frigo da qualche parte.

Il funerale si svolge nella chiesa dove Jamie ha vissuto per due anni con suo nonno. *Anni formativi*, raccontava sempre. A detta di Jamie, era qui che si era fatto uomo, sotto lo sguardo severo del padre di sua madre, l'unica figura paterna che avesse avuto. Il vecchio non era mai stato amorevole o particolarmente gentile, ma almeno lo aveva accolto a sedici anni senza averlo mai incontrato prima. Aveva riconosciuto come propri gli occhi freddi e grigi e il mento sfuggente dell'adolescente, e aveva capito che era il bastardo di Alice. Lo aveva costretto a pregare ogni giorno per i peccati di sua madre e gli aveva fatto studiare a memoria la bibbia, da cima a fondo. Gli anni che Jamie aveva passato con il nonno non erano stati felici, ma aveva sempre detto di aver imparato di più su ciò che è giusto e ciò che è sbagliato in due anni con Joseph Spellman che in sedici con la zia Maureen.

Joseph aveva addirittura acconsentito a pagargli l'università, anche se lo aveva fatto soltanto perché il ragazzo aveva promesso di studiare teologia e diventare un uomo di chiesa come lui. In realtà Jamie si era iscritto a biochimica ed era stato beccato solo nel momento in cui il nonno aveva aperto la lettera di ammissione. Quando si era accorto dell'inganno, aveva minacciato di annullare il pagamento a meno che Jamie non cambiasse corso di laurea. Il giorno dopo che il nipote era partito per l'università, uno dei fedeli aveva trovato il corpo di Joseph piegato sul fonte battesimale con la faccia nell'acqua. Il vecchio non aveva lasciato nulla né alla figlia, ormai un'estranea, né al nipote adolescente: ogni centesimo era andato alla chiesa, a parte quelli che erano già stati spesi per la laurea di Jamie.

26

Maureen
11 gennaio 2000

Le altre hanno detto che se Maureen non si fosse presentata al funerale la sua assenza avrebbe destato sospetti. Così lei si infila un abito nero lungo fino alle ginocchia che aveva tenuto per dieci anni in fondo al guardaroba, in caso le fosse mai andato bene di nuovo, e un cappello blu scuro che aveva comprato per il matrimonio della figlia di John lo scorso luglio. Non stanno bene insieme, ma non le importa. Sente una piccola fitta di soddisfazione quando John le chiude la zip del vestito in cui un paio di settimane fa non riusciva nemmeno a infilare i fianchi. Lo stress l'ha sempre fatta dimagrire. Alla fin fine, qualcosa di buono è venuto fuori da tutto questo, oltre alla scomparsa di Jamie dalla faccia della terra, ovviamente.

Quel senso di freddo compiacimento si disperde non appena l'auto guidata da John esce dal quartiere e gira intorno alla città per raggiungere la chiesa. Maureen non posa lo sguardo su quell'edificio da trentacinque anni, e sarebbe andata avanti con la propria vita, felice, senza vederlo mai più. Svetta verso il cielo con bordi affilati e guglie sottili come aghi. Una volta suo padre aveva detto che era stata costruita a immagine della cattedrale di Colonia.

Gli piaceva questo aspetto austero e gotico. Diceva che teneva lontani i codardi e gli empi.

«È qui, quindi?» chiede John quando lei gli indica il parcheggio. «Un posto un po' lugubre, non trovi?»

Maureen annuisce. Sa che il marito non è a suo agio, le nuove informazioni che ha scoperto sulla sua vita hanno aperto un baratro tra di loro, dandogli l'impressione di non sapere più chi sia sua moglie. Gliel'ha detto ieri e lei ha paura che voglia lasciarla. Ma l'ha accompagnata lo stesso, e Maureen gliene è grata.

Quando entrano, i primi banchi sono tutti pieni a parte quello centrale, che ospita solo Sadia con la figlia. Maureen si sposta di lato e si siede sulla panca più in fondo. John si blocca.

«Non vuoi sederti davanti? C'è un sacco di spazio.»

«Sediamoci qui e basta. Non voglio disturbare» bisbiglia dando un colpetto sulla panca vicino a lei.

«Ma tu sei un familiare, dovresti metterti davanti.»

«Sediamoci qui e basta» ripete facendogli cenno di avvicinarsi. Lui solleva le sopracciglia, ma ubbidisce. Ha il respiro affannoso, e Maureen gli passa un inalatore blu che tiene nella borsetta, senza una parola. Cerca di calmarsi. Si aspettava che la chiesa le sembrasse più piccola visto che l'ultima volta che era stata qui era giovanissima, invece le dà l'impressione di essere più grande che mai. Cavernosa. La chiesa che frequenta ora è piccola e moderna, uno spazio caldo e pulito con le pareti color magnolia e dove la funzione è tenuta da un pastore che ride spesso.

Suo padre è morto da più di quindici anni, ma riesce ancora a percepirne la presenza, qui. Ha sempre pensato che se fosse nato negli Stati Uniti sarebbe stato come quelli che si vedono in televisione, che urlano e menano colpi mentre affermano di curare i malati con il potere divino conferitogli dal Signore. Lui diceva di avere il dono della conversione, e la sua chiesa era sempre piena, effettivamente. E quando capitava che qualcuno morisse o si trasferisse, riusciva a sostituirlo al volo con qualche povero disgraziato che aveva intimidito o umiliato per convincerlo a unirsi alla sua congregazione.

Jamie continuava a sbadigliare durante le funzioni della chiesa metodista che frequentavano nella piccola cappella dov'era sepolta Alice, e anche se lo rimproverava Maureen non poteva biasimarlo. Il diacono era un vecchio barcollante con una voce esile che raggiungeva a fatica le prime due file di sedute. In estate, quando era impossibile tenere fuori il caldo, Maureen si ritrovava spesso col nipote abbandonato sul suo braccio, addormentato profondamente, e ogni tanto rischiava di fare la stessa fine anche lei.

Era lì che si era rifugiato dopo essersene andato da casa. Maureen non aveva il telefono nel cottage, ma un paio di settimane più tardi il contadino aveva ricevuto una telefonata da Jamie in cui, in due parole, diceva che era dal nonno, che stava bene e che la zia non si desse la pena di andarlo a cercare. Quando aveva ricevuto il messaggio, Maureen aveva fatto una smorfia di scherno: non aveva intenzione di andare a cercarlo. Era contenta che fosse sano e salvo, anche se il pensiero che quel ragazzo, già così preda di un groviglio di rabbia interiore, venisse plasmato da suo padre l'aveva fatta sentire a disagio. Sapeva di non aver svolto bene il ruolo di genitore, ma suo padre era molto peggio di lei. Non c'era da stupirsi che Jamie fosse venuto fuori a quel modo.

Maureen osserva la chiesa che si riempie, come succede sempre ai funerali di una persona giovane, ed è amareggiata al pensiero che ci sia più gente in lutto qui che al funerale di Alice. Lei se la meritava. Lui no. Si guarda intorno e si accorge che ci sono anche quasi tutte le altre, mescolate nel mare di nero, le facce meste.

Josie sembra sul punto di esplodere e singhiozza all'estremità della terza fila. Pare che quella ragazza non faccia altro che piangere. Maureen è sorpresa di trovare Sarah nella fila opposta alla sua, la testa inclinata leggermente all'indietro, appoggiata al muro, il tatuaggio sul collo in bella vista. Olive è quattro file più avanti, il viso che si muove a scatti come quello di un pulcino affamato. Il pastore ha i capelli rossicci, gli occhiali e le guance tonde: l'opposto di suo padre, insomma. Proprio quando si schiarisce la gola e rivolge uno sguardo all'assemblea, le porte si aprono ancora una volta e Ana entra mano nella mano con un uomo che Maureen suppone essere suo marito. È alto quanto lei ma non altrettanto bello. Chissà se è stato mai geloso della sua amicizia con Jamie o se ha mai pensato che avessero una relazione, chissà se si è sempre fidato della moglie. Ana indossa un tailleur pantalone nero che le fluttua intorno seguendone i movimenti come un abito, e per l'ennesima volta Maureen rimane colpita dalla sua eleganza.

27

Ana
11 gennaio 2000

Ovviamente Sadia è in prima fila. Si volta per guardare Ana e Tom che entrano in chiesa. Fa per alzarsi e li invita ad avvicinarsi e a sedersi accanto a lei, nel banco che altrimenti sarebbe rimasto vuoto. Ana le dà un bacio sulla guancia e prende posto, dopo aver bisbigliato un *ciao* ad Ameera, accoccolata contro il fianco della madre con un coniglio di peluche che le penzola dal piccolo pugno. La bambina indossa un vestitino blu scuro ed è silenziosa, come se percepisse la tristezza della sala, che c'è, ma contenuta. Ana suppone che molte persone siano lì per dovere, per la sensazione di doversi presentare al funerale di qualcuno che conoscevano, anche se non era un vero e proprio amico. Oppure era un amico, e poi non lo era più. Ana non è al funerale per piangere il Jamie che è morto, è lì per piangere il Jamie di prima, quel Jamie che l'aveva ospitata sul divano quando non aveva un altro posto dove andare, quel Jamie che si sedeva a un paio di tavoli di distanza ai suoi primi appuntamenti per assicurarsi che fosse tutto a posto. Quel Jamie che le aveva trovato un lavoro, che non l'aveva mai trattata come se fosse diversa né era andato in giro a spifferare il suo segreto, finché non aveva fatto proprio questo. Sa che se esaminasse una qualunque delle gentilezze che le aveva riservato ci troverebbe probabilmente un fine nascosto, ma non lo fa. Non durante il funerale. In chiesa cerca di ricordare il meglio di lui.

Dopo che Ana e Tom hanno preso posto, c'è un momento di silenzio, tutti osservano una grande fotografia incorniciata di Jamie su un tavolo di fianco al pulpito, circondata da ghirlande di fiori bianchi. Nella foto sta ridendo, una bottiglia di birra in mano e Ameera, di un anno o poco più, in braccio. Ana sa che è colpa della situazione, delle aspettative di tristezza e delle parole toccanti e vuote che il pastore ha iniziato a declamare, ma sente gli occhi riempirsi di lacrime, suo malgrado.

Si rende conto di essere uscita dall'amicizia con Jamie relativamente illesa rispetto alle altre. A parte Maureen, era quella che lo conosceva da più tempo. Molto più di Sadia. Si erano incontrati il primo giorno di università. Ana era appena arrivata, i suoi genitori avevano messo insieme fino all'ultimo centesimo per procurarle un passaporto falso – uno che avesse il nome che si era scelta, *Ana Maria Cortês* – e mandarla all'altro capo del mondo a cominciare una nuova vita.

Il pastore parla e Ana si astrae nei ricordi di Jamie. Non può condividere con nessuna delle altre le cose che le mancheranno di lui. Lo sa che tutte le cose terribili che ha fatto pesano molto più delle piccole premure che le riservava, e riconosce che Jamie era un manipolatore. Probabilmente la loro amicizia per lui non era vera. Di recente, ha preso in prestito in biblioteca un libro sui narcisisti e ha riconosciuto Jamie nei densi paragrafi a proposito dell'aiutare e sedurre le persone vulnerabili e facilmente influenzabili. Quando lo ha incontrato, lei era vulnerabile, era nuova alla vera se stessa, e spesso aveva subordinato i propri principi morali alla sua amicizia. Si sentiva come se l'essere accettata da lui la tenesse al sicuro.

Decide di concedersi la durata del funerale per crogiolarsi nei bei ricordi che ha di Jamie, prima che le rubasse il progetto di ricerca, prima che cominciassero gli incontri con le altre donne e che scoprisse che a loro aveva fatto di molto peggio. Lo ricorda all'università, le innumerevoli notti a ubriacarsi con vodka scadente, quando stavano fuori finché il sole non faceva capolino dalle aperture fra gli edifici e i furgoncini di cibo sostituivano gli hamburger con i panini al bacon. Per un momento Ana lascia che la memoria la riscaldi, poi ricorda cos'altro faceva lui durante quelle notti fuori, quando scompariva con una ragazza e la costringeva a tornare a casa da sola. Si era rifiutata di pensarci all'epoca, ma gli indizi c'erano. Aveva preferito non vederli, allora e in tutti gli anni successivi. Quando pensa al suo ottuso rifiuto di credere a Kaysha, al suo egoismo, alla totale incredulità che Jamie Spellman potesse essere qualcosa di diverso dall'uomo che lei aveva bisogno che fosse, si vergogna di se stessa più che di qualsiasi altra cosa abbia fatto in vita sua. Si vergogna anche solo di aver tentato di ricordare i suoi lati belli, come se non fossero stati annullati dal resto. Pensa invece alle proprie azioni, prega di essere perdonata. Prega di essere in grado di ripagare Kaysha, in qualche modo. Quando Kaysha era giovane e coraggiosa e aveva raccontato ai compagni di università che Jamie era uno stupratore, di stare alla larga da lui, Ana aveva fatto in modo che tutti credessero che si inventasse le cose. Ogni tanto si ritrova a sperare che sia stata lei a uccidere Jamie, così potrebbe aiutarla a insabbiare tutto.

28

Josie
11 gennaio 2000

Josie è venuta al funerale da sola, anche se le hanno consigliato di non presentarsi affatto. Kaysha ha detto che meno di loro presenziavano meglio era, perché sicuramente l'ispettrice sarebbe venuta a vedere chi ciondolava lì intorno. Dopotutto, gli assassini non riescono quasi mai a stare alla larga dal cadavere, è come grattarsi le croste.

Josie è devastata. L'ispettrice Stokoe le ha assicurato che non ha avuto niente a che fare con l'omicidio, che Jamie è stato decapitato da un'arma reale e non dal suo incantesimo, ma non le crede fino in fondo. Non sa più cosa credere e basta.

Sadia è seduta davanti con un braccio intorno alla sua bimba, e Josie la osserva mentre le passa una mano fra i capelli e le accarezza la schiena. Le vedeva spesso insieme al caffè, prima, e ha sempre pensato che sembravano cucite insieme, come due metà di qualcosa. Era come se Sadia sapesse sempre cosa dire per far ridere la figlia o tranquillizzarla o ascoltarla. Erano così in pace quando stavano insieme, e Josie invidia il loro rapporto. Con la sua, di madre, non ce l'ha, è una donna caotica e per nulla materna. Non è una pessima madre, non ha mai abbandonato i figli né li ha maltrattati, hanno tutti da mangiare e un tetto sopra la testa, ma lei ha sempre sentito che nella loro relazione manca qualcosa, quella profondità dell'amore materno che in teoria si dovrebbe percepire e che invece è assente. Sua madre passa più tempo ad arrabbiarsi con i figli che a esserne innamorata.

E ora lei teme di provare gli stessi sentimenti verso sua figlia. Ha paura che la bambina venga fuori sbagliata, malata, come suo padre. Teme di non essere abbastanza amorevole per placare la metà della bimba che ha preso da Jamie, perché non ha avuto un esempio di maternità abbastanza positivo da prendere a modello. E ha paura che anche la sua metà verrà fuori malata e malvagia, visto che è un'assassina, o potrebbe esserlo. Teme di non essere abbastanza grande per sapere come crescere una figlia da sola. E anche se ottenesse un appartamento in una casa popolare per sé e la piccola, come ha suggerito l'ispettrice Stokoe, sarebbero loro due da sole. Non saprebbe cosa fare. Non era questo il piano. Doveva esserci Jamie con lei, doveva stringerle la mano e mostrarle come prendersi cura della neonata, come amarla nel modo giusto, come essere una madre tipo Sadia.

Tutti credono che Josie sia rimasta incinta per sbaglio, per una leggerezza sua o di Jamie, perché nessuna si fa mettere incinta di proposito a diciassette anni da un uomo sposato. Quando cerca di ricordare perché ha smesso di prendere la pillola, le si confondono i pensieri: come ha fatto Jamie a convincerla ad avere un bambino mentre viveva ancora nella cameretta di quando era piccola, addirittura prima che lui divorziasse dalla moglie? Eppure ci è riuscito. L'aveva fatta sembrare l'unica idea sensata. Josie sarebbe rimasta incinta, avrebbe trovato una casa e lui sarebbe andato a vivere con lei. Così sarebbero stati insieme per davvero, come una famiglia, senza più bisogno di andarsene in giro di nascosto. Se lei avesse avuto il suo bambino, se fosse stata pronta a fare questo per lui,

Jamie avrebbe avuto la certezza che lei lo amava, oltre ogni dubbio. Sarebbe stato un bravissimo papà. Una notte, in una camera d'albergo, le tolse delicatamente la confezione della pillola di mano mentre stava per prenderne una e se la mise in tasca. *Fidati di me*, disse, *sarà tutto perfetto*. Poi fecero l'amore in un modo così dolce che lei si era fidata.

Mesi dopo, quando era troppo avanti con la gravidanza per poter cambiare idea, Jamie si era trasformato. Iniziò a dirle quanto fosse infantile. All'inizio era solo un commento bizzarro seguito da un abbraccio o una carezza affettuosa sulla guancia. Poi cominciò a sbottare che era stato uno sbaglio, che era troppo giovane, che pensava che fosse più matura. L'attaccava per qualsiasi cosa. Quando lei si metteva a piangere, cosa che succedeva spesso, Jamie oscillava tra il conforto e gli insulti, e se lei cercava di spiegare che erano gli ormoni, che il suo fisico stava cambiando e che era normale che fosse così emotiva, si limitava a schernirla.

Alla fine, quando Josie era ormai completamente confusa dal suo corpo e dai continui voltafaccia di Jamie, lui cominciò a dirle che non era adatta a essere una madre. La prima volta, quelle parole le arrivarono come uno schiaffo.

«Ma sei stato tu a mettermi incinta» disse seduta sull'orlo del letto nella camera d'albergo dove si incontravano sempre. «È stata una tua idea.»

«Cosa cazzo dici, Josie?» ribatté lui, gli occhi spalancati. «La nostra è una stupida storiella, perché avrei voluto che restassi incinta?»

«Una storiella?»

«Non puoi credere davvero che lascerei mia moglie, mia figlia, la mia casa e la mia vita per *te*.»

«Ma tu stai divorziando.»

Jamie rise. «Ah sì? E quando mai ho detto una cosa del genere?»

«Un mucchio di volte.» Josie vacillò, confusa. Era così sicuro di sé. «Hai detto... Lo sai cos'hai detto. La volevi questa bambina.»

«Pensaci, perché dovrei volerla? Sono felicemente sposato e ne ho già una.»

«Be', e perché io dovrei voler avere un figlio? Ho diciassette anni! Tu sei sposato. Hai detto che lo volevi.»

«Te lo sei sognato.» Le mostrò i denti. «Non sei in grado di crescere questa bambina. Tu non vivi nel mondo reale.»

A Josie si bloccò il respiro in gola. «Ci inventeremo qualcosa... Mi darai una mano.»

«Cosa? Pensi che uscirò di nascosto ogni giorno per aiutarti a occuparti della bambina, quando anche tu sei solo una ragazzina? Dai, su, cresci un po'.»

Josie sentiva il cuore battere all'impazzata. Aveva caldo e le veniva da piangere, troppo confusa dal cambiamento improvviso di Jamie e dalle proprie percezioni. Era sicura che lui voleva avere un figlio. Le aveva tolto la confezione della pillola di mano, l'aveva convinta a farlo.

«Ma è stata una tua idea» disse alzando gli occhi su di lui.

Jamie rispose al suo sguardo mentre un'espressione disgustata gli si diffondeva in viso. «Vaffanculo. Stai cercando di ingabbiarmi. Non funzionerà.»

«E che cosa dovrei fare, adesso?» gli chiese con la voce rotta.

Lui strinse le labbra. «Ti inventerai qualcosa. Resta nella tua cameretta con tuo fratello, sono sicuro che uno in più strizzato in quel piccolo appartamento sudicio non farà tutta questa differenza, giusto?»

«Non ci sei mai nemmeno entrato.»

«E allora? Non sarà certo una reggia. Comunque, ragazzina», si sedette sul letto con un sospiro, «hai fatto una bella cazzata.»

Josie si morse le labbra. Non pensava di aver fatto una cazzata, pensava di aver fatto esattamente quello che voleva lui. Probabilmente era vero che non sapeva distinguere cos'era reale e cosa no.

«Forse posso prenderla io» sussurrò lui passandosi le dita fra i capelli come se stesse ragionando.

«Prenderla per portarla dove?»

«A casa. Con me.»

«Nella casa in cui vivi ora... con tua moglie?»

«Potremmo adottare la bambina.»

«Adottarla? Come fai a adottare una bambina che è già tua?»

«Be', Sadia non può sapere che è mia, no?»

«Non capisco cosa stai dicendo.» Josie sentiva arrivare le lacrime. «È la mia bambina.»

«Dovrò... Dovrò dirle che sei solo una ragazzina che ho incontrato dal kebabbaro che si è fatta mettere incinta e che non può occuparsi della bambina. Non è nemmeno una bugia.»

«E se io le dicessi che è tua?»

Jamie le si accovacciò davanti con un sorriso. Per un secondo lei si sentì sollevata, aspettando che la avvolgesse in un abbraccio. Invece le chiuse una mano intorno alla gola, senza violenza, ma con una presa abbastanza decisa da farle capire che faceva sul serio. Le avvicinò il viso al suo. «Non lo farai.»

Dopo il funerale, Josie aspetta fuori dalla chiesa. Non fa caldo, ma il sole splende nel cielo per la prima volta in quasi due settimane di neve, gelo e nuvole. Vede Sadia che stringe le mani e bacia le guance delle persone che le sfilano davanti. Ana è di fianco a lei e le accarezza la schiena, mentre Ameera è appoggiata alla gamba della madre. Sadia posa una mano sulla sua testa per un secondo, in un gesto rassicurante, come a controllare che sia ancora lì.

Non è la prima volta che Josie pensa che Sadia sembra nata per fare la madre.

«Che ci fai qui?» chiede qualcuno alle sue spalle facendola trasalire. L'ispettrice è appoggiata a una lapide con le braccia conserte.

Josie si preme una mano sul cuore. «Mi ha spaventata» dice, e respira a fondo.

«Mmh. Ma che ci fai qui?» chiede di nuovo l'ispettrice.

«Sto soltanto partecipando alla cerimonia. Come tutti gli altri.» Josie tiene lo sguardo fisso sui propri piedi. Alla fine dell'interrogatorio l'ispettrice le aveva detto di non andare al funerale, perché sarebbe sembrato sospetto e allo stesso tempo sarebbe stato terribile per Sadia.

«Avevi detto che non saresti venuta.»

Josie minimizza. «Avevo bisogno di lasciarmi tutto alle spalle.»

«Perché stai fissando la signora Spellman?»

«Volevo solo dirle che mi dispiace per la sua perdita.»

«Non l'hai fatto sulla porta come chiunque altro?»

«No» ribatte la ragazza. Stanno entrambe in silenzio per un minuto, l'attenzione rivolta a Sadia. «È un'ottima madre, vero? La bambina era per lei fin dall'inizio, sai? L'ho capito un paio di giorni fa. Era questo che voleva: usarmi per crescere un bambino per lei, come un'incubatrice.»

«Cosa stai dicendo?»

«Lei non può averne» sussurra Josie. Si sente come se stesse raccontando il segreto di qualcun altro. «Così voleva darle la mia bambina.»

«Te l'ha detto lui?»

«No. Cioè, sì, ma l'ha suggerito più tardi, dopo che avevo capito che non l'avrebbe lasciata e che sarei stata una ragazza madre. Ha detto che lui e Sadia avrebbero potuto crescere la piccola, perché io non ero in grado. Penso che abbia fatto tutto apposta. Questa bambina non doveva essere mia fin dall'inizio.»

«Ma che cazzo» se ne esce l'ispettrice a bassa voce. Si accende una sigaretta. «E quindi? Sei ancora così convinta che saresti una madre terribile da voler dare tua figlia alla signora Spellman?»

Josie si asciuga una lacrima.

«Ascolta.» L'ispettrice le posa una mano sulla spalla e la ragazza si volta a guardarla. «Vai a casa. Fatti un bagno, pensa a cosa vuoi davvero. Nessuno può decidere se la maternità fa per te, soprattutto non un uomo che ti ha trattata come ha fatto *lui*. Un sacco di gente ha figli da giovane, ed è difficile, specialmente quando devi cavartela da sola. Ma se è questo che vuoi, andrà tutto bene. Ce la farai. Troverai aiuto là fuori, se vorrai cercarlo. E se decidi che *non* vuoi essere una madre, o non ancora, c'è chi può aiutarti anche in questo. Non avere fretta di dare via la tua bambina perché è quello che voleva farti fare lui. Pensaci bene, perché – qualunque cosa deciderai – la tua vita non sarà mai più la stessa.»

29
Sarah
11 gennaio 2000

Sarah se ne va alla chetichella dalla porta laterale e attraversa un buco nella siepe piuttosto che passare dall'entrata principale, davanti a Sadia e Ana. Non dovrebbe essere lì, prima di uscire di casa ha aspettato che Kaysha andasse al lavoro. Ha dovuto cambiare due autobus, ma era comunque in anticipo, quindi si è infilata in un angolo buio dell'ultima fila mentre i banchi si riempivano. Si chiede chi siano tutte quelle persone. Quante di loro conoscevano Jamie, e quante fra queste piangeranno la sua scomparsa? In genere lo shock di una morte improvvisa induce le persone alla tristezza prima che abbiano un secondo per accorgersi che non sono tristi proprio per niente, anzi sono felici che ci sia una persona orribile in meno al mondo, o nel migliore dei casi indifferenti. Sarah non è indifferente. Da quando ha visto la testa nella stanza dell'hotel è colma di una gioia perversa e furibonda. A volte, quando capita che muoia qualcuno che odia, si ritrova a dire cose tipo *be', sai, immagino che sarà dura per i suoi figli*, ma ora non sente nemmeno questo. Ameera starà più che bene con lui fuori dalla sua vita, e quando crescerà andrà ancora meglio, visto che probabilmente non ricorderà quasi nulla di lui. La gioia di Sarah per la morte di Jamie è tale che la sta mangiando viva. Lo sa che non si sentirebbe così consumata da questa cupa euforia se non fosse ormai marcia dentro. Ha sempre pensato che se lui fosse veramente sparito dalla sua vita, se fosse morto o se si fosse trasferito molto lontano, avrebbe potuto voltare pagina. Pensava che sarebbe stata felice. Magari avrebbe aperto un caffè o si sarebbe iscritta all'università, sarebbe diventata un'artista come desiderava da bambina. Forse, in un'altra vita, avrebbe vissuto in California dando lezioni di disegno in spiaggia con un calice di vino e una moglie bellissima. Sarebbe stata in grado di bere solo un bicchiere senza finirsi la bottiglia e la bottiglia dopo ancora. Ma non aveva preso nessuna di queste decisioni, perché veniva da una famiglia disastrata ed era destinata a essere perseguitata dal passato. Jamie era sparito dalla sua vita da quattro anni, e lei non si era ancora liberata di lui.

Si ferma in un negozietto dietro la chiesa e prende un quartino di gin per rabboccare la fiaschetta, lo butta già come se fosse acqua e torna indietro per comprarne dell'altro. Fuma una sigaretta accovacciata contro un muro dove un cane è legato con il guinzaglio a un tubo di scarico e abbaia a tutti i passanti. Si chiede se farebbe bene a farlo anche lei, giusto per spaventarli. La veglia funebre è in un dopolavoro in fondo alla via dove Jamie andava a bere a sedici anni, o così aveva raccontato lui a Sadia. Sarah c'è già stata un paio di volte e trova la strada senza problemi, si infila la fiaschetta nello stivale ed entra.

La stanza è stracolma e piena di fumo. Lei va al bancone e ordina un drink. Sadia è in compagnia di un uomo basso e calvo e annuisce al suo fiume di parole. Sembra in trappola, come succede spesso alle donne quando sono in un locale con un uomo a cui non sono interessate. Meglio essere gentili però, perché potresti finire ammazzata. Forse anche Jamie avrebbe dovuto essere più gentile.

Con Sadia impegnata, Sarah perlustra con lo sguardo

il locale in cerca di Ameera: la trova seduta su un divanetto ad angolo con Ana e un uomo che deve essere suo marito. Si intenerisce alla vista della bambina, la frangetta castano lucente che le finisce negli occhi grandi mentre gioca con la cannuccia del bicchiere di gazzosa. È bellissima. Tanto tanto bella e chissà come ha fatto Jamie a creare una bambina dall'aria così angelica. Del resto, anche la sua malvagità non si intravedeva dall'aspetto. La sua bellezza ti adescava, le ciglia lunghe e il *boy bob*, il sorriso spigliato. Gli occhi lo tradivano solo quando lo vedevi furibondo e ormai era troppo tardi, eri già in trappola. Così tanta rabbia in una persona. Così tanto orrore. Aveva temuto che l'oscurità di Jamie unita alla propria potesse essere genetica e che avvelenasse il corpicino. Quando aveva partorito, non aveva praticamente guardato la bambina, temendo che se l'avesse fatto troppo a lungo l'avrebbe amata. Ora la guarda però, la guarda davvero per la prima volta; per la verità non riesce a staccarle gli occhi di dosso e attraversa la stanza per sedersi con loro. Ana boccheggia ma Sarah si allunga sul tavolo verso Ameera con un sorriso. Gli occhi scuri della bambina scattano all'insù e incontrano quelli di Sarah, e in quell'istante lei vede se stessa vent'anni prima o giù di lì. La vita davanti a lei, il mondo ai suoi piedi. Bellissima.

«Ciao, splendore» sussurra. «Sono la tua mamma.»

La reazione di Ana è fulminea, come se fosse sua figlia a trovarsi di fronte a una matta ubriaca. Prende Ameera in braccio e la passa al marito, che va verso Sadia. La bambina si aggrappa a lui, ma fissa Sarah oltre la sua spalla. Ha ancora la cannuccia stretta nella manina.

«Cosa credi di fare?» sibila Ana.

«Sembrava un'operazione della Forze speciali, cazzo» replica Sarah con una risata scolandosi in un sorso il suo gin tonic. «Ti capita spesso di rubare i bambini alle loro madri?»

Ana chiude gli occhi per un istante e si porta le mani alle tempie. «Non oggi, Sarah.»

Sarah percepisce il gin. Sta bevendo da quando si è alzata. Sta bevendo da quattro anni a questa parte, ogni giorno di più, fino ad aver bisogno di un'intera bottiglia di gin per sentirsi anche solo brilla. Oggi non sa nemmeno quanto ha bevuto. È un giorno particolare: ha il diritto di festeggiare. Le mani di Ana sono appoggiate sul tavolino e Sarah le copre con le proprie, come se fossero due amanti che si guardano negli occhi a un appuntamento.

«E allora quando?» chiede. «Se non oggi, quando? Ha perso il papà, ha bisogno di sua madre.»

«Sì, ma non sei tu.»

«L'ho partorita!» sbotta Sarah. «Ho ancora le cicatrici.»

«E poi l'hai data via, e da allora non ti sei preoccupata di mandare nemmeno un cazzo di biglietto di Natale, quindi non fare finta di essere improvvisamente pronta a far parte della sua vita.»

«Oh, non rompere. Cosa ne sai tu?»

Ana spalanca gli occhi e ritira le mani di scatto. Mentre parla, la voce le esce secca e profonda. «Vaffanculo, Sarah.»

Lei ride – non è una risata vera, è il genere di risata che fa capire ad Ana che non è dispiaciuta di quello che ha detto – e si alza. Quando si guarda intorno, non vede Ameera da nessuna parte. Sente un artiglio strizzarle le viscere e avverte un pizzicore dietro il naso. Corre in bagno. È il solito gabinetto fatiscente dei dopolavoro, con il distributore di assorbenti a muro che non viene rifornito da anni e una saponetta crepata sul lavandino. Ci sono tre cabine: lei sceglie l'unica che ha la tavoletta. Fa la pipì e finisce il fondo della fiaschetta, poi si appoggia al muro, l'intonaco freddo contro la guancia. Per poco non si addormenta così, prosciugata, ma sente entrare qualcuno e le porte delle altre due cabine sbattono come se fossero state aperte con un calcio prima che si spalanchi anche la sua. Il fragile chiavistello cade a terra con un tintinnio.

«Cosa credi di fare?» Sadia ha il viso stravolto dalla furia.

Sarah scrolla le spalle e si tira su i jeans. «Sto pisciando. Tu che fai?»

«Stai lontano da mia figlia» ribatte Sadia infilandosi nella cabina con lei e chiudendosi la porta alle spalle.

«Hai un aspetto orribile.» Sarah si accorge di farfugliare. Il viso di Sadia è sfocato.

«Come ti permetti di dirle che sei sua madre? Come cazzo ti permetti?»

Sarah alza le spalle e sorride. «Però lo sono, no? L'ho partorita.»

«Sì, ed è anche l'ultima cosa che hai fatto per lei. Non le hai mai cambiato un pannolino, non c'eri quando era malata, non le hai insegnato a parlare o a camminare o a scrivere il suo nome. Non hai dovuto spiegarle perché il suo papà non tornerà mai più a casa.»

«Non la volevo nemmeno. Ero... È stato lui a costringermi ad averla.» Sarah sputa fuori le parole e traballa in avanti verso Sadia, che la spinge indietro contro il muro con un tonfo. Un improvviso senso di vuoto spazza via tutta la sua rabbia. «È così bella.»

«È meravigliosa» risponde Sadia a bassa voce.

«Potrei riprendermela, sai. Potrei farlo.» Sarah alza gli occhi verso Sadia, lottando per metterla a fuoco. L'altra le toglie le mani dalle spalle e si accovaccia contro la porta del cubicolo.

«Non lo faresti.»

«Potrei.»

«Non lo faresti se l'amassi.»

«La amo più di quanto potrai mai fare tu. È sangue del mio sangue.»

«E tu hai il sangue di tua madre, e com'è andata?»

Sarah solleva le sopracciglia, sorpresa e colpita dal fatto

che Sadia si ricordi le poche cose che ha detto di sé durante i loro incontri.

«Ascolta.» Sadia si passa le mani sul viso. «Non puoi precipitarti da lei al funerale del padre e dirle che sei sua madre. Ne ha passate abbastanza. Ma magari potresti vederla ogni tanto.»

«Non puoi dirmi...»

«Sarah! Ti sto porgendo un ramo d'ulivo. Potrai incontrarla, andremo al parco o qualcosa del genere. Dovrai essere sobria, però. Non puoi stare con lei da ubriaca, l'hai spaventata. Stai spaventando anche me.»

«Non so se posso starle vicino.»

Sadia rovescia la testa all'indietro con un gemito. «Deciditi.»

«È troppo difficile! Non volevo avere una figlia e non volevo amarla, ma penso a lei tutto il tempo. E allora bevo e bevo e bevo fino a quando me ne dimentico e poi mi sveglio e mi ricordo. Vorrei solo non dovermi svegliare mai più.» Si copre la bocca con la mano. Non l'ha mai detto a voce alta prima d'ora.

«Sarah» sussurra Sadia allungandosi a sfiorarle i capelli, per poi stringerla in un abbraccio.

Sarah le si abbandona singhiozzando sulla spalla mentre le ginocchia le cedono e urtano il pavimento. Non sa per quanto tempo resta così, a farsi accarezzare la testa, ma quasi si addormenta. Sadia profuma di talco e di qualcosa di dolce, come violette di Parma, e per un momento lei si sente piccola piccola, una bambina confortata dalla madre, e desidera questo anche per Ameera. Dopo un bel po', si scosta e si strofina il viso. «Scusami.»

L'altra prende un pacchetto di fazzoletti dalla borsa e glielo porge. Sarah si soffia il naso.

«Ascolta, ci inventeremo qualcosa. Parliamone tra un paio di giorni, quando sarai sobria. Chiamo Kaysha per dirle di venirti a prendere, ok?»

Lei annuisce e si lascia guidare fuori dal bagno, oltre una donna con i capelli rossi che le accompagna fuori dal dopolavoro e parla con Sadia a bassa voce per non farsi sentire da lei. Sarah si lascia cadere su una panchina, è bagnata ma non le importa. Si rolla una sigaretta e cerca di accenderla, ma il vento continua a spegnere la fiamma.

«Aspetta.» La donna con i capelli rossi si mette in piedi davanti a lei e unisce le mani a coppa attorno alla sigaretta.

«Grazie» mormora Sarah soffiando fuori il fumo. La offre alla donna, che si siede accanto a lei e la prende. Dopo un paio di tiri, gliela ripassa e tossisce.

«Era un po' che non fumavo sigarette rollate» dice con un sorriso. Sarah non risponde, e lei prosegue: «Resto seduta qui con te finché non arriva la tua ragazza a prenderti, ok?»

«Sadia ti ha detto di tenere d'occhio l'ubriacona del villaggio, vero?»

«Qualcosa del genere.» La donna accenna un sorriso e tende le dita verso la sigaretta. Sarah gliela passa. È carina, ha il mento pronunciato, il naso lungo e delle lentiggini che la fanno sembrare più giovane di quanto suggeriscano le rughe sottili attorno alla bocca e agli occhi.

«Sei lesbica?» le chiede studiandola con lo sguardo.

Lei ride e si strozza col fumo che le esce fuori dal naso. «Come hai fatto a capirlo?»

«Lo capisco sempre.»

«Grazie a Dio c'è il gaydar. Mi hai visto in qualche locale del giro?»

«Nah, non vado in posti del genere. Sono stata tirata su come si deve» risponde allungando le vocali dell'ultima parola per imitare sua madre. «Mi hanno insegnato a essere buona e pudica.»

«Capisco. Però ci si diverte.»

Sarah solleva il mento e condividono la sigaretta. Quando finisce, Sarah ne rolla un'altra. Comincia a piovere, la donna tira fuori un ombrello dalla borsa e ci si rannicchiano sotto insieme.

«Ho sentito dei pezzi della vostra conversazione in bagno» le dice stringendo le labbra. «Non volevo origliare, ma dovevo fare la pipì. Il vino mi arriva alla vescica per direttissima.»

Sarah annuisce. «Non importa. Immagino che non avrei dovuto urlare.»

«Sembra che tu e Sadia abbiate una relazione complicata.»

Lei ride. «Sì, si può dire così. È... Sì... è complicata.»

L'altra resta in silenzio, aspettando che continui, e c'è qualcosa in lei che la rende così degna di fiducia che Sarah non può fare a meno di andare avanti.

«In pratica... Be', per farla breve, ho avuto una storia con suo marito, sono rimasta incinta e ora lei sta crescendo la bambina.»

La donna si volta verso di lei e resta in silenzio per alcuni secondi. Sarah non riesce a decifrarne l'espressione.

«Già, è...» Sarah incrocia le braccia, incapace di trovare le parole giuste. «Già.»

«È orribile. E lei non ti permette di avere contatti?»

«No. Cioè, non ne ho mai voluti. Non sono stata programmata per essere madre, io. Un'ubriacona.» Espira forte dal naso. «La bimba sta meglio dov'è.»

«La pensi davvero così?»

«Le incasinerei la vita. Le insegnerei come stappare il vino prima che sappia parlare.» Non sta sorridendo ora. «Sadia è a posto. È migliore di me.»

La donna le stringe una spalla. «Dev'essere difficilissimo. Mi dispiace che tu abbia dovuto passare tutto questo.»

«Già.» Tira fuori la fiaschetta dallo stivale e se la porta alla bocca prima di ricordarsi che è vuota. Kaysha accosta sul ciglio della strada e suona. Sarah si alza in piedi.

«Quella è la tua ragazza?» chiede la donna socchiudendo gli occhi verso l'auto.

«Sì.» Si picchietta le tasche per assicurarsi di avere cellulare, chiavi e accendino. «Grazie per avermi fatto compagnia, amica. Ci vediamo.»

«Ciao. Prenditi cura di te.»

Lei annuisce e si infila in macchina. Kaysha mette in moto senza salutarla. Sarah si accorge che è furiosa e non dice niente che possa farla arrabbiare ancora di più, reclina semplicemente il sedile e si copre gli occhi con una mano mentre sfrecciano attraverso la città.

Proprio quando sta per addormentarsi, Kaysha si schiarisce la voce. «Avevi detto che non ci saresti andata.»

Sarah geme e mette i piedi sul cruscotto. «Non cominciare.»

«Sai chi era quella con cui ti stavi coccolando sulla panchina? Cosa le stavi raccontando?»

«Niente di interessante. Era solo una tipa.»

«No. Era Nova.»

Sarah apre gli occhi e la fissa. «Quella è Nova?»

«Sì.»

«Be', non mi meraviglio che avevi voglia di scoparla di nuovo» dice con voce piatta nonostante la rabbia e il dolore.

«Smettila.»

«Ora capisco... Certo che ti *serviva* che il caso fosse affidato a lei. Molto comodo.»

«Sai che si tratta solo di mantenere il controllo...»

«Vaffanculo. Non avevi detto che era così bella.»

«E cosa c'entra?»

«Niente.»

Kaysha non le racconta mai tutto, è profonda quanto lo spazio. Dalla morte di Jamie le cose tra loro sono andate a rotoli, ed è un contrasto così netto rispetto a prima. Nelle settimane precedenti al Capodanno, il gruppo si era incontrato regolarmente e, anche se non tutte erano d'accordo su una possibile soluzione al comportamento di Jamie, sembrava che stesse per accadere qualcosa di grande. Far parte di un gruppo di donne decise a reagire nei confronti di un uomo che in modi diversi aveva fatto del male a ciascuna di loro aveva dato a Sarah la sensazione che *l'intero universo femminile* stesse finalmente prendendo posizione. Era come se qualcosa di grandioso fosse alle porte, e se aggiungeva l'avvicinarsi del nuovo millennio non poteva non sentirsi scossa, sopraffatta dall'eccitazione e dalla gioia per quello che credeva essere l'inizio di una nuova era per le donne. Piccoli atti di ribellione che avrebbero portato a qualcosa di significativo.

Era stata Kaysha a orchestrare tutto. Aveva raccontato a Sarah che stava osservando la vita di Jamie da un bel po' di tempo. Lo teneva d'occhio, rimproverandosi ogni volta per non essere capace di anticipare quello che stava architettando finché non era già troppo tardi, pur sapendo che comunque non c'era niente che avrebbe potuto fare. Controllare cosa stava combinando era diventato per Kaysha quasi un hobby, un'ossessione, perché pensava di essere l'unica persona al mondo che lo vedeva com'era davvero e che nessuno le avrebbe creduto. La polizia non le aveva creduto quando l'aveva violentata, e lei sapeva che non avrebbero creduto nemmeno alla voce singola di nessun'altra donna, ma se le avesse raccolte tutte insieme, se le avesse unite, allora forse qualcuno le avrebbe prese in considerazione.

Il gruppo si riunì per la prima volta all'inizio di novembre, e Kaysha cominciò raccontando la propria storia. A una a una, tutte avevano spiegato la propria relazione con Jamie. C'era chi, come Olive, non aveva mai davvero accettato che avesse fatto qualcosa di male. Chi aveva dato diverse versioni della propria storia via via che le settimane si susseguivano, rivelando gradualmente scene sempre più oscure della vita con Jamie, fino a quando non era stato messo tutto a nudo e loro avevano capito che il modo in cui le aveva trattate non era stato un caso, un episodio isolato, e che bisognava fare qualcosa.

Sarah era dispiaciuta per Sadia, anche se in fondo ce l'aveva con lei, nella parte più spregevole di se stessa, dov'erano nascosti i suoi istinti materni, per quanto manchevoli. Jamie aveva mentito a sua moglie ogni giorno del loro matrimonio e l'aveva ingannata fino a farle pensare che in tutti quegli anni era stata trattata con gentilezza e rispetto, che era stata amata. Forse l'aveva amata davvero, ma non abbastanza. Forse aveva fatto quello che aveva fatto a Sarah e Josie per Sadia, perché l'amava così tanto, o forse era solo quello che si era detto per giustificare il proprio bisogno di esercitare il controllo su chiunque altro.

30

Nova
11 gennaio 2000

Dopo che Kaysha è ripartita, Nova resta seduta sulla panchina con la pelle che le formicola. Ci impiega un attimo a collegare il cervello agli occhi. La donna ubriaca era Sarah, Sarah la *ragazza* di Kaysha. E Sarah ha avuto una relazione con Jamie Spellman. E Sadia sta crescendo sua figlia, cosa che fa infuriare Sarah, o forse la rattrista soltanto. Poi c'è Josie, un'altra amante di Jamie, in fila per essere la prossima a dare un bambino a sua moglie. Ora Nova vede sotto un'altra luce la confusione della ragazza a proposito di cosa fare della bimba. Prima aveva pensato che fosse la giovane età a renderla insicura, ma adesso è convinta che sia stato Jamie a orchestrare tutto, a confonderla e farla sentire impreparata di proposito. Ha fatto del male a tutte loro, a parte Kaysha – per quanto ne sa –, ma lei probabilmente è coinvolta perché si preoccupa troppo per gli altri: sta sempre dalla parte dei perdenti, anche quando significa cacciarsi nei guai. Guai grossi, questa volta. Quattro donne, tutte potenzialmente coinvolte. Magari è stata una soltanto, o forse lo hanno fatto tutte insieme. Oppure potrebbe non essere stata nessuna di loro.

Se Nova non l'avesse riconosciuta nel filmato della telecamera, quando Kaysha si era presentata alla sua porta la sera successiva chiedendole di riprovarci forse ci sarebbe cascata. Nessuna delle due si era scusata, erano solo andate avanti come se i sei mesi passati non fossero esistiti. Nova sa che tutto questo è terribilmente immorale. La loro relazione lo è fin dall'inizio, ma stavolta è peggio. Kaysha è sempre riuscita a cavarle di bocca frammenti di informazioni, un luogo o un nome, un punto dove iniziare a scavare per la prossima storia. Nova ottiene lo stesso da Kaysha. Ma Kaysha deve fare più attenzione a cosa dice, e Nova non può presentarsi al posto giusto nel momento giusto troppe volte. Lei potrebbe essere licenziata per aver fatto una soffiata a una giornalista, ma Kaysha potrebbe essere ammazzata per aver fatto una soffiata alla polizia.

A volte Nova vorrebbe averla incontrata in circostanze diverse, vorrebbe che la loro storia avesse una possibilità di diventare qualcosa di vero. Poi però la assale un dubbio. Se non fosse proibita, sarebbe tanto passionale?, si chiede. Oppure Kaysha finirebbe per diventare parte della monotonia della vita quotidiana per la noia e l'insoddisfazione di entrambe? Forse è per questo che si era lasciata dissuadere così facilmente dall'andare a convivere con lei, non sopportava il pensiero che la passione potesse spegnersi. Prima o poi tutto diventa normale e ti accorgi troppo tardi di aver trascurato le cose migliori della vita tanto a lungo, ma non ci puoi fare niente. Dopo un po' arriva la noia. Non vuole che succeda con Kaysha. Deve avere la sensazione di fare qualcosa di pericoloso. Spesso, quando è con lei, si sente come James Bond che va a letto col nemico, una delle due che cerca sempre di indurre l'altra a lasciarsi scappare qualche informazione. Allo stesso tempo però, ogni volta che Nova tiene Ella fra le braccia e tutto è tranquillo e tenero, chiude gli occhi e immagina di stringere Kaysha.

Sa che questa puntata sarà l'ultima della loro storia, perché Kaysha si è spinta troppo in là. Nova non può ignorare un omicidio. Pensa a quello che ha in mano e prova a riempire i buchi. Dagli esami del sangue di Jamie si deduce che ha preso il farmaco di Sadia o che è stato drogato. Dopodiché, potrebbe averlo ucciso Sarah mentre Kaysha si è occupata del corpo. Forse c'era anche Josie, o forse no. Insabbiare un omicidio è qualcosa di cui Kaysha potrebbe essere capace, se costretta, sicuramente più che assassinare qualcuno per davvero. In un picco di gelosia, Nova si chiede se avrebbe fatto lo stesso per *lei*, per poi domandarsi a ruota, e non per la prima volta, se ha scelto il lavoro giusto.

Resta a osservare le persone che escono alla spicciolata dal dopolavoro, finché non nota Olive Farrugia che si dirige verso la fermata dell'autobus dal lato opposto della strada. L'ha tenuta d'occhio per tutta la mattina perché si comportava in modo strano, borbottava tra sé e si guardava intorno ansiosa, come se si aspettasse che succedesse qualcosa. Nova ha dovuto partecipare alla funzione per tenere d'occhio tutti e soprattutto Sadia, dato che mentre si svolgeva il funerale stavano perquisendo la sua abitazione. Le aveva piazzato un agente in borghese vicino a casa già da una settimana, per monitorare i suoi spostamenti ed essere sicura che non se la battesse. Ma Olive è un altro paio di maniche. Nova ha ricevuto una soffiata da un ex collega in pensione, John Jones, che si ricordava di Jamie da un vecchio caso. Sembra che da ragazzo avesse avuto una relazione di qualche tipo con Olive proprio quando lei era rimasta segnata da una tragedia familiare, e John pensava che potesse sapere qualcosa di utile e rivelarsi un'alleata inaspettata. Una connessione che a Nova sarebbe potuta sfuggire. Che strano che John ora fosse sposato con la zia di Jamie. In quel caso sembrano esserci molte strane coincidenze, o forse non lo sono affatto. Nova sta ancora cercando di mettere insieme i vari pezzi. Non è la prima volta nella sua carriera che prende in considerazione l'idea di una lavagna su cui raccogliere gli indizi come nei polizieschi americani, con linee rosse a unire le foto di tutte le donne che conoscevano Jamie Spellman e un suo ritratto, grande, al centro. Solo che non ha abbastanza spazio in ufficio.

Osserva Olive attraversare la strada. Sembra disorientata e rischia ben due volte di essere investita prima di raggiungere il marciapiede opposto, apparentemente ignara del pericolo. Nova le corre dietro, preoccupata all'idea che torni a casa da sola, e Olive pare a malapena consapevole di avere qualcuno accanto.

«Signora Farrugia» dice Nova sfiorandole la spalla e facendola trasalire. «Posso darle un passaggio?»

Olive la scruta dall'alto in basso, soffermandosi sui suoi capelli prima di lisciarsi i propri. Non risponde, ma lancia un'occhiata lungo la strada dove a momenti dovrebbe comparire l'autobus.

Nova tira fuori il distintivo da una tasca e glielo mostra. «Sono l'ispettrice Nova Stokoe, polizia di Northumbria. Posso darle un passaggio?»

Olive socchiude gli occhi, annuisce e la segue verso la Escort, parcheggiata un po' nascosta in una stradina secondaria.

Appena salgono a bordo, Nova accende il riscaldamento e mette le mani davanti alle ventole. «Fa freddo fuori, vero?» dice.

«In realtà, rispetto a ieri, ci sono quattro gradi in più» risponde Olive. La voce è bassa e leggermente stridula, come se fosse rimasta in silenzio molto a lungo.

«Ah, e chi l'avrebbe mai detto.» Nova si immette nel traffico. «Dove l'accompagno, cara?»

«Tynemouth.»

«Adoro Tynemouth. Mia nonna mi portava sempre al mercato la domenica, a comprare libri per pochi soldi» racconta Nova mentre un'ondata di calore la invade al ricordo della nonna.

«Bello.» Olive sembra annoiata.

«Abita vicino al mercato?»

«Non troppo lontano. Sul lungomare.»

«Ok, nessun problema» dice Nova guardando la sua passeggera. «Una tragedia, dico bene? Jamie. Era così giovane.»

Olive si agita sul sedile.

«Eravate amici?»

«Molte lune fa. Frequentava la mia stessa chiesa. A volte riuscivo a convincere anche Kim a venire, mia figlia.»

«È un gran bel nome. La mia prima ragazza si chiamava Kim.»

Olive le lancia una lunga occhiata e si liscia la gonna sulle cosce. Nova sorride al ricordo di Kim: l'ha vista una sola volta, durante una gita scolastica di un giorno a Whitby, a undici anni. Dopo aver gironzolato per la città, avevano passato alcune ore a divertirsi in spiaggia, sguazzando fra le onde. C'era anche una classe di un'altra scuola e i ragazzini avevano fatto amicizia, finendo a costruire castelli di sabbia insieme mentre gli insegnanti fumavano a gruppetti e bevevano Coca-Cola. Quella mattina, sul pullman, Nova aveva litigato con la sua migliore amica e quindi stava per conto suo, con lo sguardo fisso sul mare, cercando di darsi un'aria pensierosa e malinconica che risultasse affascinante. Una ragazzina dell'altra scuola le si era seduta di fianco e aveva iniziato a chiacchierare. Anche lei aveva i capelli di un rosso brillante e gli occhi azzurri, e quando sorrideva qualcosa dentro Nova faceva le capriole. In un attimo erano diventate amiche e, sapendo che non l'avrebbe più rivista, Nova si era decisa a dirle che le piaceva, cosa che non aveva mai detto a nessun'altra ragazza prima, anche se le piacevano un sacco di ragazze. Solo ragazze, in effetti.

«Sei lesbica?» le aveva sussurrato Kim, e lei aveva scrollato le spalle.

«Non so. Cos'è una lesbica?»

«Una ragazza a cui piacciono le ragazze invece dei ragazzi» aveva detto Kim alzando il mento con un sorriso.

«Non sapevo che ci fosse una parola per questa cosa qui.» Nova aveva provato un'ondata di eccitazione. Se esiste una parola, vuol dire che ci sono altre come me, aveva pensato.

«Sì. Si dice lesbica. Le nostre vicine di casa lo sono.»

«Forte» aveva risposto Nova avvertendo un bisogno improvviso di piangere. Si era strofinata gli occhi con i polsi e Kim le aveva posato una mano sulla schiena.

«Non è un problema essere lesbica, *secondo me*. Le nostre vicine sono carinissime. Mia mamma non la pensa così, però. Quando le ho detto che mi piaceva la signorina Larkin è andata giù di testa.» Aveva accennato a una giovane insegnante appoggiata sui gomiti un paio di metri più in là, con gli occhi chiusi e i capelli ramati che ondeggiavano al vento.

«Sei lesbica anche tu?» aveva chiesto Nova sentendosi arrossire.

Kim aveva alzato le spalle. «Boh. So solo che mi piace la signorina Larkin. Non so chi mi piacerà la prossima volta.»

Uno degli insegnanti di Nova aveva chiamato a raccolta la classe, dicendo che era ora di ripartire. Nova aveva tirato fuori dallo zaino un taccuino e una matita.

«È una cosa da matti» aveva detto senza fiato scarabocchiando il suo numero su una pagina e strappandola subito dopo. «Ma vuoi essere la mia ragazza?»

Kim aveva riso rovesciando la testa all'indietro, e Nova aveva notato le lentiggini sparse sul viso e lungo il collo. «Sì, va bene. Perché no?»

«Grande.» Nova le aveva ficcato il foglio tra le mani. «Allora a presto.»

«Ciao» aveva risposto Kim, e Nova l'aveva salutata con la mano mentre correva verso il signor Almond, che stava suonando il fischietto di educazione fisica. Aveva aspettato una telefonata di Kim per settimane, ripetendosi che aveva una ragazza – un pensiero che le faceva provare un brivido di piacere –, ma non era mai arrivata, e non aveva più rivisto Kim.

«Quindi conosceva bene Jamie? Era amico di sua figlia?» chiede Nova dopo alcuni minuti di silenzio mentre la città sfreccia fuori dai finestrini.

«Era un *mio* amico. Frequentava la chiesa, le ho detto.»

«L'aveva visto negli ultimi tempi?»

Olive la ignora e volta la testa verso il vetro. Dopo un po' Nova ripete la domanda, la voce leggermente più forte.

Olive fa un verso contrariato. «Come ha detto di conoscermi, scusi?»

«Ho trovato il suo nome mentre facevo qualche ricerca sul signor Spellman» spiega Nova. «Un mio collega si ricordava che vi conoscevate bene, anni fa.»

«Sì, molto tempo fa.»

«Mi dispiace per sua figlia.»

Olive resta in silenzio.

«Immagino che sia stato devastante.»

«Era distrutto quando lei... insomma.» Olive lancia un'occhiata a Nova e si soffia il naso. «Mi è stato molto vicino.»

«Bene.»

«Era una brava persona.»

«È bello sentirglielo dire.»

«Be', se chiede di lui alle donne sbagliate sentirà delle gran frottole» continua Olive raddrizzando la schiena.

«Pensa che si fosse fatto dei nemici?»

Si fermano in fondo a una lunga coda. Nova scorge un semaforo provvisorio più avanti. Osserva Olive che si sta picchiettando le labbra con un dito, lo sguardo perso nel vuoto.

«Signora Farrugia, conosce una donna di nome Kaysha Jackson?» Nova tira il freno a mano e si volta verso di lei. Non sa bene come le sia venuto in mente di fare questa domanda – non ha nessuna prova che si siano mai incontrate –, ma la fa lo stesso, metti caso che sia quella giusta. Kaysha è sempre un passo più avanti di tutti, Nova inclusa, e se quella donna è un pezzo del puzzle probabilmente sarà stata la prima a capirlo. Olive stringe le labbra e dilata le narici; Nova ha l'impressione che stia soppesando la risposta. Il traffico comincia a scorrerle davanti ma lei non riparte, gli occhi fissi sulla passeggera. Il respiro le si strozza in gola per l'aspettativa. Alla fine, Olive scuote la testa.

«Non conosco nessuno con quel nome.»

«Ne è sicura?» insiste Nova con un senso di oppressione al petto. Qualcuno suona il clacson e lei sbuffa e riparte.

«Sicura.»

Dopo aver accompagnato Olive, Nova va a casa. Accende il riscaldamento, si mette in pigiama e spegne il cellulare. Non ne può più di Jamie Spellman. A mano a mano che ricostruisce la sua vita e capisce che genere di persona era, la sua morte le importa sempre meno. Lo sa che non dovrebbe pensarla così, che essere decapitati è una fine orribile, qualunque cosa uno possa aver fatto. Non è una fan della pena capitale, ma trova difficile provare compassione per lui. È solo un'altra morte in una città piena di gente che prima o poi morirà.

Il rancore che prova per Jamie e per il proprio lavoro le pervade ogni angolo del corpo. Non le importa più niente, o le importa troppo, ma non delle cose di cui dovrebbe importarle. Le importa del benessere delle donne che Jamie ha ferito e si sente partecipe, anche se con il suo ultimo caso era finita nei guai proprio per lo stesso motivo. Era stato trovato il corpo di un uomo ed erano implicate la moglie e l'amante della moglie. Non c'era praticamente nessuna prova che si fosse trattato di un omicidio né che le due donne fossero coinvolte, ma era risultato evidente che l'ispettrice capo e chiunque altro alla stazione di polizia ritenevano riprovevole il loro rapporto omosessuale. Nova aveva percepito questa discriminazione, basata esclusivamente sulla sessualità delle due donne, e aveva lottato con forza per combatterla. Le piacevano.

Una volta che Nova aveva notato i bias istituzionali contro le persone come lei, aveva cominciato a vedere anche quelli contro altri gruppi marginalizzati. Ne era sempre stata consapevole, ma pensava che venissero in secondo piano rispetto al lavoro, non si era accorta di quanto i pregiudizi degli agenti e delle istituzioni influenzassero le indagini. E più ne diventa consapevole, più diminuisce la sua dedizione alla carriera. L'unico motivo per cui resiste ancora, dopo essere stata punita e derisa quando alla fine una delle due donne aveva confessato l'omicidio, è che ce l'ha messa tutta per arrivare dov'è adesso. Appena entrata in polizia, fresca di studi, era convinta di dare un contributo utile, che avrebbe fatto rispettare le leggi a sostegno della gente e di una società giusta ed equa. È l'ispettrice più giovane che la sua regione abbia mai avuto e prima, quando ci credeva ancora, era brava nel suo lavoro. Ha passato anni a cercare di portare con delicatezza un cambiamento dall'interno, ma non ne ha mai visto uno. Ora capisce perché non ispira fiducia alla classe operaia, nonostante ne faccia parte anche lei: pensano che sia una traditrice, e forse hanno ragione. Non sa cosa potrebbe fare se dovesse mollare, però. Odia l'idea di cominciare da zero una nuova carriera, e allo stesso tempo non sa quanto a lungo potrà far parte di un'istituzione in cui non crede più.

Cerca di spegnere il cervello. Si fa un lungo bagno e poi ordina la cena da Mr Lau col telefono fisso, accende il televisore e fa zapping fra i cinque canali finché non si accontenta di una serie ambientata in ospedale che non ha davvero voglia di vedere. Invece di seguire la trama, pensa a Sarah e Kaysha, al suo sguardo quando ha accostato e ha capito con chi si stava stringendo la sua ragazza sotto la pioggia. Le immagina insieme: una sempre tre passi avanti a tutti, e l'altra, l'alcolizzata in disfacimento ma chissà come ancora affascinante. Si immagina il loro primo incontro, loro due a letto, a rotolarsi per la casa di Sarah; un maniero fatiscente, a detta di Kaysha. Apre una bottiglia di vino e accende delle candele, si sforza di concentrarsi sulla tv, ma non ci riesce. È sempre stata gelosa delle relazioni di Kaysha, anche se non ne ha alcun diritto.

Nel giro di Newcastle c'è una lesbica di nome Holly che è ossessionata dalla Stasi della Germania dell'Est. Come hobby riproduce la loro tecnologia, e ogni tanto la vende pure. Non le ha chiesto perché voleva un microfono, ma quando lei le ha passato un cinquantino le ha spiegato come usarlo e come collegarlo alla radio della macchina. Nova avrebbe potuto usare l'attrezzatura della polizia, ma avrebbe dovuto firmare il registro, il che significa scartoffie. Se scopre che Kaysha è colpevole, non è sicura di voler essere obbligata a riferire le proprie scoperte. Dipenderà dal perché.

Ha il microfono da una settimana, ma non si è ancora decisa a usarlo, in parte perché sa che se Kaysha lo scopre va giù di testa, e in parte perché vuole convincersi che la sua presenza nell'hotel la vigilia di Capodanno sia una coincidenza. Ma ora che ha la certezza che è collegata a Jamie Spellman non può farsi scappare l'occasione. Prende il cellulare per scriverle di raggiungerla a casa quando sente bussare alla porta. Si fruga le tasche in cerca di soldi e va ad aprire, convinta che qualcuno abbia fatto entrare nel palazzo il ragazzo delle consegne, invece è Kaysha.

«Quindi oggi hai conosciuto Sarah?» esordisce entrando senza un sorriso e lasciandosi cadere sul divano.

Nova chiude la porta e si siede di fianco a lei. «Sì» risponde. Kaysha non deve sapere che la tiene d'occhio, deve andarci piano. «Così pare.»

«Sei andata a cercarla di proposito?»

Nova fa un sorrisino. «Datti una calmata, Jackson. Stavo lavorando e ho finito per tenerle compagnia. Ha fatto una bella scenata al pub.»

«Che sorpresa» ribatte Kaysha serrando le labbra. «Le serve aiuto con il bere, ma non vuole rivolgersi a nessuno.»

«Pare di sì.»

«Cosa ci facevi lì se stavi lavorando?»

«Era il funerale dell'uomo decapitato. Sono andata a vedere se si faceva vivo qualche tipo sospetto.»

«E?» chiede Kaysha appoggiandosi ai cuscini e accavallando le gambe.

«Nessuno di particolarmente interessante. Buffo che Sarah lo conoscesse.»

«Già. Prima di andarla a prendere non lo sapevo nemmeno. È un buco nero, quella là. Non racconta mai niente a nessuno, sul serio.»

«Perché stai con lei?» Nova si allunga sul divano e le sfiora la mano.

Kaysha si sfrega il viso e alza le spalle. «È evidente che mi piace infilarmi in relazioni complicate» dice, poi cambia posizione per appoggiarsi a Nova, che l'abbraccia.

«Quando è arrivata a casa stava meglio?»

«L'ho messa a letto. Se la farà passare dormendo e domani mattina ricomincerà.»

«Che situazione di merda» sussurra Nova, e le dà un bacio sui capelli. Kaysha inizia a piangere in silenzio, un pianto aggraziato, come quello delle star televisive con le lacrime luccicanti fra le ciglia che dopo poco si trasforma in singhiozzi profondi che scuotono tutto il corpo. Nova l'abbraccia stretta. Non l'ha mai vista così prima d'ora. È capitato che piangesse per una litigata o per un film triste, ma mai in questo modo. Non sa come confortarla e nemmeno se dovrebbe provarci. Sta piangendo per la sua relazione difficile o perché ha ucciso qualcuno?

Suona il campanello e la voce di un uomo gracchia dal citofono che è arrivata la cena. Lei non si muove, ma Kaysha si sposta e si asciuga le lacrime. «Rispondi, non fa niente.» Nova esita, ma lei sorride. «Dai, non voglio che tu muoia di fame. Lo so che non sei capace di cucinare.»

«Cazzona» ribatte Nova dandole un bacio sulla guancia. Quando torna con il cibo, senza fiato per le scale, Kaysha si è data una sistemata. Ha ancora il naso rosso e ogni tanto tira su, ma per il resto non sembra più turbata. Nova prepara due piatti, perché sa che Kaysha mangia volentieri anche se ha già cenato. Sono cresciute entrambe in famiglie povere e sanno che se qualcuno ti offre del cibo lo mangi. E l'abitudine è rimasta anche adesso che tutte e due hanno abbastanza soldi.

Mangiano e chiacchierano della setta, a cui Kaysha si interessa da un po'. Nova le racconta qualcosa di quello che ha scoperto, che si tratta di un gruppo di adolescenti arrabbiate con il mondo per il modo in cui il mondo le sfrutta. Kaysha sta pensando di scriverci un articolo: le streghe di oggi che spingono la gente ad affilare i forconi. Sembra colpita, dice che le piace quando le ragazze combattono, le si rimescola qualcosa dentro. Orgoglio. Chissenefrega se per farlo hanno ucciso un paio di pecore.

«Probabilmente avrebbero potuto farne a meno, però» ribatte Nova.

Kaysha indica il boccone di maiale infilzato sulla forchetta dell'altra. «Da che pulpito.» Sorride.

«Ma questo è diverso.»

«Perché?»

«Be'...»

Kaysha scoppia a ridere. «Dai, ti sto prendendo in giro. Immagino che le pecore non avessero fatto niente di male.»

Più tardi fanno sesso, ed è emozionante e delicato. Dopo Kaysha piange, ogni tanto le capita, e Nova la tiene fra le braccia. All'inizio si preoccupava, pensava di aver fatto qualcosa di sbagliato o che Kaysha avesse dei ripensamenti, ma lei la liquidava dicendo *un vecchio trauma, non significa niente.* Poi Nova va in bagno e piange a sua volta. Quando torna in camera da letto, Kaysha si è addormentata. Non c'è niente che desidererebbe di più che raggiungerla e stringersi a lei, dormire aggrovigliate come hanno fatto tante volte in passato e svegliarsi insieme, e sapere che ci sarà anche il giorno dopo, e il giorno dopo, e quello dopo ancora.

Invece raggiunge il divano in punta di piedi e raccoglie la giacca di jeans di Kaysha. È sfrangiata e coperta di toppe e spille, ce l'ha da prima che si conoscessero. Nova prende il minuscolo microfono dal proprio cappotto e lo fa scivolare in uno dei taschini: sono rigidi e difficili da sbottonare, tanto poco sono stati usati. Nova lo fissa in modo che spunti fuori appena appena. È convinta che Kaysha non lo noterà. Ha quella giacca da così tanto tempo che non la vede nemmeno più, esiste solamente.

Il mattino dopo, Kaysha va via e Nova impiega mezz'ora a cercare il cellulare prima di trovarlo sotto il divano. È rimasto spento tutta la notte. Ha sei chiamate senza risposta. Richiama il numero mentre si prepara per andare al lavoro.

«Stokoe?» È l'ispettrice capo.

«Sì» le risponde lei con le forcine tra i denti nel tentativo di domare i ricci.

«Dove diavolo sei stata? È da ieri sera che cerco di contattarti. L'abbiamo presa.»

«Chi?»

«La moglie. Non hanno trovato chissà cosa, ha ripulito tutto per bene. Non mi sorprende che la prima volta non abbiano visto il sangue nel garage, sotto la macchina.»

«Capisco» risponde Nova con la testa che ronza. Non pensava proprio che fosse stata Sadia. «Qualcos'altro?»

«Un bicchiere di whisky, era quasi finito, ma nei residui c'erano tracce di diazepam. Ci sono le impronte del signor Spellman ma anche quelle della moglie.»

«Mmh. Queste sono prove circostanziali, però... Lei potrebbe anche solo aver lavato i piatti e lui essersi drogato di propria iniziativa... Non so.»

«Hanno trovato l'arma del delitto.»

«Oh, merda. Cos'era?»

«Un'accetta, su cui c'erano solamente le impronte di uno e dell'altra.»

«Non l'ha pulita?»

«Sì, ma hanno repertato tracce di sangue. Il metallo è più permeabile di quanto si creda.»

«Ok, ci vado subito.» Nova afferra la giacca. «Scusa ancora.»

«Non mandare tutto in vacca» risponde l'ispettrice capo, e Nova si blocca. Sa che questa è la sua ultima possibilità: se fa un errore è fuori. Non è sicura che le importi qualcosa.

31
Sadia
12 gennaio 2000

Sadia torna a casa dalla veglia nel tardo pomeriggio, si spoglia e si infila a letto con solo la biancheria addosso, seppellendosi sotto il piumone. Ana e Tom hanno portato Ameera a casa loro per lasciarla riposare, e Sadia sprofonda in un sonno senza sogni fino a mezzanotte, quando si alza per prendere una bottiglia di vino dalla cucina. Poi torna sotto le coperte a bere e a guardare ore e ore dei filmati che Jamie insisteva a fare.

Non li guarda in ordine cronologico. Sulla prima cassetta c'è Ameera con due pomelli rosa sulle guance che trotterella per il giardino infagottata in una tutona e cade quando prova a toccare la neve. Jamie la prende in braccio e le dà un bacino sulla fronte. Nel filmato successivo è una neonata che vagisce, ancora umida dopo il suo primo bagnetto. Jamie inquadra Sadia che sfiora il viso della bimba con un dito e canta sottovoce mentre le mette un pannolino che sembra decisamente troppo grande per una creatura così minuscola. Poi c'è Ameera che gattona, disegna, fa i capricci per qualche motivo, e poi c'è il suo primo giorno di asilo nido, Sadia in lacrime mentre la piccola fa ciao ciao con la manina sulla porta, Jamie che volta la telecamera verso di sé e si filma mentre alza gli occhi al cielo per prenderla in giro. Sembra che ogni istante della loro vita familiare sia stato documentato, e Jamie compare dappertutto, o perché aveva appoggiato la telecamera in modo da riprendere tutti e tre insieme o perché l'aveva passata a Sadia. Chiunque al di fuori della famiglia guardi quei filmati penserebbe che Jamie sia sempre stato presente. In realtà non ha mai voluto che Sadia usasse la telecamera in sua assenza, come se il tempo infinito che lei ha trascorso da sola con la figlia non fosse degno di essere registrato, come se non accadesse mai nulla di significativo quando lui non c'era.

Sembrano così felici, pieni di sorrisi smaglianti l'uno per l'altra e per Ameera mentre se la coccolano o giocano insieme nel bosco o cantano tanti auguri. E forse lo erano davvero, prima che Sadia venisse a sapere di Josie, e di tutto il resto. Nei momenti di debolezza desidera non aver mai scoperto la sua ultima storia. Da un giorno all'altro lui le avrebbe detto che c'era di nuovo una neonata che aveva bisogno di lei, l'avrebbe convinta che Josie era solo un'altra giovane donna a cui era capitata una bambina che non voleva e che loro l'avrebbero aiutata crescendola al suo posto, come avevano fatto con Sarah. Non le sarebbe mai venuto il sospetto che la bimba fosse sua, e sarebbero andati avanti con la loro vita, ebbri di una gioia presa in prestito. Ma poi si ricorda di Sarah, e il prezzo che si paga a strappare un bambino, che sia voluto o meno, dalle braccia della madre, a prenderglielo prima che abbia la possibilità di decidere se vuole crescerlo, e capisce che la figlia di Josie non sarà mai sua, e non avrebbe mai dovuto esserlo.

Sadia sa di aver chiuso gli occhi per anni davanti alle colpe di Jamie, facendo passare senza nemmeno un commento cose che avrebbero dovuto disgustarla, sforzandosi di credere alle sue scuse quando non tornava a casa per tre giorni di fila. Pensa a quello che deve aver detto a Sarah per non farla parlare, o per convincerla a dare via sua figlia. Si chiede fino a dove ha fatto in tempo a spingersi con Josie, come l'ha costretta a pensare di non volere un bambino solo pochi mesi dopo averla convinta che lo voleva. Chissà come se la sta cavando ora, così vicina al momento del parto. Sadia si interroga anche su quale ruolo abbia giocato lei in tutto questo, se è stata soltanto una complice silente, se il suo dolore per la propria infertilità può aver spinto Jamie in qualche modo ad agire come ha agito. Lo ha fatto perché l'amava tantissimo? O solo per vedere se ci sarebbe riuscito?

Si sveglia alle otto con il mal di testa, la mano che stringe ancora la bottiglia di vino vuota e lo schermo della tv che sfarfalla. Apprezza il fatto di non doversi occupare della bambina quella mattina. Ha come l'impressione che un senso di chiarezza le sia entrato dentro mentre dormiva: sa cosa deve fare.

Si avvolge nella vestaglia e scende in cucina; mentre il bollitore borbotta, si appoggia al bancone e pensa a Sarah. Lo stato in cui era al funerale l'ha scioccata. Kaysha aveva accennato al fatto che beveva troppo, ma lei non l'aveva ancora visto con i suoi occhi. Durante gli incontri, Sarah era sempre vigile e sarcastica, con l'aggressività di un'adolescente anche se ha ormai più di vent'anni, e Sadia ha sempre fatto fatica a dispiacersi per lei.

Anche quando, imbeccata da Kaysha, aveva raccontato la sua storia, Sadia si era dovuta trattenere dall'alzare gli occhi al cielo. Era ancora troppo prigioniera dell'incantesimo di Jamie per credere ai dettagli, era convinta che Sarah stesse esagerando quella che era la solita storia di una gravidanza indesiderata. Non riusciva a non sentirsi furiosa di fronte all'impudenza di rimanere incinta per errore, una cosa tanto preziosa presa così alla leggera, quando una casa piena di bambini era il suo desiderio più grande, e l'unico che il suo utero inesistente non poteva esaudire.

Non c'è un modo chiaro di fare la cosa giusta per Sarah, per se stessa e per Ameera. Sarah ha ribadito più e più volte che non vuole essere madre, mai l'ha voluto e mai lo vorrà. Sadia è convinta che non vorrebbe crescere la piccola, nonostante quello che ha detto alla veglia funebre, e sicuramente non da sola. O forse sì, se si dà una regolata. Forse vedere Ameera le ha fatto scattare qualcosa dentro e cercherà di riprendersela. Le viene da svenire al pensiero che qualcuno le porti via la bambina che ama da quattro anni. Farebbe qualunque cosa per sua figlia. Il sangue non significa niente per lei, solo l'amore.

Riflette: se aiutasse Sarah a disintossicarsi e a trovare un lavoro potrebbero diventare una specie di famiglia, e Sarah potrebbe costruire un rapporto con Ameera. Potrebbero crescerla insieme. Questo pensiero la terrorizza. E se invece il sangue si rivelasse importante, dopotutto? Se alla bimba venisse spontaneo avvicinarsi di più alla madre che l'ha messa al mondo? Cosa accadrebbe se tutto l'impegno di Sadia non contasse niente e Ameera corresse da Sarah ogni volta che può? Sadia non potrebbe fare nulla, perché se mai qualcuno venisse a sapere che è la figlia biologica di Sarah lei non avrebbe nessun elemento a suo vantaggio. Potrebbe anche essere arrestata con l'accusa di rapimento. Forse se lo meriterebbe.

Il bollitore fischia e Sadia fa un respiro profondo, concentrandosi soltanto sul gesto di versare il caffè solubile nella tazza e aggiungere l'acqua. Finalmente la neve caduta durante la settimana si è sciolta e la mattinata è limpida e piena di sole. Sembra quasi che faccia caldo. Infila i piedi nelle scarpe porto-fuori-la-spazzatura di Jamie che non ha voluto spostare o buttare via ed esce nel portico. Il giardino è inondato di luce, e rispetto alla settimana precedente sembra estate. Si siede su una sedia da esterno e sorseggia il caffè, sforzandosi di tenere la mente calma e assorta nello spazio che la circonda: l'odore degli aghi di pino, il fruscio del vento fra i rami, il buio del bosco anche in un mattino così luminoso. Sfila i piedi dalle scarpe di Jamie e li appoggia sull'erba umida, ancorandosi alla terra. Andrà tutto bene, pensa.

L'ultimo goccio di caffè è freddo, ma lo manda giù lo stesso e si alza con l'intenzione di rientrare. Una nuvola si sposta e qualcosa brilla nello stagno al confine fra il giardino e gli alberi. Devono essersi svegliate le carpe giapponesi. È sempre preoccupata che muoiano quando l'acqua ghiaccia, ma in primavera sono di nuovo lì, più grandi dell'ultima volta che le ha viste. Lo stagno era stato il progetto a cui Jamie teneva di più e una delle poche cose della casa che aveva effettivamente portato a termine. Spesso iniziava qualcosa che poi lasciava a metà, e dopo un po' a lei toccava assumere qualcuno che finisse il lavoro. A ottobre aveva buttato giù tutta la staccionata del giardino sostenendo che fosse marcia e che ne avrebbe costruita una nuova, ma si era limitato a scavare i buchi per i pali e non era andato oltre. È vero che la casa è isolata e avvolta dal bosco, ma senza una recinzione Sadia si sente più esposta. Lo sa che non ha senso.

Si avvicina allo stagno e aspetta di vedere se una carpa si avvicina alla superficie. La sua preferita è quella grande e arancione che hanno chiamato Goldie Hawn. Nota di nuovo uno scintillio metallico e sorride prima di accorgersi che il pesce non si muove. Si chiede se non siano riuscite a sopravvivere all'inverno. Si accovaccia e si rende conto che il bagliore metallico non è una carpa: è un orologio d'argento. Mentre lo fissa, il corpo sembra materializzarsi nell'acqua torbida, disteso sul fondale, bianco cereo. Più a lungo lo guarda, più chiaro diventa. Non riesce ad allontanarsi da quella visione che le si manifesta davanti: la maglietta azzurra e i jeans che indossava la vigilia di Capodanno, le sue scarpe, il collo. La tazza le scivola dalle mani e l'acqua dello stagno le schizza sui piedi.

Sente dei colpi alla porta d'ingresso, ma non li registra come qualcosa a cui dovrebbe rispondere. Avverte le urla e i passi dietro di lei, eppure non riesce a distogliere lo sguardo. Non vede le persone che la circondano, non risponde quando le parlano, non inizia a gridare finché non le ammanettano le mani dietro la schiena e non la trascinano via.

32

Nova
12 gennaio 2000

«Non l'ho ucciso» dice Sadia. «Però l'ho drogato.»

Nova non ha ancora fatto alcuna domanda, ma Sadia è chiaramente pronta a parlare. Ci sono volute un paio d'ore per calmarla dopo l'arresto. L'ispettrice non sa cosa pensare. Da un lato, è estremamente sospetto che l'abbiano trovata davanti al corpo senza testa del marito, in un posto dove sarebbe potuto rimanere nascosto ancora per un bel po'. Dall'altro, la donna era chiaramente scossa, se per il ritrovamento del cadavere o per l'arrivo della polizia, questo Nova non lo sa. In ogni caso, ora è in custodia cautelare e finalmente hanno un corpo da abbinare alla testa.

«Perché l'hai drogato?»

«Perché altrimenti mi avrebbe uccisa.»

«Ha detto che ti avrebbe uccisa?»

«Sì» risponde Sadia tesa. «Più di una volta. Avevo intenzione di lasciarlo e portare via nostra figlia. Lui non voleva. Avevo paura di cosa avrebbe potuto farmi se ci avessi provato.»

«Ti aveva mai minacciata prima?» D'istinto Nova vorrebbe stringerle la mano, ma non lo fa.

«Siamo sempre stati bene insieme, finché non ho scoperto la sua storia con Josie.»

«Josie Kitchen?» Per un attimo Nova è stupita che Sadia sappia di lei, ma d'altra parte queste donne sembrano conoscersi tutte.

«Sì.»

«Li hai sorpresi insieme?»

«No, magari. Sarebbe stato più semplice. Era come se l'universo mi stesse costringendo ad aprire gli occhi. Conoscevo già Josie.»

«Oh, interessante. Era un'amica di famiglia?» Nova si prende un appunto perché questa versione non concorda con quella di Josie sul suo primo incontro con Jamie.

«No, è stata una coincidenza. Ero una cliente abituale del locale in cui lei lavora. Ci andavo molto spesso. È un posticino carino, con fiori sui tavolini e paste fresche ogni mattina. Chiacchieravo sempre con lei mentre mi preparava il caffè.»

Nova annuisce. «Vai avanti.»

«Si lamentava spesso del suo ragazzo, non con me direttamente, con i colleghi. Diceva che le aveva dato buca, o che viveva ancora con la sua ex anche se le aveva assicurato che erano separati e stavano aspettando le carte per il divorzio. Adesso fa ridere sapere che Jamie le raccontava tutte queste cose.»

«A te sembrava che il vostro matrimonio andasse bene?»

«Era tutto come al solito. Ero felice, avevo una famiglia, una bella casa, non dovevo lavorare. Di che cosa potevo lamentarmi?»

«Avevi qualche sospetto?»

Sadia fa una smorfia. «No. Ma se ci ripenso c'erano parecchi segnali che ho volontariamente evitato di notare. Lavorare così tanto lontano da casa quando sei un tecnico di laboratorio... Per la quantità di trasferte che sosteneva di fare, avresti pensato che fosse un commesso viaggiatore. Ovviamente non era vero. Era con l'amante di turno.»

«E come l'hai scoperto?»

«Come ho già detto, conoscevo Josie. E sentivo di tutte le pene e i tormenti che le faceva passare questo misterioso fidanzato più grande che aveva conosciuto nella kebabberia di suo padre, tra tutti i posti che ci sono. E poi è rimasta incinta e io avrei voluto... È terribile da dire, ma avrei voluto tirarle uno schiaffo. Che stupida a farsi mettere incinta da quell'uomo orribile. E così giovane, poi. Ero invidiosa» continua Sadia. «Non posso avere figli, e lo vorrei tanto. Avrei voluto con tutta me stessa partorire dei figli miei. Quindi ero piuttosto acida nei suoi confronti, e ogni volta che la vedevo arrivare al lavoro piangendo pensavo che si stesse comportando da ingrata. Ero così invidiosa che per un po' ero quasi contenta quando vedevo che passava un brutto momento. Una volta stava davvero malissimo – era andata sul retro perché non riusciva a calmarsi –, e l'altra cameriera mi ha detto che era triste perché il suo ragazzo le aveva promesso di andare alla sua festa di compleanno quella sera, ma le aveva dato buca all'ultimo minuto. Josie sospettava che fosse impegnato con la moglie. E io ero tutta compiaciuta perché quella sera mio marito mi avrebbe portata fuori a cena per il nostro anniversario.»

«Continua.»

«Be', quando finivo il caffè riportavo la tazza al bancone, per risparmiargli un giro, sai. Hanno già abbastanza da fare. Un fattorino si è presentato alla cassa con un mazzo di fiori proprio nello stesso momento in cui arrivavo io, ha detto che erano per Josie e se n'è andato. Josie non c'era, era ancora sul retro, ancora triste per colpa del fidanzato. E io guardavo il mazzo di fiori perché mi sembrava identico a quello che mi regalava Jamie per compleanni e anniversari, ogni volta la stessa composizione e lo stesso fiorista. Avevo sempre pensato che fosse un gesto premuroso, come se avesse creato apposta un bouquet speciale, solo per me. Ho preso il biglietto, non per fare la ficcanaso, davvero, volevo soltanto vedere se era lo stesso fiorista. E poi ho visto il messaggio.»

Resta in silenzio per un attimo e Nova si chiede se abbia mai raccontato questo episodio a voce alta, o se invece è qualcosa a cui cerca di non pensare. «Riesco ancora a vederlo, riesco a vederlo nella mia testa. C'era scritto così: *A Josie. Mi dispiace di non farcela, piccola. Ti amo più di tutti gli atomi messi insieme, Jamie.*»

Nova spinge un pacchetto di fazzoletti verso l'altro lato del tavolo e aspetta che Sadia si calmi prima di chiederle di continuare.

«Ho riconosciuto la sua scrittura, ovviamente, ma quella frase, *ti amo più di tutti gli atomi messi insieme*, la diceva sempre a me. L'ho capito subito che non era una coincidenza. Quel mazzo di fiori era del *mio* Jamie. In quel momento al mio cervello c'è voluto un istante per afferrare la situazione, e ho pensato – per un attimo –, ho pensato che dovevano essere per me, in qualche modo, che avessero sbagliato i nomi, che l'universo avesse fatto casino.»

«Posso immaginare.»

«Ero ferma lì, completamente confusa, ed è arrivata Josie. Ha visto i fiori, ha letto il biglietto e si è illuminata. Ha detto che le diceva sempre quella cosa degli atomi, perché era uno scienziato e credeva che facesse ridere, e che secondo lei era una frase bellissima. Poetica. Ho annuito e basta, con la mente in subbuglio. Le ho augurato buon compleanno e me ne sono andata. E per tutta la strada verso casa ho pensato che avrei voluto chiederle come si chiamava di cognome o com'era fatto, e quel pensiero mi ha ossessionata per l'intera giornata. Cercavo di ricordare se Jamie avesse mai parlato di una Josie, se le volte che era stato via per lavoro coincidessero con i giorni in cui lei non era arrivata al caffè in lacrime. Ma non sarei mai riuscita a ricordarmelo, anche se fosse stato così. In quel momento non credo che mi sia nemmeno passato per la testa che il bambino potesse essere di Jamie, per quanto ne sapevo io era sterile. Me l'aveva detto al nostro primo incontro, per far sì che mi fidassi di lui, immagino, per fingere che avessimo qualcosa in comune.»

«E quando sei andata a casa cos'è successo?»

«Ho passato tutta la giornata seduta sul divano o camminando avanti e indietro per le stanze. Non riuscivo a combinare niente, non potevo concentrarmi. Mi sono ripetuta per ore la scena del biglietto nella testa, cercando di convincermi che dovevo aver capito male, non poteva essere la sua calligrafia, o forse il messaggio l'aveva scritto un fiorista con la calligrafia molto simile a quella di Jamie. Magari il fiorista aveva copiato la frase di Jamie sugli atomi perché il ragazzo di Josie non era capace di inventarne una per sé. Sono arrivata a pensare che forse non l'aveva nemmeno inventata Jamie, magari veniva da un film o da una poesia, e per un'incredibile coincidenza il fidanzato di Josie aveva visto lo stesso film e aveva trovato la frase romantica e l'aveva scritta sul biglietto del mazzo di fiori per la sua ragazza. Dovevo andare a prendere mia figlia a scuola ed ero in preda a un'agitazione terribile, non riuscivo a calmarmi. Al ritorno abbiamo fatto la strada lunga attraverso il bosco, perché stare in mezzo agli alberi mi tranquillizza sempre quando sono triste o arrabbiata, e Ameera la adora. Trova ogni volta una pigna o un sasso da portare a casa. Dunque siamo tornate per la strada del bosco, poi le ho preparato qualcosa per cena e abbiamo giocato un po'. Quando Jamie è rientrato, ero di nuovo calma. Ci ha raggiunte nel soggiorno, tutto baci e sorrisi come sempre, *come stanno le mie ragazze preferite?*, sai. Ha tirato fuori una rosa da dietro la schiena e l'ha data ad Ameera, che ne è stata felicissima, l'abbiamo messa in un vaso e piazzata in grande stile sulla mensola del caminetto, e poi è tornato con un mazzo di fiori per me, il solito bouquet che mi porta sempre. Lo stesso che aveva fatto recapitare a Josie. E ho letto il biglietto, ed era la stessa calligrafia, la sua, senza dubbio, la stupida frase sugli atomi, la stessa firma.»

Nova si lascia sfuggire un lungo sospiro. «Oh cavolo.»

«Oh cavolo» ripete Sadia. «Ho sentito la rabbia che montava, come se si fosse accumulata nel tempo ogni volta che non rispondeva al telefono e non tornava a casa, mentre lavorava fuori città per metà dell'anno, tutte le volte che sapevo che mi stava mentendo ma non avevo il cuore di metterlo in dubbio. E questa era solo la superficie, davvero. Mi ci sono volute settimane per capire quanto era grave la situazione. Quanto mi ero isolata dalla mia famiglia, senza amici, senza lavoro, senza niente. Era tutto intestato a lui. Non avevo niente di mio.»

«È terribile.» Nova stringe le labbra. Se una moglie uccide il marito dopo una lunga storia di abusi domestici, può ottenere una riduzione di pena. Spesso però i membri della giuria non le credono, pensano che sia solo una scusa. Nova non ha idea di come verrebbe considerato il caso di Jamie Spellman in un tribunale. Forse riuscirebbe ad ammaliare tutti anche da morto. «Ti impediva di vedere la tua famiglia e i tuoi amici?»

Sadia emette un verso vagamente divertito che le si strozza in gola. «Tecnicamente no. Era troppo intelligente. Non mi avrebbe mai detto che non avevo il permesso di andare a trovare i miei genitori o di fare questo o quell'altro, ma io lo capivo, perché quando tornavo era di pessimo umore. Non mi parlava per giorni. Anche quando rientravo in tempo per fargli trovare la cena pronta dopo il lavoro, era capace di fare il sostenuto per una settimana. Invece di venire a casa, andava al pub e lasciava la cena a raffreddarsi in tavola, per essere buttata via il giorno dopo. Quelle sere finivo per non mangaire nemmeno io, perché sapevo bene che non era il caso che lo facessi prima del suo ritorno. A un certo punto, anche solo un biglietto d'auguri a mio fratello o una telefonata a mia madre lo mettevano di cattivo umore. Così i contatti con la mia famiglia si sono diradati sempre di più. Sono anni che non parlo con nessuno di loro. Non sanno nemmeno che ho una figlia.»

«Mi dispiace che tu abbia dovuto passare tutto questo» dice Nova sollevata per non aver mai vissuto una cosa del genere. «E il giorno in cui hai scoperto il tradimento cos'è successo?»

«Ho messo a letto Ameera. Lei si è lamentata perché era presto e fuori c'era ancora luce, ma alla fine si è addormentata. Quando sono tornata giù, lui era arrabbiato. Ogni tanto gli veniva quell'espressione sul viso, e ne avevo paura, perché non c'era modo di fargliela passare, dovevo solo lasciarlo stare e sperare in bene. Ma quella sera non potevo proprio.» Fa un respiro profondo e si strofina le mani sul viso. «Ho buttato i fiori nella pattumiera davanti ai suoi occhi. Ci penso sempre. Se non avessi fatto quella mossa stupida, forse sarebbe ancora vivo e non sarebbe successo niente di tutto questo. Josie sarebbe... Non so.»

«Immagino che non gli sia piaciuto vederti buttare via i fiori.»

«No, certo che no. Lui mi ha chiesto che cosa stavo facendo, e io gli ho chiesto se conosceva una ragazza di nome Josie. Non ha nemmeno avuto la decenza di arrossire. Ha fatto finta di pensarci un attimo e poi ha scosso la testa e mi ha domandato cosa avesse a che fare questa *Josie* con i fiori. Gli ho raccontato del biglietto del mazzo di fiori al caffè e lui ha riso. Sembrava così tranquillo che quando ha risposto che doveva trattarsi di un altro Jamie con un gusto per i fiori simile al suo per un attimo gli ho creduto. Lui non era così scemo da mettere incinta una ragazzina.» Sadia si stropiccia gli occhi e fa una risata di scherno. «Ed ecco fatto.»

«Cosa?» chiede Nova sentendosi come se avesse mancato un gradino.

«Non gli avevo detto che era incinta.»

«Merda» sussurra Nova completamente assorbita dal racconto. Ormai ha gettato all'aria ogni parvenza di oggettività. Almeno su questo punto le crede: lui aveva una storia e lei l'ha scoperto.

«Me la rivedo nella testa tutti i giorni. Solo questa scena, in cucina, ogni gesto esagerato e deliberato, e cerco di individuare i momenti in cui avrei potuto chiudere la bocca e impedire quello che è successo dopo. Ce ne sono stati tanti, ma non riuscivo a fermarmi. Sono andata avanti. Avrei potuto tenermi la mia bella vita, avere un altro bambino, e non l'ho fatto. Ho continuato a provocarlo finché non è esploso.»

«Cos'ha fatto?»

«Gli ho detto che non avevo nominato la gravidanza, e lui ha riso e ha ribattuto che invece l'avevo fatto, e io sapevo che non l'avevo fatto. Non ho mai provato tanta rabbia come in quel momento, mentre cercava di convincermi che non sapevo cosa fosse reale e cosa no. Ho preso un piatto e l'ho lanciato per terra, e poi un altro e un altro ancora. Ero come posseduta e lui continuava a ridere e gli ho detto che me ne andavo, che poteva portarsi a casa la sua puttanella visto che io e Ameera ce ne saremmo andate la mattina dopo. Allora mi ha colpita. Un pugno dritto in faccia, e sono volata all'indietro contro il muro. Prima che potessi capire cos'era successo, ero per terra, e lui mi ha dato un calcio nelle costole, solo uno, ma abbastanza forte da mozzarmi il fiato.» Si asciuga le guance rigate di lacrime e beve un sorso d'acqua.

«Fai con calma» dice Nova dando una raddrizzata alle carte che ha davanti. «Ti serve una pausa?»

Sadia scuote la testa e tira su col naso. Quando riprende a parlare la voce è nasale, come se avesse il raffreddore. «No. No, preferisco togliermi il pensiero, se non ti dispiace. A meno che non serva una pausa *a te*.»

«Sto bene, grazie. Continua quando sei pronta, senza fretta.»

«Sono pronta.» Raddrizza le spalle e si passa una mano fra i capelli.

«Quindi stavate litigando e lui ti ha colpita. Ti aveva mai picchiata prima?»

«No. Quella è stata la prima volta.»

«Ok. E dopo cos'ha fatto?»

Sadia ci impiega un attimo a regolarizzare il respiro e butta fuori dell'aria dalle labbra socchiuse. Sembra che stia per piangere di nuovo, ma si controlla. «Ha detto... Si è chinato sul pavimento di fianco a me e mi ha presa per i capelli, e ha detto che se l'avessi mai minacciato di nuovo di portargli via sua figlia mi avrebbe uccisa.»

«Sapevi già che...»

«Che lui era il padre biologico? No. Così ho detto... Ho detto che era mia quanto sua, e lui ha riso, mi ha lasciata andare e si è versato un bicchiere di whisky. Non so come, mi sono trascinata in un angolo e lui si è seduto al tavolo della cucina e ha detto... Ha detto *hai mai fatto caso che ha la mia bocca?*.»

Nova annuisce e aspetta che Sadia continui.

«Poi è uscito in giardino e sono rimasta seduta sul pavimento, in cucina. Probabilmente ero... Non so... Sotto shock. Non si era mai arrabbiato veramente prima, era come se all'improvviso fosse un'altra persona. Non riuscivo a capire. Stavamo insieme da dieci anni e non l'avevo mai visto così. Quella sera non siamo usciti, ovviamente, ma nessuno aveva avvertito la babysitter, e io senza pensare ho aperto la porta per dirle che non avevamo più bisogno. Deve essersi presa un bello spavento. Ho scoperto che aspetto avevo solo più tardi, quando mi sono guardata allo specchio: avevo la guancia bluastra e un labbro sanguinante.»

«Sei andata in ospedale?»

«No, non era niente di grave. Solo lividi.»

«Non hai chiamato la polizia o qualcosa del genere?» chiede Nova, anche se conosce già la risposta perché altrimenti si sarebbe imbattuta in qualche documento.

«Sono andata a letto con Ameera e l'ho abbracciata. Non sapevo cos'altro fare. Ero scioccata. Non riuscivo a capacitarmi del suo sguardo quando mi aveva colpita. Mi aveva sconvolto più quello del pugno, credo.»

«Ha chiesto scusa?»

«Oh sì. La mattina dopo si è scusato più e più volte, ma quando ho provato a riparlargli di Josie e di quello che aveva detto sulla bocca di Ameera ha negato tutto di nuovo. Ha detto che me l'ero immaginato. E nelle settimane successive è diventato un circolo vizioso: litigavamo, mi picchiava, si scusava e negava di avermi mai tradita, figuriamoci fare un figlio con un'altra. Due figlie. Ha cominciato a tornare a casa prima del solito, a presentarsi a pranzo senza avvertire, a chiamare costantemente sul telefono di casa.»

«Aveva paura che te ne andassi?»

Sadia annuisce. «Non ce la facevo più. Non riuscivo a credere a nulla, neanche a quello che pensavo di sapere per certo, perché continuava a dirmi cose per poi negarle, a farne altre per poi dirmi che me le ero immaginate.»

«Si chiama *gaslighting*. Stava cercando di farti mettere in dubbio la tua stessa percezione della realtà, così da costringerti a credere alla sua verità, o alla sua versione della verità.»

«Non sapevo che avesse un nome.»

«È una cosa spregevole. Ed è andato avanti in questo modo per quanto tempo?»

«Fino alla vigilia di Capodanno. Non ce la facevo più. La notte prima avevamo svegliato Ameera con le nostre urla e lei è venuta di sotto di nascosto. Era ai piedi delle scale e ha assistito a tutto. Non me ne sono accorta finché non sono finita sul pavimento e l'ho vista lì immobile, in pigiama, a guardarci.»

«Oddio, è terribile.»

«Non mi ha permesso di riportarla a letto, anche se piangeva e chiedeva di me. Le ha detto che lo avevo colpito per prima, che si stava solo difendendo. Che era colpa mia. Ho origliato dalle scale. La mattina dopo Ameera era arrabbiata con me, e quando le ho chiesto perché mi ha risposto che avevo fatto male al suo papà. Era troppo. Sapevo che dovevamo andarcene e il giorno dopo era venerdì, l'ultimo dell'anno. Lui stava facendo qualcosa alla mia macchina. Aveva iniziato a smontare alcuni pezzi così non sarei potuta andare da nessuna parte, era appoggiata a dei mattoni nel garage. È ancora lì.»

«Dove saresti andata?»

«Non lo so. Forse dai miei genitori a Manchester. Lui non sa dove abitano. Mi ha sempre fatto credere che vederli fosse una brutta idea, mi ripeteva che non l'avrebbero accettato, che mi stavano facendo violenza mettendo in discussione le mie scelte. Adesso le sue intenzioni mi sono chiarissime, ma a quel tempo ero completamente succube.»

«Dopo che è morto, hai parlato con loro?»

«No, non ancora. Magari lo farò. È difficile, perché è passato molto tempo.»

«Capisco. Quindi cos'è successo la vigilia di Capodanno? Raccontami tutto, passo per passo.»

«Era in garage, come ho detto prima. Da un paio di mesi prendo il diazepam, per lo stress. Ti fa venire sonno... Proprio sonno. Così ne ho frantumato qualche pasticca, non so quante. Avevo paura che se non gliene avessi dato abbastanza non avrebbe funzionato e mi avrebbe uccisa per aver tentato di scappare, così ho continuato a frantumarne ancora e ancora. L'ho mescolato in un bicchiere di whisky che mi aveva chiesto di portargli e ho aggiunto un po' di miele per coprire il sapore. Non che fosse necessario, non era il tipo che sorseggia un drink, lo buttava giù tutto d'un fiato per far vedere che ci riusciva. Gli ho detto che andavo a fare una passeggiata nel bosco con Ameera e lui si è assicurato che non avessi niente con me con cui potessi scappare.»

«Cosa vuol dire? Tipo?»

«Soldi, carte di credito, cellulare. Nemmeno le chiavi di casa.»

«Capisco» risponde Nova appuntandosi delle parole chiave sul taccuino. *Diazepam, whisky, ucciderla se prova a scappare.*

«Mi ero già organizzata con Ana: sarebbe venuta a prenderci in macchina e avrei lasciato Ameera con lei, io sarei tornata a casa mentre lui era addormentato, avrei recuperato alcune cose fondamentali e poi Ana ci avrebbe accompagnate alla stazione dei treni.»

«Ma qualcosa è andato storto...»

«Siamo andate a casa sua a bere una tazza di tè, poi ha cominciato a nevicare e abbiamo dovuto aspettare più del previsto, e nel tempo che ci ha impiegato lo spargisale ad arrivare e Ana ci ha riportate a casa, Jamie era sparito. Non c'era niente di sospetto, a parte il fatto che non c'era. Mancavano il portafoglio, le chiavi e il cellulare, ma nient'altro. Le porte non erano chiuse a chiave, in cucina la radio era ancora accesa. La sua auto non si era mossa.»

«Perché non ne hai denunciato la scomparsa?»

Sadia si stringe nelle braccia e Nova nota che è la prima volta dall'inizio dell'interrogatorio che sembra soppesare la risposta. Questo è il punto in cui la storia viene intrecciata con qualcosa che non è propriamente verità. Si prende nota di fare la stessa domanda ad Ana Cortês prima che le due donne abbiano il tempo di parlarsi, anche se dall'ultimo dell'anno hanno avuto tempo a sufficienza per concordare una versione.

«Quando mi aveva picchiata, mi aveva detto che se avessi coinvolto la polizia sarebbe scomparso con Ameera e non l'avrei rivista mai più. Altre volte mi ha ripetuto che se avessi tentato di farlo arrestare mi avrebbe uccisa. Anche dalla prigione, avrebbe ingaggiato un sicario. Non sarei mai stata al sicuro. Non ho osato chiamare la polizia, temevo che mi stesse osservando, in qualche modo.»

«Quanto tempo sei stata via, dopo aver drogato tuo marito?»

«Non lo so» risponde tormentandosi le maniche. «Qualche ora. Probabilmente non siamo tornate prima di mezzanotte.»

«E quella notte hai dormito da sola in casa vostra?»

«Sì.»

Nova alza un sopracciglio. «E non ti sei sentita in pericolo, sapendo che tuo marito, che avevi drogato poco prima e che aveva già minacciato di ucciderti, poteva essersi nascosto da qualche parte, furioso per il tuo inganno?»

«Be'...»

«Perché io non penso che avrei dormito lì, quella notte.»

33

Maureen

12 gennaio 2000

Maureen è seduta sulla poltrona vicino alla finestra della camera da letto e guarda John tirare giù la valigia da sopra l'armadio. Ha ancora la targhetta di quando sono andati alle Canarie, a ottobre. Ricorda la semplicità di quella vacanza, i giorni passati a gironzolare per mercati pieni di buon cibo e articoli griffati falsi, e le sere a giocare a carte sul balcone dell'hotel. Avevano fatto un'escursione: l'autobus avanzava a rilento nel mare di rocce magmatiche per arrivare sulla cima di un vulcano attivo. Lassù, in mezzo al nulla, c'era un ristorante, e avevano mangiato pollo alla griglia cotto sulla lava. Un uomo aveva versato dell'acqua dentro alcuni buchi scavati apposta, e a Maureen era scappato uno strillo quando l'acqua era schizzata di nuovo fuori dopo pochi secondi, portata a bollore dal calore della terra. John l'aveva presa in giro. In quel momento non le era sembrata una vacanza particolarmente speciale, aveva preferito di gran lunga la loro luna di miele in India, ma adesso desidera tornare indietro, a quei tramonti passati a bere sangria su una spiaggia di sassi e a non preoccuparsi di niente di più che le punture di zanzare.

John apre la cerniera, lancia un paio di costumi di Maureen nel cesto della biancheria sporca e inizia a riempire la valigia di magliette e pantaloni buttandoli dentro alla rinfusa. Le prudono le mani dalla voglia di farlo al suo posto. Piega i suoi vestiti da così tanto che persino ora che la sta lasciando sente l'impulso di alzarsi in piedi e sistemarli per bene. Invece non lo fa, resta seduta a guardare, ancora incapace di realizzare che se ne sta andando per davvero. Si chiede se riuscirà ad andare avanti da sola. Quando John mette le calze in valigia, sente una pugnalata di qualcosa... Gelosia o rabbia o tristezza, non lo sa bene nemmeno lei.

«Nessun'altra donna frugherà nella pila di vestiti lavati per assicurarsi che ogni calzino nero sia appaiato proprio con il suo compagno.»

«Cosa?» chiede lui confuso, un paio di calze in mano.

«I tuoi calzini.»

«Cosa c'entrano i miei calzini? Sono tutti uguali.»

«Non sono tutti uguali» ribatte lei alzandosi per prenderne un paio. «Guarda. Questi due sono diversi. Il tessuto è diverso.»

«Ah sì?»

«Una volta hai detto che non sopporti di metterti i calzini spaiati perché ti danno due sensazioni diverse, e così io li esamino uno per uno finché non trovo la coppia giusta» dice Maureen con voce tremante. John resta a bocca aperta e si stringe nelle spalle, perplesso. «E sono preoccupata perché nessun'altra donna farà mai lo stesso per te.»

«Non voglio un'altra donna.» John ricomincia a buttare cose in valigia.

«Però non vuoi me.»

«Non so più chi sei. Pensavo di conoscerti, solo che a quanto pare non è così.»

«Invece sì, John. Sono sempre io.» Sente arrivare un'altra crisi isterica e sa che lui non le risponde quando perde il controllo, ma John non vuole stare a sentire il motivo per cui gli ha tenuto nascosto Jamie.

«No, Maureen, non ti conosco. Per niente.»
«E cosa vorresti sapere?»
«Niente. Mi hai mentito.»
«Non ti ho mai mentito. Solo, non ti ho detto tutta la verità.»

John chiude la valigia di colpo. «Tu... Quando ci siamo conosciuti... mi hai raccontato questa storia strappalacrime di come avresti sempre voluto diventare madre senza averne mai avuto la possibilità. E io ho pensato che eri adorabile, e mi sono detto: be', non posso darle dei figli suoi ma può diventare parte della mia famiglia. Ed era tutta una bugia.»

«No... Lui non... Lui non era mio figlio.»

«Invece sì. Eri sua madre, Maureen, eri tutto quello che aveva, e non hai fatto altro che odiarlo. Hai avuto l'occasione di diventare madre e l'hai buttata via. Non mi sorprende che sia venuto su così cattivo.»

«Se sapessi le cose che ha fatto, ti si rivolterebbe lo stomaco. Era un mostro.»

«E chi è stato a crearlo?»

Maureen resta zitta e John se ne va senza nemmeno salutarla. Sente il fischio per richiamare il cane, poi la porta che sbatte e la macchina che parte. Resta immobile per molto tempo, nella stanza che diventa sempre più buia intorno a lei. Di nuovo sola. È stata sola per la maggior parte della sua vita, in un modo o nell'altro, ma non le aveva mai fatto così male prima d'ora.

Anche da morto, Jamie rovina tutto.

34

Maureen
Marzo 1965

Qualche fiocco di neve tardivo era caduto dal cielo e aveva ghiacciato i solchi del terreno tra la fattoria e il cottage, coprendo i peccati del giorno. La moglie del contadino immergeva uno strofinaccio zuppo di sangue in una ciotola piena d'acqua calda strizzandone rossi papaveri in fiore, per poi ripassarlo sulla pelle fredda. Il contadino era fuori a bere whisky insieme al giovane dottore che aveva fatto tutto quello che poteva. Sulla bottiglia, il segno di impronte scure. Il respiro rimaneva a mezz'aria davanti a loro come una confessione. Il cielo nero inchiostro era spruzzato di stelle e la luna era sospesa appena al di sopra dell'orizzonte. Il contadino e il dottore rimasero a guardare le due figure che si allontanavano lungo la stradina scavata nella neve, vicine, fino a quando non scomparvero dietro la porta del cottage.

«Siediti qui, tesoro» disse la figlia del contadino guidando Maureen verso una delle due poltrone consumate e chinandosi per accendere il fuoco. «Preparo un po' di latte in polvere per lui.»

Maureen sedeva rigida nella poltrona con il minuscolo fagotto stretto al petto. Non lo degnò di uno sguardo, nemmeno quando iniziò a piagnucolare. Riusciva solo a pensare al corpo di sua sorella che si raffreddava in un letto della fattoria, al becchino in arrivo. Mentre osservava le lingue di fuoco diventare sempre più alte, i rumori della ragazza che si muoveva per la cucina le arrivavano attutiti. Alla fine, il fischio del bollitore spaventò il bambino e il suo strillo la riscosse dal torpore. Quando la ragazza ebbe preparato il latte, Maureen le passò il bambino e andò a riempire la vasca. Si tolse il vestito macchiato e rimase nella tinozza di rame fino a quando l'acqua non diventò fredda. Quando uscì, con i capelli appiccicati alla fronte e nessuna sensazione di pulito addosso, Dana aveva già improvvisato una culla nella valigia che era nascosta sotto il letto con un paio di coperte tessute al telaio. Lui dormiva.

«C'è abbastanza latte in polvere per la notte» disse Dana. «Per fortuna che ce l'avevamo, davvero. Lo usiamo per gli agnellini quando le madri... Be', comunque, è un tipetto affamato. Mio padre andrà a prenderne dell'altro domattina. Tu stai bene? Vuoi che resti qui?»

Maureen scosse la testa. Dana se ne andò e lei si infilò nella metà del letto di Alice, il corpo scosso dai brividi finché non ebbe scaldato le lenzuola. Rimase a guardare le ombre proiettate dalla luce del fuoco sul minuscolo viso del bambino che dormiva di fianco a lei, nella valigia per terra. Non si poteva ancora vedere se assomigliava ad Alice. Cosa sarebbe successo se avesse chiuso la cerniera della valigia e l'avesse buttata nel fiume, per restituirlo alla madre che aveva ucciso nascendo? Maureen cadde in un sonno sudato e disturbato, presto interrotto da un paio di piccoli polmoni.

Sei anni dopo, Maureen aveva imparato a evitare le assi del pavimento che cigolavano quando scendeva dal letto, per non svegliare il bambino. Viveva per quell'ora prima dell'alba che trascorreva seduta sul gradino della cucina con il caffè in mano ad ascoltare la quiete della notte rotta soltanto dai primi canti degli scriccioli.

Ogni giorno teneva da parte la cotenna del bacon e briciole di pane raffermo in una vecchia scatola di latta vicino alla porta, e la mattina li metteva fuori e osservava gli uccellini radunarsi a banchettare mentre il sole sorgeva. Nel corso degli anni, un corvo particolarmente sfrontato era ritornato spesso, e ogni tanto si appollaiava accanto a lei, sul gradino, beccava le offerte e le permetteva di accarezzargli le piume. Di quando in quando, le capitava di trovare ninnoli colorati sul davanzale esterno della cucina. Aveva sempre pensato che fossero cose che raccoglieva Jamie finché, un pomeriggio, vide il corvo lasciarci un pezzetto di specchio. Conservava i doni in una tasca della vecchia valigia sotto il letto, insieme ad altri piccoli oggetti collezionati nel corso degli anni: alcuni fiori secchi, un fazzoletto che era appartenuto a sua nonna e l'ultima barretta di cioccolato mezza mangiata di Alice, accuratamente nascosta nel piccolo portasigarette d'argento con le sue iniziali. Il corvo era un segreto che teneva per sé.

Una mattina, Maureen gli stava passando un dito sulla testa vellutata quando sentì la voce del bambino alle sue spalle.

«Posso accarezzarlo?» chiese. Sia Maureen che il corvo si spaventarono, e l'uccello volò via arruffando le penne. Jamie sporse in fuori il labbro e si sedette vicino a lei, sul gradino, le piccole dita dei piedi contratte per il freddo e l'orlo del pigiama troppo corto. Le si appoggiò addosso con uno sbadiglio, strofinandosi gli occhi per il sonno.

«Torna subito a letto, James» disse Maureen senza guardarlo. «È troppo presto per te.»

«Però sono già sveglio» ribatté il bambino infilandosi sotto il suo braccio per farsi coccolare.

Lei gli accarezzò la spalla per un secondo e poi si alzò. «Ti preparo qualcosa per colazione allora, se sei così sveglio», e rientrò in casa lasciandolo da solo sul gradino. Quando tutti gli uccelli furono volati via, rientrò anche lui e si sedette al tavolo della cucina mentre lei riempiva una pentola per bollire le uova.

«È oggi?» chiese.

«Sì, è oggi. Vestiti. Andiamo dopo colazione.»

La cappella distava circa tre chilometri dal cottage. Presero un sentiero stretto che si snodava fra i pascoli e un ruscello in piena dopo la notte di pioggia, simile a un nastro d'argento. Avanzavano lentamente perché Jamie insisteva per fermarsi a parlare con ogni pecora e ogni cavallo che si trovasse vicino alla staccionata. Maureen si sentiva la testa pesante per il whisky della sera prima e si stancò presto di aspettarlo, visto che si distraeva a ogni passo. Superandolo, lo afferrò per il polso e se lo tirò dietro, ululante.

«Mi fai male» urlò Jamie liberandosi dalla presa, per poi correre un metro più avanti. Si strofinò il braccio in modo melodrammatico mentre camminava, lanciandole continue occhiate malevole finché non inciampò in una pietra e cadde di faccia nel fango.

«Guarda dove metti i piedi» sibilò Maureen tirandolo su per le braccia senza quasi rallentare.

La lapide era seminascosta in un angolo al margine del cimitero. La cappella aveva una congregazione piccola e praticamente zero soldi, quindi il cimitero rimaneva spesso incolto. Capitava che Maureen si portasse un paio di forbici, qualche volta. Dopo aver spuntato l'erba alta davanti alla lapide, lasciò che Jamie posasse i fiori, poi rimasero in silenzio per un paio di minuti. Maureen recitò una preghiera.

«C'è qualcosa che vorresti dire, James?» chiese.

Il bambino scrollò le spalle torcendosi le mani. «Ciao, mamma.»

«Tutto qui?»

«Sì.»

«Vai ad aspettare laggiù, allora.» Maureen indicò una

panchina di legno lì vicino, di fronte alla tomba. Jamie trotterellò via e lei si accovacciò, una mano sulla lapide per tenersi in equilibrio. Tirò su col naso e si morse le labbra per trattenere le lacrime, ma finì per piangere lo stesso.

Rimase curva sulla tomba per molto tempo, e si rialzò solo quando sentì di avere i polpacci così intorpiditi da rischiare di cadere. Raddrizzò i fiori che aveva deposto Jamie, si soffiò il naso e si sedette sulla panchina, di fianco al bambino. Lui sbadigliò e le si rilassò contro. Era una mattina stranamente calda, il cimitero era deserto. Alcuni insetti ronzavano intorno ai denti di leone e una mandria di vacche Highlander muggiva piano un paio di campi più in là. Persino il bambino era fermo e tranquillo per una volta, anche se non dormiva, e Maureen si godette quell'attimo di serenità.

Con il sole che le splendeva sulle palpebre chiuse, si lasciò quasi andare al sonno, cullata dalla brezza mite, finché Jamie non starnutì e si pulì il naso sulla sua spalla. Si stava arrotolando intorno all'indice destro un filo allentato del cardigan di Maureen e con l'altra mano si grattava una crosta sul ginocchio.

«Smettila» disse lei tirando via il cardigan, con il solo risultato che il filo si strinse ancora di più.

«Ahi!»

«E allora non fare lo sciocco» sbottò Maureen aiutandolo a districarsi il dito e voltandosi.

«Sei cattiva.» Jamie si alzò di scatto dalla panchina e andò a sedersi a gambe incrociate davanti alla tomba, dandole le spalle. Lo sentì borbottare; la fece sentire a disagio che fosse seduto proprio sopra le ossa di Alice, ma apprezzò che si fosse allontanato da lei. Dopo qualche minuto tornò e le si sedette di nuovo accanto.

«Ho fatto la spia» disse alzando un sopracciglio e sporgendo in avanti il mento. «Ho fatto la spia alla mia mamma.»

«Oh, davvero? E cosa le hai detto?»

«Che mi fai male e sei orribile.»

«Capisco.»

«La mamma dice che devi essere gentile con me o verrà a perseguitarti.»

«A perseguitarmi?»

«Sì. Dana dice che quando le persone muoiono qualche volta tornano per perseguitare qualcuno, e la mamma lo farà se non ti comporti bene.»

«La tua mamma non è un fantasma, è in cielo.»

«Be', non è quello che ha detto lei, lei ha detto che è un fantasma e che ti perseguiterà.»

«E come fai a sapere cos'ha detto? Non l'hai mai nemmeno conosciuta, stupido bambino» sbottò Maureen. Aveva appena finito di pronunciare l'ultima parola che un'ondata di vergogna salì a bruciarle le guance. Jamie sporse di nuovo il labbro in fuori. Non succedeva spesso che lei sentisse qualcosa simile a un istinto materno nei suoi confronti, ma si chinò verso di lui e lo strinse fra le braccia. Fu strano: lo sentì irrigidirsi al suo tocco, e sciolse l'abbraccio in fretta. Il bambino si strofinò gli occhi. «Insomma, me lo dici o no?»

«Dirti cosa?»

«Quella cosa.» Jamie incrociò le braccia.

«Non so di cosa stai parlando» ribatté Maureen, anche se lo sapeva. Non era mai riuscita a rendere quel giorno un momento felice.

«Dovresti dirmi buon compleanno.»

Quando Maureen si svegliò, la mattina dopo, Jamie era già in piedi. Era seduto al tavolo della cucina con un bicchiere d'acqua e una fetta di pane imburrata. Le sorrise mentre lei si preparava il caffè e apriva la porta per sedersi sul gradino. Prese la scatola di biscotti, ma era vuota. Jamie aveva dato da mangiare agli uccellini che se n'erano già andati via. Maureen si voltò verso di lui, e il bambino fece un sorrisetto guardando nel bicchiere mentre lei andava comunque a sedersi sul gradino.

Era una mattina buia e piovigginosa e Maureen si rannicchiò tenendo i piedi il più possibile indietro, in modo che fossero protetti dalla piccola tenda sopra la porta. Le ci volle qualche minuto per notare in fondo ai gradini la sagoma nera arruffata, senza vita.

35

Nova
12 gennaio 2000

Gary Jeffries è alla reception del Towneley Arms e sta pulendo la superficie laccata del bancone. Quando vede Nova, sorride.

«Agente... Stephens?» chiede tendendole la mano.

«Ispettrice Stokoe» risponde lei stringendogliela. «Come si sente dopo la settimana scorsa?»

«Ah, mi scusi. Ispettrice, certo» dice mettendosi le mani sui fianchi. «Molto meglio, grazie. Ho ancora incubi ma... Non importa. Cosa posso fare per lei?»

«Sto cercando il proprietario. Devo fargli solo qualche altra domanda.»

«Harry è al bar.» Gary indica l'arcata che si apre sul ristorante. «Dopo la porta, vada dritta oltre la cucina.»

«Grazie.»

La stanza è piena di fumo e ci sono solo due clienti, entrambi seduti al bancone a giocare a carte con il proprietario e sua moglie. La prima a notare Nova è la donna, che fa un cenno al marito. Lui la osserva da sopra gli occhiali e le fa un altro cenno, per poi giocare la propria mano e far brontolare i due clienti che buttano sul tavolo le carte.

«Ispettrice» dice Harry facendole segno di avvicinarsi.

La moglie accende una sigaretta e si appoggia contro il bancone nero. «Novità?» chiede.

«Ho i risultati delle impronte nella stanza.» Nova prende dalla tasca un foglio di carta piegato. «Non ce n'erano molte – sembra che chiunque lo abbia lasciato lì abbia ripulito prima di andarsene –, ma ne era rimasta qualcuna qui e là. La maggior parte combacia con i campioni che ci avete fornito voi e il personale, ma abbiamo trovato anche quelle di un'altra persona. Ho solo bisogno che confermiate che non lavora qui, o di sapere se per caso la riconoscete.»

«Diamo un'occhiata allora, tesoro» dice Harry sporgendosi in avanti. Nova apre il foglio. È la stampa di una foto di Sarah, e marito e moglie si guardano per un attimo. A entrambi scappa un sorrisino.

Uno dei clienti si sporge oltre il bancone e sbircia la foto prima che Nova possa metterla via. «Ah, quella è Sarah la sexy» dice mentre finisce la sua birra. La padrona di casa gliene spilla un'altra senza aspettare che lui gliela chieda, la sigaretta che penzola da un angolo della bocca. «Era la barista peggiore che abbia mai conosciuto. La più carina anche, ma aveva un modo di fare disgustoso. Disgustoso.»

«Sarah lavorava qui?»

«Sì. Per un po', un paio d'anni fa» risponde la padrona di casa.

«Un paio d'anni fa? Quindi le sue impronte non avrebbero motivo di essere ancora lassù, giusto?»

Harry scrolla le spalle. «Non puliamo quella stanza da un decennio o giù di lì, la usiamo solo per metterci via della robaccia. E lei ci passava parecchio tempo quando era qui. Quindi boh, me lo dica lei.»

«Non l'avete vista da queste parti, ultimamente?»

«No, no. L'ho licenziata e da allora non si è più fatta viva.»

«Capisco.»

«Ah, è vero» se ne esce il cliente che non aveva ancora aperto bocca, come se avesse capito solo adesso di cosa si stava parlando. «Era quella che si scopava quel tipo durante le ore di lavoro, giusto, Harry?»

La padrona di casa spalanca gli occhi, ma l'uomo continua. «Quello senza testa, no?»

Nova si gira di scatto, e l'uomo le sorride pacifico, lo sguardo leggermente fuori fuoco.

«Ma sì, proprio nella stanza dove l'avete trovato, vero? A me sembra una cosa che potrebbe fare una signorinella piantata in asso» aggiunge il primo cliente con una risata.

Nova guarda il proprietario per chiedere conferma. La sua faccia non lascia trasparire niente. «Jamie Spellman era vostro cliente?»

«Sì, be'... Sì, veniva qui di tanto in tanto, ma non lo vedevo da un bel po'. Da quando ci siamo liberati di quella Sarah.» Harry si toglie gli occhiali e si strofina il viso. «Finché non è rispuntato così, diciamo.»

«E non avete pensato di accennare al fatto che sapevate chi era quando l'avete trovato?»

Il proprietario le lancia una lunga occhiata che chiarisce la sua posizione sul fare *soffiate* alla polizia. «L'ho già detto, è stato parecchio tempo fa, e non è mai stato proprio un cliente regolare, e a essere onesti, tesoro, non ho guardato la testa abbastanza a lungo per capire che era lui.»

«E non le è venuto in mente di farsi vivo, dopo?»

Lui scrolla le spalle e sua moglie lancia in una delle vaschette di sgocciolamento il mozzicone acceso, che si spegne con uno sfrigolio.

«Senti, bella, noi non c'entriamo niente» dice con un forte accento dello Yorkshire. «Non sapevamo una mazza di cosa succedeva lassù. Poteva essere chiunque. Quella notte abbiamo fatto una grande festa per l'ultimo dell'anno. Se è stata Sarah, non l'ha vista nessuno. Faresti meglio ad andare a parlare con lei.»

Nova annuisce nervosa. «Sono sicura che ci rivedremo presto.»

Esce dal bar, passa davanti a Gary alzando una mano in segno di saluto e sale in macchina. Il sole è già tramontato, anche se non sono ancora le cinque. Non può essere una coincidenza che la testa di Jamie sia saltata fuori sul luogo dei loro incontri. A questo punto a Nova sembra completamente impossibile che Sarah non sia implicata in qualche modo. Sa che Kaysha è coinvolta, anche se forse sta soltanto proteggendo Sarah, e sospetta che pure Sadia ci abbia messo lo zampino, in una maniera o nell'altra. Solo che non riesce a capire come si incastrino tra loro. Ricorda lo stato in cui Josie si è presentata alla stazione, qualche giorno fa, piena di sensi di colpa per un omicidio con cui non aveva niente a che fare, Nova ne è sicura, così come è sicura che ne sapesse più di quanto era disposta a dire. Sicuramente c'entrano tutte, ma è un disegno intricato. Continua a cercare di mettere insieme le prove, ma ci sono troppe donne e troppe parti in movimento e ogni volta che pensa di essere vicina alla soluzione scopre qualcosa di nuovo che la butta fuori strada. Vuole disperatamente trovare il bandolo della matassa e ha l'impressione di essere vicinissima alla soluzione.

Fa una chiamata e recupera l'indirizzo di Sarah, se lo appunta sul retro di uno scontrino e mette in moto. Sa più o meno dove si trova, ma per sicurezza tira fuori l'atlante stradale da sotto il sedile.

Sarah vive vicino a uno dei piccoli villaggi di minatori sparsi per la campagna. Normalmente sarebbe a una mezz'oretta di macchina dalla città, ma c'è un traffico pazzesco. Il Tyne Bridge è chiuso, probabilmente per un incidente, così Nova deve fare il tragitto più lungo; i rallentamenti durano fino a quando esce da Newcastle. Le strade si liberano a mano a mano che supera i vari sobborghi e raggiunge la cintura verde, con i campi che si estendono ai due lati della carreggiata e i paesini che balenano per un istante qui e là. Si accorge che sta andando troppo forte, spinta dalla sensazione di essere finalmente in dirittura d'arrivo. La tensione si mescola a un'eccitazione morbosa, perché è convinta che Sarah potrebbe darle qualche risposta che le farà capire perché queste donne aggrovigliate allo stesso uomo e alla stessa bambina sono arrivate a uccidere.

Nova trova il paese giusto. Cerca un vecchio maniero, ma non ne vede da nessuna parte. Continua a sbagliare, e a un certo punto finisce su una stradina di campagna che la riporta in un punto della provinciale che aveva percorso venti minuti prima. Alla fine si ferma e chiede indicazioni in un negozio di alimentari. A quanto pare, ci è già passata davanti due volte. Il maniero è così ricoperto di edera che al buio è praticamente impossibile notarlo in mezzo agli alberi.

Il cancello di ferro alla fine del viale è aperto e appena oltre c'è una piccola portineria, con il fogliame che sbuca dalle finestre rotte da molto tempo. Il sentiero che porta alla casa è invaso da erbacce, e Nova la vede stagliarsi contro il buio quando è già vicina. Il portone d'ingresso è socchiuso. Per un istante si domanda se non le abbiano dato un indirizzo sbagliato, perché non pare proprio che lì dentro viva qualcuno.

Bussa diverse volte, ma non risponde nessuno, così entra.

«Sarah?» chiama nel buio. La casa sembra un labirinto infinito di corridoi e stanze che portano ad altre stanze, e Nova sa che Sarah o chiunque altro, se volesse, potrebbe nascondersi facilmente. Alcune tracce in cucina indicano che qualcuno è stato lì di recente: un pentolino di zuppa pieno a metà sul fornello, una pagnotta ancora morbida. Il rubinetto gocciola ogni due secondi e il suono rimbomba per la stanza. Dopo aver sbirciato dietro un po' di porte, Nova trova una stanza che ha l'aria di essere abitata. Bottiglie di vino vuote e pacchetti di patatine sono sparpagliati per tutto il pavimento. Una poltrona è stata avvicinata a un grande televisore, che è acceso con il volume basso. Nova si guarda intorno alla ricerca di un indizio qualunque su dove potrebbe essere Sarah, ma vede solo polvere e posacenere straripanti, niente che la colpisca particolarmente. Prende il telecomando dalla poltrona per spegnere la tv prima di andarsene, forza dell'abitudine, ma quando vede cosa c'è sullo schermo si blocca. *Six O'Clock News* sta mostrando una ripresa del Tyne Bridge: volanti della polizia bloccano entrambi i lati come quando Nova ci è passata davanti un'ora prima. C'è una persona dalla parte sbagliata della ringhiera, con il viso rivolto verso l'acqua e il vento che le scompiglia i lunghi capelli neri. Gli agenti tentano di farla scendere, e anche se il viso della donna è pixellato quando la telecamera zooma su di lei Nova riconosce la giacca e il tatuaggio sul collo.

Esce di corsa e raggiunge la macchina, fruga nel baule in cerca della sirena e appena la trova sfreccia fuori dalla proprietà. Riattraversa i paesi e i centri abitati, ed ecco la città, i lampeggianti accesi e il battito a mille. Deve raggiungere Sarah. Non riesce a pensare ad altro, sa solo che deve arrivare in tempo. Se Sarah ha fatto quello che ha fatto a Jamie, forse lui se lo meritava. È sicura che la loro dev'essere stata qualcosa di più di una storia, qualcosa che l'ha segnata al punto che ora sta perdendo la battaglia con quei ricordi. Forse, pensa Nova – e le si chiude lo stomaco –, Sarah è venuta a sapere della sua relazione con Kaysha. Forse è così devastata dal fatto che l'unica persona di cui poteva fidarsi l'ha tradita che vuole che tutto finisca.

Le gomme dell'auto stridono mentre Nova frena di colpo, strappando in avanti col busto. Si ferma il più vicino possibile al ponte. Scende e si lancia lungo la strada, evitando volanti e agenti che tentano di parlarle mentre passa. Presto resta senza fiato e le bruciano le gambe, ma va avanti, sfrecciando nell'aria gelida verso l'arco illuminato del ponte. Riesce a vedere Sarah, vede il bianco delle sue mani sulla ringhiera di protezione, il suo corpo così piccolo e fragile in confronto all'imponente curva di ferro. Il fiume ribolle gonfio un centinaio di metri sotto di lei, e Nova continua a correre.

«Sarah» urla, e può giurare che lei si giri a guardarla, che i loro occhi si incontrino per un millesimo di secondo prima che Sarah si butti. È come se restasse sospesa in aria mentre Nova si affretta verso di lei, verso il punto in cui era un attimo prima, come se ci fosse ancora la speranza di salvarla. Quando Nova arriva, è sparita. Il fiume la ingoia e va avanti come se lei non fosse nulla.

36
Sarah
1995

Sarah entrò nel parcheggio vuoto. Una serie di edifici commerciali si allungava in fila davanti a lei fino a perdersi in una strada senza uscita con ordinate casette di periferia su entrambi i lati. Due ragazzi in camicia bianca e grembiule nero lungo fino alle caviglie stavano sistemando rumorosamente sedie e tavoli fuori dal ristorante sotto il suo appartamento. Vedendola arrivare, le lanciarono un saluto e un fischio, ma si bloccarono quando si accorsero che stava fissando la finestra della cucina di casa sua. La luce accesa spiccava nel buio della sera.

«Tutto bene?» chiese uno dei ragazzi mentre lei si lasciava cadere su una sedia sotto il tendone, nascosta alla vista dalla finestra. Avevano diciotto, diciannove anni e lavoravano al ristorante con Sarah da qualche mese. Le notti in cui Jamie non c'era, spesso salivano da lei e bevevano il vino che avevano rubato dalla cucina del locale. Entrambi vivevano ancora con i genitori, e l'appartamento di Sarah era un posto sicuro. A lei non importava se si tenevano per mano.

«Sì, e voi? Potresti portarmi un po' d'acqua, per piacere?»

«Arrangiati, pigrona» le rispose Adam alzando gli occhi al cielo, ma andò comunque a prenderle un bicchiere.

«Hai fatto bene a non venire al lavoro oggi. Luigi è sul piede di guerra dopo la discussione con quella donna di ieri sera» disse Stevie, e poi fece un cenno verso la finestra. «Pensavi di essertene liberata?»

«Lo pensavo, sì» rispose Sarah. «La tipa ha fatto una scenata?»

«Di solito succede, quando rovesci del vino rosso addosso a qualcuno.»

«Brutta cretina.» Sarah accavallò le gambe. «L'ha visto, che è stato un incidente.»

«Non ha aiutato che tu le abbia urlato contro, però» ribatté Stevie con una risata.

«È stato divertente. Avete la mia roba?»

«Sicura che puoi farti le canne?» chiese Adam, il più tarchiato dei due, con le mani sui fianchi, facendo un cenno verso il suo pancione.

«Fatti i cavoli tuoi. È erba, non fa niente. È tutto a posto.»

«Se lo dici tu» rispose lui scrollando le spalle, e dopo un'occhiata al parcheggio deserto le passò un sacchettino di carta che teneva nascosto nella tasca del grembiule.

Sarah lo osservò alzando le sopracciglia. «Ma cos'è, un'alternativa a pochi centesimi?» domandò aprendo il sacchetto e vedendo un grumo verde della taglia di una castagna. Lo annusò.

«Ho deciso di passare alla carta. Voglio essere più sostenibile.»

«Ma che cavolo dici?»

«Tra vent'anni ci ritroveremo ad annegare fra sacchetti di plastica. Vedrai. Preferisco usare questi, me li sono intascati dal negozio di alimentari.»

Sarah rise e si infilò il sacchettino di carta nella tasca posteriore dei pantaloni.

«Sei un vero figlio dei fiori, tu.»

Adam le fece l'occhiolino e si rimise ad apparecchiare i tavoli.

«Allora, lo terrai?» Stevie stese una tovaglia bianca sul tavolo più vicino con un gesto plateale e ci buttò sopra una manciata di posate.

Sarah si strinse nelle spalle. «No, se posso evitarlo. Volete adottare un bambino? Fatto in casa, appena sfornato.»

«Ho un po' paura che venga fuori un mezzo demone con quel farabutto per padre.»

«Già. Un farabutto.» Sarah tirò fuori dalla tasca una scatolina malconcia e l'aprì sul tavolo. «Hai un filtro?» chiese prendendo una manciata di tabacco e disponendola sulla cartina.

«Figurati se non ce l'ho!» Stevie ne estrasse uno da un borsello apposito che teneva nella tasca del grembiule e glielo porse.

«Grazie» disse lei. Lo posò sulla cartina e rollò il tutto in un cilindro sottile, leccando l'orlo per sigillarlo. Stevie le allungò uno Zippo acceso e lei si piegò verso di lui, aspirando la prima boccata a pieni polmoni.

Stevie si sedette e le mise una mano sulla spalla. «Però stai bene, vero?» Le prese la sigaretta dalle dita per fare un tiro, poi gliela restituì. Sarah fece un sorrisetto. «Ha fatto il bastardo?»

«È sempre un bastardo.»

«Puoi trovare di meglio, sai?» disse Adam sedendosi dall'altro lato, il mento appoggiato sul pugno.

«Sì.» Sarah strinse la sigaretta fra le labbra e si alzò. «Bene. Tornate al lavoro, fancazzisti che non siete altro. Io vado.»

«Fancazzisti? Senti chi parla!»

«Già, lo dico io.» Mostrò loro un dito medio ciascuno prima di svoltare nel vicolo tra il ristorante e la farmacia, camminando lungo il muro per non farsi vedere da Jamie mentre fumava. L'ingresso era circondato da sedie rotte accatastate l'una sull'altra di fianco a bidoni dell'immondizia strapieni. Gli spazzini erano di nuovo in sciopero, e l'odore di tre settimane di pasta andata a male le fece venire un conato. Sputò una boccata di bile e lanciò la sigaretta fumata a metà in uno dei bidoni. Tirò fuori dalla borsa un pacchetto di Wrigley e un deodorante e se lo spruzzò addosso fino a tossire, poi si ficcò in bocca l'ultima gomma da masticare. La lampadina che penzolava nella nicchia fra la porta e le scale si era fulminata un po' di tempo prima e nessuno si era preoccupato di sostituirla, così bisognava salire al buio, ma lei sapeva trovare la strada a tentoni. Raggiunse il suo appartamento e respirò a fondo prima di aprire la porta.

Jamie stava tagliando i pomodori con il grosso coltello da cucina che Sarah aveva rubato al ristorante. Luigi non si era ancora deciso a sistemare la serratura del portone, nonostante lei lo assillasse, così l'aveva preso per proteggersi. Le sembrava giusto. La polpa viscida dei pomodori era sparsa per tutto il tagliere e stava gocciolando sul piano cottura, dove una quantità esagerata di olio sfrigolava in una teglia. Jamie non alzò lo sguardo.

«Ehilà.» Sarah rimase sulla porta. «Non sapevo che saresti venuto.»

«Te l'avevo detto» rispose lui spingendo i pomodori nella teglia con l'estremità del coltello e passando ad affettare i funghi. «Ti sei dimenticata?»

«Evidentemente.» Non era sicura che glielo avesse detto, ma non valeva la pena di discutere. «I funghi mi fanno schifo.»

Jamie alzò le spalle lasciandone cadere alcuni nella teglia. «A me piacciono.»

«Cosa stai cucinando?»

«Basta che li togli.»

«Lo so. Lo farò. Era solo una domanda.» Era troppo stanca per tutto questo; conosceva bene quell'umore. Jamie aveva voglia di litigare e sapeva che sarebbe stato accontentato se avesse insistito. Sarah voleva che se ne andasse, e voleva che rimanesse. Provava attrazione per lui, più ossessione che amore, ed era determinata a scavare fino a trovare l'uomo pronto alla risata di cui si era innamorata l'anno prima al bar dell'hotel, ma non riusciva mai a raggiungerlo. Ogni tanto capitava che ne intravedesse un lampo nel suo sorriso, oppure quando era brillo, prima che lei dicesse qualcosa di sbagliato e lui si trasformasse di nuovo, il sorriso che si storceva in una smorfia. Ogni giorno Sarah era sfiorata dall'idea di cambiare la serratura, ma poi immaginava una vita con lui, una vita vera, non quella strana convinvenza part-time che condividevano nel suo minuscolo appartamento quando lui sgattaiolava via dalla moglie. Nel pensare a lei, Sarah si sentiva sempre in colpa. Sadia. Sembrava una a posto. Stupida, però. Credeva a tutto quello che lui le propinava, a quanto pareva.

«Allora? Non mi merito un bacio oggi?» le chiese Jamie tagliando una cipolla in pezzi irregolari. Sarah appese il cappotto e gli si avvicinò, premendo le labbra sulle sue per un secondo prima che lui si tirasse indietro. «Ti ho detto di smettere di fumare.»

«Lo so. Ma è difficile.»

«Ho capito che non vuoi questo bambino, ma speravo che avessi abbastanza rispetto per la sua vita da non cercare di avvelenarlo ogni cinque minuti.»

«Non fa niente, sai? Mia mamma fumava quando era incinta di me e sono venuta fuori a posto. Credo che siano tutte stronzate *new age*.»

«Ah, e così pensi di essere venuta fuori a posto?» la prese in giro lui.

Lei fece un respiro profondo e calciò via gli stivali. «Posso darti una mano?»

«No.» Tolse la teglia dai fuochi e la infilò in forno, poi si buttò sul divano.

Sarah si sedette di fianco a lui, attenta a non toccarlo, massaggiandosi i piedi. Erano gonfi e doloranti. «Mi dispiace, sai.» Si appoggiò allo schienale. «È questo che intendo quando dico che sarei una pessima madre. Sono troppo egoista.»

«Non saresti male, se solo lo volessi.»

«Vero, ma non voglio. Non ho mai voluto un bambino.»

«Ma dai, chi l'avrebbe mai detto. Povera piccola Sarah, si è fregata con le sue mani e ora non vuole il bambino.»

«Be', non mi sono fregata proprio *con le mie mani,* o sbaglio?» sbottò.

Lui scrollò le spalle. «Come dice il detto, se non vuoi un figlio tieni le gambe chiuse.»

«È colpa tua quanto mia. Sei stato tu che ti sei rifiutato di mettere il preservativo e poi *ti sei dimenticato di tirarlo fuori.*»

«Pensavo che volessimo un bambino. Che stupido.»

«Esatto, stupido stronzo Jamie. Non ti ho mai, mai detto che volevo un figlio. E anche se ne avessi voluto uno, e non è così, perché mai avrei dovuto farlo proprio con *te*? Datti un'occhiata intorno, per favore. Vivo in uno splendido magazzino sopra un ristorante e tu sei sposato con un'altra. Non possiamo crescere un bambino in questa situazione.»

«Che importa? Ci amiamo, dovrebbe essere abbastanza.»

«Be', non lo è. Non puoi sfamare un bambino con l'amore.»

Jamie si alzò. «Quando non ti comporti da stronza, penso davvero che potresti essere una brava mamma.»

«E anche se lo fossi, anche se lo volessi, dove saresti tu? Come dovrei spiegare al bambino che il papi viene qui solo quando può svignarsela dalla moglie? Fottiti, caro il mio Jamie.»

«Se volessi che lo crescessimo insieme, la lascerei per te» disse lui con voce rotta. Sarah rovesciò la testa all'indietro con un gemito. Aveva già sentito quella storia milioni di volte. All'inizio gli credeva, ma era da un bel po' che aveva capito che Jamie non avrebbe mai lasciato la sua amata Sadia, bambino o meno. «Sai quanto sei fortunata, Sarah? Che privilegio è avere un figlio? Quante notti passo sveglio ad abbracciarla mentre piange perché l'unica cosa che vuole è un bambino e non ha un utero per poterlo mettere al mondo? Cresci un po' e sii grata per quello che hai, bella.»

«Lo so! Lo so che lo vorrebbe, e non è colpa mia, Jamie.» Sarah si asciugò le lacrime dalle guance. «Può averlo. Le darei pure il mio utero, se potessi. Vorrei poterglielo dare così, semplicemente.»

Jamie rimase zitto per molto tempo. A un certo punto si alzò per andare a tirare fuori la cena dal forno e disporla in due piatti spaiati. Poi li mise in tavola e andò in bagno sbattendosi la porta alle spalle. Sarah pianse con il viso fra le mani, concedendosi di singhiozzare per qualche secondo prima di asciugarsi le guance e andare a prendere le posate dal cassetto. Finì di apparecchiare, raddrizzò il tavolo e prese una bottiglia di birra dal frigo per Jamie, riempiendo un bicchiere d'acqua per sé. Avrebbe voluto una birra, ma non ne valeva la pena.

La luce tremolante di una candela si allungava sul tavolo e le loro ombre si stagliavano sulle pareti opposte. Sarah aveva trascinato il tavolo e le due sedie su per le scale qualche mese prima, dopo averli recuperati dalla viuzza dietro il ristorante dove il capo buttava le cose rotte. Li aveva aggiustati con supercolla, determinazione e pezzetti di cartone accuratamente ripiegati. Aveva preso anche una tovaglia macchiata di vino e delle posate ricurve per completare il tutto. Appena trasferita, dopo essere stata licenziata dal Towneley Arms e assunta da Luigi, Jamie la prendeva in giro per come teneva il piatto in equilibrio sulle ginocchia ogni sera, così lei aveva recuperato il tavolo, anche se nel monolocale non c'era praticamente spazio, e da allora mangiavano seduti come si deve. All'inizio, le cene che riuscivano a racimolare qua e là durante la settimana, ogni volta che Jamie poteva liberarsi, erano piene di risate e di un desiderio frizzante.

«Mi passi il sale?» le chiese Jamie senza alzare gli occhi dal piatto. Il tavolo era piccolo e il sale era più vicino a lui, ma Sarah allungò comunque il braccio per spingerlo dalla sua parte. Non lo usò nemmeno, e lei riprese a pescare tutti i funghi e ad ammucchiarli sul bordo. Lui bevve un sorso di birra a canna e scostò il piatto ancora pieno con un sospiro. Con la testa inclinata all'indietro, fissava il soffitto a braccia incrociate.

Sarah sentì una stretta al petto ed espirò lentamente prima di aprire la bocca. «Cosa c'è che non va?»

Jamie scosse il capo e si alzò in piedi stando attento a non incrociare il suo sguardo. Poi svuotò nel bidone dei rifiuti entrambi i piatti ancora quasi pieni, li mise nel lavello e aprì l'acqua, guardando i tavoli del ristorante dalla finestra con aria corrucciata.

«Che spreco, eh?» Le lanciò un'occhiata oltre la spalla, le sopracciglia alzate e gli occhi grigi spalancati.

Sarah fissava il pavimento, sforzandosi di non rimettersi a piangere. Avrebbe solo peggiorato le cose.

«Guarda quei due laggiù. Checche del cazzo.»

«Non cominciare.»

«Oh, mi ero scordato: sono i tuoi *migliori amici*» disse con un sorrisetto. «Come oso?»

«Non c'è bisogno di insultarli, non credi? Non ti hanno fatto niente.»

«Il bambino è di uno dei due, vero? È per questo che sei così riluttante a fargli da madre? Hai paura che venga fuori una piccola checca come loro? Lo so che ti piace quello rosso.»

«Vaffanculo, è gay! Lo sai. L'altro è il suo ragazzo.»

«Ma a te piace comunque.»

Sarah scoppiò in una risata coraggiosa e sconsiderata, sull'onda della rabbia. «Sei ridicolo.»

«*Io* sono ridicolo?»

«Sì, esatto. Vaffanculo e basta, J. Non sono dell'umore per sopportarti, stasera.»

«Bene» disse lui prendendo gli scarponi e il cappotto, e se ne andò sbattendo la porta. Sarah scoppiò a piangere, era furibonda, ma già sperava che tornasse. Combatté l'impulso di corrergli dietro e si fece una canna. Con quella in mano, si distese sul divano e accese il televisore, per distrarsi. La voce dello speaker di un documentario sulla natura riempì la stanza. Sarah fece un paio di respiri profondi, cercando di ricordare cosa le diceva il suo psicoterapeuta quando era un'adolescente. *Non farti prendere la mano.* Si sentiva impotente, intrappolata a crescere nella pancia un figlio che sapeva di non poter tenere. Dentro di lei, il bambino si mosse facendola stare peggio.

Avrebbe voluto abortire. Appena aveva scoperto di essere incinta, il suo istinto era stato di disfarsene. Era una fallita, lo era sempre stata. In vita sua non era mai riuscita a combinarne una giusta, e i suoi genitori si erano assicurati che ne fosse consapevole. Non aveva mai nutrito abbastanza interesse verso lo studio per superare gli esami e non era mai riuscita a tenersi un lavoro per più di qualche mese. Aveva interrotto ogni relazione nell'istante in cui iniziava a diventare seria, finché non era arrivato Jamie. *Ti amo* le aveva sempre provocato un brivido di disgusto, le sembrava una frase così estranea. E quindi, solitamente, scappava nel momento in cui veniva pronunciata.

Jamie non le aveva detto che l'amava per quasi sei mesi da quando si erano messi insieme, ma aveva fatto in modo che lei lo sapesse. Si erano conosciuti mentre lavorava come barista al Towneley Arms, e in poche settimane Sarah era arrivata a passare ogni secondo libero del suo turno in fondo al bar con Jamie, mentre lui faceva battute sugli altri clienti, sulla famiglia che gestiva l'hotel, su sua moglie, su se stesso, e qualche volta persino su Sarah, facendole poi seguire sempre da un sorriso e un *sto scherzando*. Le offriva drink, più di quanti avrebbe dovuto berne mentre lavorava, e si assicurava che fosse sempre più ubriaca di lui, cosa che la rendeva molto felice. Le portava dei fiori e lei faceva finta di rifiutarli, allora lui le diceva che li aveva trovati in un cestino della spazzatura o lungo la strada, o che erano un gesto di condoglianze perché era una miserabile stronza, e lei alzava gli occhi al cielo e li metteva in acqua e diceva che era un tipo strano, e lui rispondeva *sì, ma tu mi ami*, e alla fine giel'aveva ripetuto così tante volte che lei aveva capito che era vero.

Sei settimane dopo il loro primo incontro, Jamie si era messo d'accordo con il proprietario per fare in modo che Sarah avesse il weekend del suo compleanno libero. Si era presentato in macchina davanti all'hotel quando era arrivata per il turno del venerdì sera ed erano andati in Scozia, in uno chalet con la vasca idromassaggio e una splendida vista sulla valle punteggiata di ginestre ed erica. All'inizio faceva la scorbutica perché odiava le sorprese e odiava quando qualcuno le prestava attenzioni non richieste, e anche perché nessuno aveva mai fatto qualcosa di tanto premuroso per lei e non sapeva come reagire se non risentendosi. Jamie aveva riempito il bagagliaio di bottiglie di vino e pacchetti di patatine e l'aveva baciata per la prima volta mentre lei se ne stava lì seduta con le lacrime agli occhi, ed era stato un bacio così dolce che si era dimenticata di essere arrabbiata.

Quando Sarah aveva ormai smesso di piangere e si era accoccolata nella sua tristezza, la porta si spalancò e Jamie rientrò in casa. In una mano teneva un paio di sacchetti di plastica e nell'altra un mazzo di fiori. Sarah odiò il moto di felicità che aveva provato nel vederlo. «Pensavo che fossi andato affanculo» disse voltando le spalle al televisore.

«Molto simpatica» le rispose Jamie, poi chiuse la porta e posò i sacchetti sul bancone della cucina. «Sono solo andato a comprare il latte.»

«Cosa stai dicendo?»

«Te l'ho appena detto: sono andato a comprare il latte. Già che c'ero ho preso anche un paio di altre cose.»

«No, non è vero. Sei andato via perché ti ho detto di andare affanculo.»

Jamie si sedette sul divano vicino ai suoi piedi e le appoggiò una mano sulla gamba. «No, Sarah, ti sei confusa. Sono solo uscito a comprare il latte. E già che ero lì ho preso qualcosa per cena, visto che ti sei rifiutata di mangiare quello che ho cucinato.»

Sarah lo guardò storto. Le stava accarezzando la gamba e non sembrava arrabbiato. Ma era certa che lo fosse quando era uscito. «Sei sicuro?»

«Sì. È solo che hai... Com'è che lo chiamano? Il cervello da gravidanza o qualcosa del genere. Ti stai confondendo.» Si alzò con un sorriso. «Dai, guarda cosa ti ho portato.»

«Ok.» Si aiutò con le braccia per sedersi meglio, spaesata. Non sembrava proprio che un'ora prima potesse essere stato così infuriato da uscire sbattendo la porta. Forse si stava ricordando di un'altra volta. Non lo sapeva più.

Jamie tirò fuori due bottiglie di birra dalla borsa di plastica. Gliene diede una e mise l'altra in frigo. «Analcolica. So che ne hai una voglia matta.»

«Grazie» gli rispose Sarah appoggiandola sul tavolo e guardandosi intorno in cerca di un apribottiglie.

«E ho preso questo, questo e questo» continuò lui tirando fuori pane, latte e succo, con la voce alta e vivace che usava per farla ridere.

Lei sorrise. «Grazie.»

«E poi questi» proseguì brandendo il mazzo di garofani verso di lei. Glieli mise in faccia. «Annusa.»

Lei rise spingendoli via. «Sì, stupendi. Li metto in un vaso.»

«No, no. Faccio io.» Riempì di acqua un boccale da birra che era sul bancone e ce li infilò dentro ancora avvolti dal cellophane, stando attento che non sbilanciassero il bicchiere. Dall'altro sacchetto tirò fuori alcuni contenitori del *take-away* cinese. «E questi.»

«Oddio, grazie. Ho una fame tremenda.» Sarah fece per alzarsi in piedi.

«No, no, ferma dove sei.» Le scostò i capelli dal viso e le diede un bacio sulla testa. Le tese un contenitore aperto e una forchetta, poi ne prese uno per sé e si sedette. «Mangiamo qui e basta, non c'è bisogno che ti sposti.»

Il contenitore era zeppo di germogli di fagioli mungo. Era dall'inizio della gravidanza che Sarah ne aveva una voglia matta, con quella croccantezza tutta particolare, e quasi pianse al vederli. Lui l'amava per davvero.

«Hai placato il cosino, per ora» disse con la bocca piena di cibo stuzzicando la pancia.

Jamie alzò gli occhi al cielo. «Non chiamarlo *cosino*, dai. C'è una personcina lì dentro.»

«Sì, scusa.»

«Sai, tu ora pensi che non lo amerai, ma aspetta che sia qui. Aspetta di conoscerlo. Aspetta che venga al mondo e di vedere le sue ditine minuscole, di sentirlo piangere sapendo che ha bisogno di te. Lo amerai quando sarà qui, te lo assicuro.»

«Non succederà. Tra quattro settimane nascerà e avrò indietro il mio corpo. Questo coso non è... Questo *bambino* non è mio. È di qualcun altro. Io lo sto solo tenendo in caldo.»

«E di chi è allora, se non è tuo?»

«Non lo so. Troverò qualcuno che ne vuole uno ma non può averne, immagino.» Stava pensando a Stevie e Adam.

«Sadia?» chiese Jamie facendole una carezza sulla pancia.

«Cosa?»

«Mi sembra la soluzione più ovvia.»

«Pensi che vorrebbe crescere il cosino?» Lo disse troppo velocemente, con troppo entusiasmo. Fu invasa da un'ondata di sollievo, seguita da una fitta di gelosia. Non per il bambino, pensò, ma per Jamie.

«Il bambino.»

«Il bambino» ripeté lei posando una mano sulla sua. «Scusa.»

«Sono sicuro che lo vorrà.»

37
Sarah
1996

Quando le si ruppero le acque, due settimane in anticipo, Sarah era seduta fuori dal ristorante con Stevie. Nonostante avesse bevuto tre bicchieri di vino, lui la caricò sulla sua Fiesta malconcia e la portò all'ospedale dall'altro lato della città. Una volta a destinazione, lei chiamò Jamie al lavoro da un telefono a gettoni per dirgli che il bambino stava per nascere. Nel tempo che ci mise ad arrivare, Sarah si era già spaccata a metà e dalla culla di fianco al letto si sentivano i vagiti della bambina. *Piccolina e perfetta*, le aveva detto l'infermiera, ma Sarah non era riuscita a guardarla. L'aveva stretta tra le braccia, aveva sentito il suo peso contro il petto, la sua forza quando si era attaccata al capezzolo, ma aveva tenuto gli occhi chiusi per tutto il tempo.

Per un istante, Jamie le sembrò infastidito quando entrò nella stanza e vide la bambina.

«Me lo sono perso. Pensavo di arrivare in tempo.»

«Mi dispiace.»

Lui fece un respiro profondo e si avvicinò per toccare la guancia della bambina. Baciò Sarah come la prima volta, un bacio vero, e per un secondo lei pensò: forse potrebbe funzionare. Forse le cose potevano tornare com'erano all'inizio. Guardò la bimba per la prima volta, incrociò i suoi occhi neri e percepì un'ondata di qualcosa di così potente che quasi si sentì svenire. Forse potrebbe funzionare, pensò di nuovo.

«Sadia sarà qui tra un attimo» disse Jamie spostandosi dall'altra parte del letto e prendendo in braccio la piccola. «Le ho detto che lavori al laboratorio, ricordati. Una donna delle pulizie, quindi cerca di non sembrare... Hai capito. Intelligente.»

«Devi reggerle la testa.» Sarah si allungò verso di lui e gli sistemò la bimba fra le braccia. «Me l'ha detto l'infermiera.»

«È una femmina?»

«Sì.»

«Ho detto che non sapevi chi era il padre.»

Sarah annuì mordendosi le guance.

Jamie la osservò mentre le rughe della fronte si facevano più profonde. «Non hai ripensamenti, vero?»

«No.» Lei tirò su col naso. «Sono solo gli ormoni.»

Lui sorrise. «Ti sentirai meglio quando la vedrai. Sadia. Lei non è come noi.»

«Cosa vuoi dire?»

«Voglio dire che lei è... buona. Buona per davvero.»

«Se è così buona perché sta con te?»

Jamie alzò gli occhi dalla bambina con aria corrucciata. «E perché non dovrebbe stare con me?»

Qualcuno bussò alla porta. Una donna era ferma sulla soglia con un largo sorriso a illuminarle il viso grazioso. Indossava un vestito lungo a fiori e i capelli erano raccolti in una coda di cavallo. Reggeva un cestino di vimini in una mano e un mazzo di fiori nell'altra, e Sarah pensò che sembrava uscita dalla copertina di una costosa rivista femminile, una di quelle apprezzate dalla borghesia, che si occupano di casalinghe e maternità. Si chiese perché mai Jamie avesse cercato una relazione con *lei* quando aveva una moglie così. Ma in verità un tradimento non ha niente a che fare con l'aspetto. Solo con il potere.

«Ciao» esordì Sadia con voce dolce mentre entrava nella stanza.

«Guarda chi ho trovato.» Jamie le rivolse un sorriso abbagliante accennando con la testa alla bambina.

«Ciao» ripeté lei posando una mano sulla spalla del marito e osservando la neonata per un attimo prima di girarsi verso Sarah. Le prese la mano e si chinò per baciarle la guancia. Profumava di pulito. «Come ti senti? Sono Sadia. Sembri in forma.»

Sarah sorrise, e Sadia proseguì prima che potesse rispondere. «Com'è andata? Tutto liscio? Stai bene? Mi dispiace non essere arrivata prima» disse stringendole ancora la mano tra le sue.

Sarah odiava il contatto fisico, soprattutto con gli sconosciuti, ma era così esausta ed emotiva, e quella donna era così affettuosa, che il suo tocco l'aveva confortata. «Credo che sia andato tutto bene» le rispose. «È una bambina. Due chili e quattro, hanno detto.»

«Una bimba!» Sadia le diede un'ultima stretta alla mano prima di voltarsi verso la neonata. La prese dalle braccia di Jamie proprio come avevano mostrato a Sarah, sorreggendole la testolina. Jamie la osservò cullare dolcemente la piccola con uno sguardo che non aveva mai riservato a Sarah.

Sadia gli diede un bacio. «Siamo una famiglia» sussurrò con gli occhi lucidi mentre un paio di lacrime si facevano strada lungo le guance. Lui abbracciò la moglie da dietro, osservando la bambina da sopra la sua spalla. La baciò sulla guancia, e in quel momento Sarah si sentì un'intrusa.

Quella sera Jamie andò a casa a dormire, per essere ben riposato per il lavoro, ma Sadia insistette per rimanere. Lui le aveva lanciato un'occhiata di avvertimento prima di lasciare la stanza, ma Sarah non era così stupida. Non aveva intenzione di dirle niente che non doveva sapere. Aveva capito che era la persona giusta per crescere sua figlia e non voleva inimicarsela. I fiori che aveva portato erano per lei, così come il cestino. Sadia non aveva lasciato che lo aprisse, ma le aveva detto che era pieno di cose che aveva letto essere utili per il corpo dopo il parto, qualche piccolo lusso, il minimo che potesse fare.

Sarah continuava ad appisolarsi, e ogni volta che si svegliava Sadia era seduta sulla sedia dei visitatori con una rivista in mano o china sulla culla a guardare la bimba. Al momento di allattarla, Sarah chiese a Sadia se voleva darle il biberon, ma lei scosse la testa.

«Se potessi farlo tu, solo per stanotte... Le fa molto bene, sai. Vorrei poterla allattare io.» Lo disse in un modo talmente sincero che Sarah non poté rifiutare. Quando il cielo fuori aveva iniziato a schiarirsi, Sadia avvicinò la sedia al letto.

«Sarah» le sussurrò accarezzando la testolina della bimba che le si era addormentata sul petto. «Sei sicura di volerlo fare?»

Sarah fece un respiro profondo avvertendo il peso della neonata su di sé. I suoi versi le facevano dolere il seno. «Non sono io sua madre. Sei tu.»

Sadia le strinse forte la mano. «Non avrei mai pensato di sentire queste parole, sai. Non dopo aver scoperto che non avrei potuto averne di miei. E poi quando ho incontrato Jamie, il giorno in cui ci siamo conosciuti, ho sentito con tutta me stessa che era quello giusto, ma ovviamente, sai, è sterile anche lui, quindi le possibilità erano veramente limitate. Ma adesso abbiamo lei.»

«È sterile anche lui?» ripeté Sarah corrugando la fronte. Per un attimo fu disorientata, pensando che forse Jamie ne era convinto davvero ed era per questo che aveva sempre insistito che non avevano bisogno di usare protezioni.

«Ah, non lo sapevi? Sono certa che non gli importerà che te l'abbia detto.»

«Ma sei sicura?» domandò Sarah senza riuscire a fermarsi.

«Non credo che mentirebbe su una cosa simile.» Sadia incrociò le braccia, perplessa.

«Scusami, non so perché te l'ho chiesto.» Arrossì. «Saranno gli ormoni. Sembra che ti ami davvero.»

Sadia sorrise. «È così.»

Il giorno dopo, Sarah e la bambina furono dimesse dall'ospedale e Jamie tornò. Lui e la moglie misero la bimba in macchina, Sadia diede un bacio sulla guancia a Sarah e si assicurò che salisse su un taxi con il cestino e i fiori. Sarah si sentì come se le avessero strappato una parte del corpo. Quando l'autista le chiese dove volesse andare, non si fece portare all'appartamento sopra il ristorante – era l'indirizzo che aveva dato in ospedale per visite ostetriche ed eventuali controlli a cui non si sarebbe presentata –, ma a Heather Hall. Il taxista non sapeva la strada e lei lo guidò fuori dalla città. Quando arrivarono, gli sfuggì un fischio.

Erano anni che non metteva piede nel maniero, ed era esattamente come lei se lo ricordava: freddo e senza vita. Trovò la chiave, che era ancora sotto la clematide, e aprì la porta. I suoi genitori erano morti da cinque anni e nessuno aveva provato a entrarci. L'orologio di suo padre era sul mobile di fianco all'ingresso, dove se lo dimenticava sempre, e alcune paia di scarpe tra cui correvano fili di ragnatela erano allineate con cura sulla rastrelliera. La fotografia di David era appesa al solito posto, doveva essere la prima cosa che si vedeva entrando in casa. La cornice era più piccola di quella originale, perché prima c'era anche lei nella foto, di fianco a lui, ma dopo che se n'era andata di casa l'avevano tagliata via. Di lei rimaneva solo la mano, con le dita intrecciate a quelle del fratello.

I suoi genitori erano ricchi e distaccati ed erano rimasti

entrambi delusi che Sarah non fosse un maschio. Da piccola, ne era delusa anche lei. Sapeva che nella sua famiglia il potere apparteneva agli uomini. Suo fratello era alto e forte, con una zazzera di capelli biondi e un sorriso spontaneo che contagiava chi gli stava intorno. A scuola andava bene e praticava diversi sport, ed era gentile con la sorella persino quando i loro genitori non lo erano, perché l'unica cosa in cui Sarah era brava era mettersi nei pasticci.

A sedici anni, David aveva iniziato a lamentare uno strano male alle ossa. *Dolori della crescita*, aveva detto il medico. *Infortuni sportivi. Lesioni ai tessuti profondi.* Alla fine, e decisamente troppo tardi, avevano capito che si trattava di un cancro. Era morto a meno di sei settimane dalla diagnosi. E Sarah era finita in un vortice. Il rapporto con i genitori era diventato ancora più freddo, e sebbene nessuno dei due avesse mai detto che avrebbero preferito che fosse morta lei al posto del fratello Sarah lo sapeva. A diciassette anni aveva fatto lo zaino e se n'era andata, e nessuno era venuto a cercarla. Non aveva mai più rivisto i suoi genitori. Tre anni dopo, mentre rientravano ubriachi da una serata di beneficenza, si erano schiantati con la Mercedes contro una quercia ed erano morti entrambi. Incredibilmente, avevano lasciato tutto a lei: i soldi, la casa, le macchine. Fino a quel momento non le era importato niente di tutto ciò, e si chiese perché, proprio quando aveva toccato il fondo, era finita per tornare nel posto dove si era sempre sentita infelice. E pensò che forse lei e quella casa si appartenevano, tutte e due piene di fantasmi.

38

Kaysha
12 gennaio 2000

Kaysha prende la strada costiera che ultimamente ha percorso molto spesso. Entra in casa di Olive senza bussare e va a cercarla in cucina, dove sembra che passi tutte le sue giornate. Stasera la trova protesa sul lavello, con le dita strette al davanzale. Volta la testa per un istante e poi torna a fissare il giardino fuori.

«Cosa guardi?»

Olive ci impiega un attimo a rispondere.

«Gli uccelli.»

«Saranno andati a dormire» le dice Kaysha a bassa voce. Olive sembra più calma del solito, e non vuole farla agitare. Resta in piedi di fianco a lei a osservare il giardino. È piccolo e circondato da alte mura ricoperte di muschio. È molto curato, e i mobili da esterno sono coperti per l'inverno. Vede una piccola mangiatoia appesa a un albero e una vecchia casetta per gli uccellini inchiodata al tronco. «Scommetto che in estate ce ne sono tantissimi.»

«Torneranno, vero?» Quando Olive sposta lo sguardo su di lei, Kaysha rimane colpita da quanto sia minuta, come una bambina, rinsecchita, avvolta in una camicia da notte che le sta larghissima. Si assottiglia giorno dopo giorno, e Kaysha pensa che probabilmente a un certo punto scomparirà e basta, e di lei resterà solo la camicia da notte, drappeggiata sul piano della cucina nel silenzio della casa vuota.

«Ma certo» le posa una mano sulla spalla. Olive la guarda male, ma non la sposta. «Che uccelli sono?»

«Passeri. Ce ne sono a dozzine. Si nascondono fra i cespugli, laggiù» indica un angolo in fondo. «I vicini hanno sempre dei gatti, almeno tre o quattro, e una volta uno di loro ha preso un uccello proprio mentre lo guardavo, gli ha strappato un'ala. Sono corsa fuori e ho urlato, ma era troppo tardi, e l'ha trascinato nel loro giardino. È rimasta solo un'ala. L'ho seppellita là, sotto i rododendri.»

Kaysha le sta dando retta a metà, con l'altra metà è concentrata sul notiziario in tv, dietro Olive. Un elicottero vola in cerchio sopra il Tyne Bridge, che è chiuso al traffico e pieno di poliziotti. C'è un primo piano di una barca della polizia che naviga lungo il fiume, un sommozzatore si sta preparando.

«Mi stai ascoltando?» Olive le sventola una mano davanti al viso.

«Sì. Uccellini, gatti. È terr...»

«Ero furiosa e ho detto ai vicini che se il loro gatto fosse tornato gli avrei sparato e loro hanno risposto che avrebbero chiamato la polizia. Così ho comprato un fucile ad acqua invece che uno vero. Uno bello grosso, di quelli giganti che devi riempire con la pompa. E quando si è ripresentato mi sono avvicinata in silenzio alle sue spalle mentre stava aspettando gli uccelli e gli ho sparato. Non l'ho più visto» dice Olive senza praticamente battere le ciglia.

Il cellulare di Kaysha inizia a vibrarle nella tasca dei pantaloni. Spera che sia Nova, che quella mattina le era parsa fredda. Guida Olive verso una sedia e si sposta in salotto per rispondere. Prende il telefono e vede che è proprio Nova. Risponde.

«Ehi.»

«Kay... Possiamo vederci?» Ha una voce strana, e Kaysha è invasa dalla paura. Deve aver scoperto qualcosa. Forse Sadia è crollata sotto interrogatorio, forse stanno per essere tutte arrestate.

«Che succede?»

«Ho bisogno di vederti.»

«Non posso.» Lancia un'occhiata a Olive che sta sbirciando dalla porta. «Cosa c'è?»

«Merda. Non ce la faccio... Non volevo dirtelo al telefono. Sei seduta?»

Kaysha crolla sul divano dietro di lei. «Ora sì. Perché?»

«Si tratta di Sarah» dice Nova con voce rotta.

Kaysha inorridisce. Ha arrestato Sarah? Ha scoperto qualcosa che lei non sa? Olive le si siede di fianco, troppo vicino. Lei copre il microfono con una mano.

«Aspetta un secondo, Olive. Faccio subito» le sussurra, e si sposta sull'altro divano. Si sforza di sembrare spavalda e tranquilla. «Cosa? L'hai trovata ubriaca da qualche parte?»

«Sei con qualcuno?»

«No, è solo la tv. Che succede?»

«Sarah... L'ho vista... È... Sarah è morta. Si è buttata... Si è buttata dal Tyne Bridge.»

Kaysha non riesce ad afferrare quello che sta dicendo Nova, che continua a chiederle se sta bene, ma la sua presa si allenta e il cellulare le sfugge di mano, urta il legno duro del pavimento, si apre a metà e la batteria salta fuori. La chiamata si interrompe.

Quando alla fine Kaysha si lascia cadere in ginocchio e riassembla il telefono, non richiama Nova. Manda invece un messaggio con l'indirizzo, l'indicazione di entrare senza bussare e la richiesta di arrivare il prima possibile perché c'è un'emergenza. Poi aspetta. Olive sembra capire la situazione e per un po' si comporta quasi normalmente.

Racconta a Kaysha che una volta conosceva una ragazza che si era buttata da una scogliera e l'aveva lasciata sola al mondo, e non gliel'ha mai perdonato. Lei non riesce a dire nulla, non riesce a dirle che non è la stessa cosa, perché Kim non si è buttata e lo sa anche lei. Olive sembra entrare in modalità mamma e inizia ad affaccendarsi intorno a Kaysha, asciugandole il viso, aiutandola con dolcezza a togliersi la giacca di jeans per appenderla da qualche parte e avvolgendola in una coperta. Prepara il tè e gliene mette una tazza fra le mani, poi le accarezza la schiena.

Josie è la prima ad arrivare.

«Oh, bene» esordisce sfilandosi un berretto di lana e guardandosi intorno. «Avevo paura che ci fosse un'altra testa.»

«Non ti ha seguito nessuno, vero?» le domanda Kaysha.

La ragazza fa segno di no. «Qual è l'emergenza? Sadia ha raccontato di noi?»

Quella mattina, al momento dell'arresto, a Sadia era stato permesso di chiamare Ana per chiederle di continuare a occuparsi di Ameera mentre lei era in stato di fermo, e Ana l'aveva fatto sapere a Kaysha, che l'aveva detto a tutte le altre. Avevano passato l'intera giornata sulle spine, chi chiedendosi se Sadia l'avesse effettivamente ucciso, chi semplicemente preoccupata che coinvolgesse tutto il gruppo.

«No.» Kaysha fa cenno a Josie di sedersi e lei ubbidisce. «Non che io sappia. È Sarah... Sarah è...»

«Morta.» Olive finisce la frase al suo posto e sorride come se avesse rivelato qualcosa di vagamente divertente.

Josie sembra allarmata dal comportamento di Olive e si gira verso Kaysha con gli occhi sbarrati per verificare di aver capito bene. Lei annuisce e si appoggia all'indietro sui cuscini, stringendosi il setto nasale e costringendosi a non crollare, non ancora. Ogni volta che chiude gli occhi, la vede cadere nel vuoto.

Ana è la seconda ad arrivare, poi Maureen un'ora dopo, e Kaysha lascia che sia Josie a raccontare cos'è successo. Lei si trascina in giardino per qualche minuto con la coperta ancora sulle spalle, giusto per calmarsi e prepararsi alla discussione che seguirà. Quando rientra, tutte distolgono lo sguardo come se stessero parlando di lei, o come se il suo dolore fosse troppo grande da gestire. Olive è l'unica che continua a fissarla.

«Pensate che l'abbia fatto perché... Per il senso di colpa?» Ana rivolge la domanda alla stanza.

«Non è stata lei» ribatte Kaysha. «Ne sono quasi sicura. L'ho lasciata a casa solo un'ora per andare da mia madre, prima di ricevere il messaggio, e non penso che avrebbe avuto il tempo.»

«Voleva farlo» sbotta Olive. «Continuava a ripetere *si merita di morire, ammazziamolo e risolviamo la faccenda una volta per tutte, facciamo un favore al mondo*. A sentirla, mi veniva da vomitare.»

«Sì, lo sappiamo tutte che Sarah non ti andava a genio, Olive, ma non mi sembra il momento, no?» interviene Josie sorprendendo tutte con la sua schiettezza. Olive stringe le labbra e non risponde. Restano in silenzio per qualche minuto. Mancano soltanto due donne, ma la percezione è che siano molte meno del solito, meno forti, meno determinate.

«È colpa mia.» Kaysha rompe il silenzio e si raccoglie su se stessa con la testa fra le mani. «Se non fossi stata così convinta che Jamie meritasse una punizione, non sarebbe successo niente di tutto questo.»

«Non essere sciocca, tesoro» interviene Maureen, anche se pensa che effettivamente potrebbe aver ragione. Le ha chiamate lei a raccolta. Le ha inseguite a una a una, spiando le loro vite e infine intromettendocisi. Ha scelto sei donne, oltre a se stessa, che pensava avrebbero voluto infliggergli una pena, le sei a cui aveva fatto più male. Prima della vigilia di Capodanno, si erano incontrate quattro volte, sempre nella stanza dell'hotel di cui Sarah aveva ancora le chiavi, passando dalla porta sul retro che non era mai chiusa e su per una rampa di scale che veniva usata per riporre secchi arrugginiti e scope. Nel farsi strada lì in mezzo, ogni volta Maureen aveva dovuto fare estrema attenzione per non urtare qualcosa e far cascare tutto. Non si erano mai imbattute in qualcuno del personale, proprio come aveva garantito Sarah: nessuno si serviva della scala sul retro né dell'intero piano superiore, se non come magazzino. Aveva detto che una volta aveva vissuto in quella stanza per due mesi e nessuno se n'era accorto.

«Non avevi idea che sarebbe successo tutto questo» concorda Ana. «Questo... Tutto questo è colpa di Jamie.»

«Dici?» Kaysha fissa il pavimento senza ricevere risposta.

«Cosa facciamo con Sadia?» chiede Josie. Tutte la guardano. «Non possiamo lasciare che si prenda la colpa. A meno che non sia stata lei per davvero, ma anche in quel caso dobbiamo farci avanti e andare in tribunale a dire che razza di bastardo era. Che non è stata colpa sua.»

«Non l'ha ucciso lei.» Ana spiega alle altre del loro piano – drogargli il drink e scappare –, e che nell'intervallo di tempo in cui è stato commesso l'omicidio erano insieme.

«Non avrebbe potuto farlo prima e presentarsi da te dopo aver ripulito? Tipo che ha perso la testa e l'ha ucciso?» chiede Josie. Anche Olive ascolta interessata adesso, gli occhi che guizzano da una donna all'altra assorbendo tutte le informazioni.

«Ameera ha passato l'intera giornata con lei, quindi no. E perché avrebbe dovuto lasciarne metà nello stagno e portare l'altra metà all'hotel? Non ha senso» ribatte Ana.

«Ma questo vale per *chiunque*: perché fare una cosa del genere? Non capisco perché ha dovuto portare la testa all'albergo. Perché non l'ha seppellito nel bosco e basta? Ci penso ogni giorno» aggiunge Maureen. Prende dalla borsa un pacchetto di sigarette e un accendino, una vecchia abitudine che ha ripreso di recente.

«Io lo so» dice Josie. «È una specie di avvertimento, no? Credevo che fosse chiaro.»

«*Tu*...»

«No, certo che no. Ok che ho gli ormoni in circolo, ma non sarei mai riuscita a staccargli la testa. No, voglio dire... È come ai tempi antichi, nel Medioevo o giù di lì, quando lasciavano i corpi dei criminali impiccati sulle strade, tipo, o infilzavano le teste sulle lance. Una cosa del genere. Che la donna – o chiunque sia stato – volesse dire tipo *questo è quello che facciamo agli stupratori. Siete avvisati.*»

«Avremmo dovuto mettere questa scritta sul muro al posto del disegno» interviene Maureen stupita e ispirata. «*Stupratori, siete avvisati.*»

«Però il disegno ha funzionato» ribatte Kaysha. «E se l'avessimo chiamato stupratore qualcuno avrebbe potuto ricordare... Qualcuno avrebbe potuto ricordarsi di me e darmi la colpa.»

«Io avrei pensato esattamente quello.» Ana abbassa la testa. È ossessionata e tormentata dall'Ana che era stata all'università. Nel cuore della notte, quando non c'è nient'altro a cui pensare, sente la propria voce arrogante e convinta di essere nel giusto che dice alla gente *è tristissimo, davvero tristissimo che abbia bisogno di mentire su una cosa simile per ottenere attenzione. Non credo che abbia veramente pensato alle conseguenze. Un'accusa del genere potrebbe rovinare la vita a Jamie. È proprio triste. Mi dispiace per lei, sul serio.*

«Già.» Anche Kaysha ricorda l'Ana di quell'epoca. Quando ha chiamato a raccolta le donne, lei è stata la più difficile da avvicinare. Era ancora così ferita e arrabbiata per tutte le energie che Ana aveva investito per screditarla all'università che le ci era voluto un sacco di tempo per inquadrarla come una donna adulta, cambiata e cresciuta quanto lei. Una donna ferita a sua volta da Jamie, per la quale valeva la pena di impiegare il proprio tempo. Includerla aveva comportato un rischio – anche più alto rispetto a Olive, le era sembrato allora –, ma era contenta di averlo fatto. Non sarebbero mai state amiche, lei e Ana, ma sapeva che stava cercando di essere una donna migliore, e questo le bastava.

«Quindi?» Josie si schiarisce la voce. «Cosa facciamo con Sadia?»

Olive si stringe le ginocchia al petto. «Dovremmo dire che è stata Sarah.»

Kaysha la fissa. «Non dire stronzate.»

Olive scrolla le spalle.

L'aria si fa pesante e nessuna parla per un po'.

Dopo un respiro profondo, Maureen apre la bocca. «Forse è la cosa più sensata da fare.»

«È assolutamente irrispettoso» ribatte Josie. Si chiede se avrebbe potuto finire come Sarah, se Jamie fosse stato ancora vivo e le avesse portato via la bambina e lei si fosse sentita vuota e usata. Si domanda se succederà comunque, se amerà la piccola o se non ci riuscirà perché le sembra ancora che sia più figlia di Jamie che sua. Immagina che sia esattamente questo che provava Sarah, e pensa a come doveva essere prima di incontrare Jamie e prima della gravidanza. La vede mentre ride, felice, non ancora insensibile e indurita, e anche se ripete a se stessa di non credere in Dio, spera che da qualche parte lei sia di nuovo così.

«Non perché penso che sia stata lei per forza» continua Maureen con voce bassa e calma, la stessa che avrebbe usato da infermiera con qualcuno vicino a una crisi di nervi o in punto di morte. «Voglio dire... Non sappiamo *chi* è stato. E non penso che Sadia si meriti la prigione.»

«Nemmeno se è stata lei?» chiede Kaysha.

Maureen si risistema sulla sedia e pensa all'aria così solenne della bambina al funerale di Jamie. Suo padre è morto. Sua madre è in prigione. E adesso anche la sua madre biologica non c'è più. Maureen è l'unica parente in vita, e se Sadia restasse in prigione toccherebbe a lei prendersi cura della piccola. Ovviamente se dovrà farlo lo farà – preferirebbe tenerla con sé piuttosto che vederla finire nelle mani dei servizi sociali –, ma Maureen sa che non dovrebbe. È una forte tentazione servirsi di Ameera come opportunità di redenzione e come esca per far tornare John a casa e giocare alla famiglia felice. Ma sa benissimo che è una cattiva idea. Se Ameera dovesse diventare come Jamie, lei non saprebbe mai se è colpa della genetica o in qualche modo colpa sua. Con Jamie ha sempre incolpato il padre del ragazzo, l'uomo senza volto di cui Alice diceva di non conoscere il nome.

A Maureen era venuto in mente solo dopo, con Jamie fra le braccia e Alice sottoterra, che poteva anche essere stata violentata, e questo avrebbe significato che aveva costretto la sorella a tenere un figlio concepito con la forza. Aveva cercato di non pensarci e di ricordare che Alice era una ragazza promiscua e che probabilmente era stata una sua responsabilità se si era ritrovata incinta. Ma in qualunque caso, se era morta era colpa di Maureen, e anche la morte di Sarah era colpa sua, e quella di Kim, e lo stupro di Kaysha, ed era colpa sua anche il fatto che Josie si trovava nella stessa situazione in cui si era trovata Alice tanti anni prima, e anche tutte le altre cose che Jamie aveva fatto. Se avesse lasciato che Alice abortisse, non sarebbe successo niente di tutto questo. Quando si abbandona a questi pensieri, viene schiacciata dal rimorso.

Da quando è morto, ha pensato a Jamie più che negli ultimi dieci anni. È tornata con la memoria a ogni momento della sua infanzia, e si è arresa all'idea che forse non l'ha trattato come avrebbe dovuto. Magari sarebbe venuto su un pochino meglio con un pizzico di amore in più. Un abbraccio ogni tanto. O forse no, non lo sa, ma qualche volta nel buio della notte sente il peso incredibile della responsabilità che la schiaccia contro il materasso.

«Nemmeno se è stata lei» ripete a bassa voce.

«È una cosa orribile da fare a Sarah» dice Josie. «Ma sì. Forse... Non so. Non credo che sia stata Sadia, e non so se è stata Sarah, ma qualcuno deve prendersi la colpa. Non sono d'accordo con la pena di morte, ma penso che chiunque... Secondo me è stata più una reazione a qualcosa che ha fatto che un omicidio a sangue freddo, tipo.»

«Concordo» dice Ana. Le sembra di avere qualcuno seduto sul suo petto, tanto è il dolore e la disperazione che tutta questa situazione le sta causando. «Sadia non può restare lì. Potremmo battere a macchina una lettera d'addio, in modo che non ci siano dubbi sulla calligrafia.»

«È disgustoso.» È come se tutto il corpo di Kaysha stesse ribollendo sotto la superficie, sul punto di esplodere o di svenire. «È appena... Due ore fa. È ancora calda.»

Josie si sporge in avanti e le posa le mani sulle ginocchia. «Nessuna di noi *vuole* farlo, Kaysha. È una cosa disgustosa, hai ragione, lo è. Assolutamente... Sì, disgustosa. Però non so cos'altro possiamo fare.»

Maureen riflette sul fatto che se fosse una persona migliore o più coraggiosa si farebbe avanti per prendersi la colpa, come penitenza, ma non è nessuna delle due cose e quindi continua a fissare il disegno del tappeto finché non parla qualcun'altra.

«Qualcuna vuole confessare?» Kaysha le guarda a una a una. «Prima che buttiamo la colpa su una donna che era talmente tormentata da quello che le aveva fatto che si è...»

Le si incrina la voce e tutte distolgono lo sguardo mentre si ricompone.

«Senti» dice Ana strofinandosi il viso. «Non è stata Sadia. Non è stata lei e basta. Non ne avrebbe avuto il tempo e non voleva farlo. Jamie era tutto quello che aveva. A essere sincera, avevo paura che lo avrebbe perdonato. Se la lasciamo lì, cosa succederà ad Ameera? Io sarei felice di tenerla con me come una figlia, ma ha bisogno della sua mamma. Sarah avrebbe voluto che la bambina crescesse felice e al sicuro con Sadia. Pensala così. Non stiamo mancando di rispetto a Sarah, lo stiamo facendo per Ameera.»

«Mi serve un minuto.» Kaysha si alza ed esce di nuovo in giardino, si stringe la coperta attorno alle spalle e si siede su una panchina sotto la finestra della cucina. Fa più caldo rispetto alle ultime settimane, ma riesce comunque a vedere il suo respiro. Si piega in due e piange. Vorrebbe urlare alla notte. Il rumore della risacca oltre la strada e la scogliera arriva fino a lì, e si immagina di immergersi tra le onde, il freddo dell'oceano che lava via la tristezza e l'acqua che la risucchia sul fondo e la riporta da Sarah.

Si copre il viso e respira il sale dai palmi delle mani. Non riesce a concentrarsi ma deve farlo. Si chiede cosa stesse pensando Sarah. Quale sia stato il punto di non ritorno – se è stata la sua storia con Nova o la promessa di Sadia che avrebbe potuto vedere Ameera se si fosse disintossicata, e le è venuta paura di non riuscirci; se è stata la testa mozzata, se Sarah l'ha ucciso per davvero senza dirglielo lasciando a lei il compito di sistemare il casino. Si chiede se è stato il bere o se è stato tutto questo insieme, tutti i pezzi rotti della sua vita mescolati nella sua mente mentre viveva in una casa dove c'erano soltanto ricordi tristi. Si chiede se avrebbe potuto salvarla, se solo fosse stata più attenta, se solo l'avesse amata veramente. Cosa farebbe ora? Vorrebbe che dessero la colpa a lei o che continuassero a cercare il responsabile? Kaysha non pensa che le sarebbe interessato sapere chi era il colpevole, era solo contenta che qualcuno l'avesse fatto. Probabilmente avrebbe proposto la stessa soluzione di Olive se a buttarsi fosse stata una delle altre. Avrebbe ostentato una sfacciataggine di cui non c'era bisogno, per poi preoccuparsene in seguito, in silenzio, perché era una persona pratica e ci teneva a mostrarsi come qualcuno che sapeva il fatto suo e non si lasciava ostacolare da emozioni inutili, ma in realtà, nel profondo, aveva un animo gentile. Chissà se Sarah l'aveva fatto apposta, a dare loro una via d'uscita, se voleva che scaricassero la responsabilità su di lei. Forse, al maniero, Kaysha avrebbe trovato una sua lettera.

Avrebbe dovuto capirlo che Sarah era sul punto di crollare.

Fa respiri profondi e tremuli che formano delle nuvolette nell'aria intorno a lei. Se incolpano Sarah dell'omicidio senza che sia stata lei, il vero assassino resterà libero. Se è una di loro, come crede, allora non importa, perché non agirà una seconda volta. Si è trattato di un evento unico, fomentato da tutto il vecchio dolore e la rabbia contro Jamie, di cui Kaysha si sente responsabile. È lei che le ha caricate con il suo desiderio disperato che qualcuno finalmente ascoltasse tutte le loro storie.

«Bene» dice quando rientra. «Nel maniero c'è una vecchia macchina da scrivere, credo. Butterò giù due righe con quella e poi dirò di aver trovato la lettera. Fa tutto... schifo.»

«Fa schifo» concorda Josie mettendole un braccio intorno alle spalle. Contrae il viso per un calcio della bimba. «Ma che alternativa abbiamo?»

Una dopo l'altra, le donne se ne vanno fino a quando non restano solo Kaysha e Olive. Olive è silenziosa e Kaysha la osserva: la pelle bianca sottile come carta e i capelli incolori. Sembra che la vita l'abbia abbandonata. Ogni volta che parla, c'è una piccola esplosione di colore che scema nel giro di pochi secondi. Kaysha sa che dovrebbe chiamare qualcuno o rimanere con lei – o l'una o l'altra cosa –, perché non sta bene.

È sorpresa che Olive sia riuscita a restare in piedi così a lungo, considerando tutte le tragedie da cui è stata travolta. Ed è altrettanto sorpresa che sia stata la morte di Jamie, un uomo che – per quanto ne sa lei – ha fatto parte della sua vita solo per poco tempo, a buttarla definitivamente a terra. Kaysha sa che deve trovarle un aiuto di qualche tipo, ma ha paura che Olive si lascerebbe sfuggire l'intera storia.

«Devo fare un salto in un posto, Olive» le dice, ma lei non sembra sentirla. «Torno tra poco. Vuoi venire con me?»

«Non ho bisogno di assistenza» ribatte lei senza alzare lo sguardo.

«Lo so. Ti va se vengo a stare con te per qualche giorno? Non me la sento di rimanere da sola.»

Olive la scruta sospettosa, poi alza gli occhi al cielo. «Ci sono un sacco di stanze qui. In alcune non entro da anni. Puoi sistemarti all'ultimo piano. Non so nemmeno più cosa c'è lassù.»

«Grazie. Devo andare, ma torno presto, ok?»

Di nuovo Olive non dice una parola, ma Kaysha prende la coperta che si è tenuta addosso tutta la sera e gliela sistema sulle spalle, poi se ne va. Quando sale in macchina rabbrividisce e si accorge di aver dimenticato la giacca. Mette il riscaldamento al massimo. Sarà di ritorno tra poco, comunque.

Olive si stringe nella coperta. Ogni tanto sente un brivido anche se i caloriferi sono accesi, e quando succede sa che Kim è lì vicino a lei. Potrebbe anche essere Alonso, ma le piace pensare che sia la figlia. Non è ancora riuscita ad affrontare il marito dopo la storia d'amore con Jamie. Le sembra di averlo tradito, nonostante fosse morto da molto tempo quando Jamie è arrivato nella sua vita. Ma si sente troppo in colpa per parlargli, e quindi anche se è Alonso a essere seduto vicino a lei sul divano, freddo come la morte, lei decide che si tratta di Kim, perché sa che per lei ha fatto quello che ha potuto, soprattutto adesso.

«Se ne sono andate di nuovo» dice a Kim. «Lo volevano solo morto. Non lo conoscevano come lo conoscevamo noi. Non ho creduto a una parola di quello che hanno detto di lui. Proprio come non ho mai creduto a te.»

Olive allunga un braccio per metterlo intorno alla figlia, è convinta di sentire il gelo del fantasma contro la pelle e se la stringe al petto accarezzandole i capelli invisibili.

«Era una brava persona. Ma tu hai mentito su di lui, all'inizio, e guarda dove ti ha portato» continua Olive, poi fa una pausa. «Sono andata a trovarlo, sai, qualche giorno fa. Non lo so. Una o due settimane fa. Dovevo avvertirlo che stavano complottando contro di lui. Ho trovato il suo indirizzo, e ho dovuto prendere la metro e poi due autobus per arrivare lì. C'è voluto parecchio. Ti ho pensata tutto il tempo.»

39
Olive
20 settembre 1987

Una famiglia di passeri si era stabilita nella casetta per gli uccelli sbilenca che Kim aveva costruito a scuola qualche anno prima. Olive si era opposta fino alla fine all'idea di metterla nel suo bel giardino, ma Alonso l'aveva inchiodata lo stesso a un albero. Per parecchi mesi era rimasta vuota, Olive aveva bofonchiato qualche commento sul fatto che persino gli uccelli si rifiutavano di vivere in un posto così brutto, e aveva tormentato il marito perché la tirasse giù. Lui non l'aveva mai fatto, e i passeri ci si erano trasferiti poco dopo la sua morte. Nei dolorosi silenzi mattutini, quando Kim dormiva ancora e il peso del lutto le faceva cedere le ginocchia, Olive ritrovava un filo di calma in quegli uccellini. Li cercava spesso con lo sguardo mentre lavava i piatti o aspettava che il bollitore fosse pronto, e capitava che si accorgesse di essere ancora in piedi davanti alla finestra molto dopo, quando si era già dimenticata cos'era andata a fare in cucina. Quell'inverno, comprarono addirittura una mangiatoia per uccelli, e Olive preparò le palline di grasso e semi seguendo una ricetta che aveva trovato in un libro di giardinaggio. In primavera, quando nacquero gli uccellini, provò una strana ondata d'orgoglio, e il mattino in cui spiccarono il loro primo volo, lei e Kim rimasero sedute in giardino, perfettamente immobili. I piccoli se n'erano andati da un bel po' ormai, ma uno degli adulti stava svolazzando sotto un cespuglio di rose. Restò a guardarlo fino a quando non sparì nel cielo. Un banco di nuvole scure era in arrivo da ovest, anche se fino a quel momento la giornata era stata bella. Quella mattina, mentre andava in chiesa a piedi, Olive aveva pensato che sarebbe stato l'ultimo giorno di vero caldo estivo, prima che l'autunno stendesse le dita dorate sulle foglie e i fiori mettessero via i loro boccioli per l'inverno.

Jamie interruppe le sue fantasticherie tirandole un laccio del grembiule.

«Stai bruciando la salsa» disse prendendole il polso e muovendolo in cerchio in modo che la frusta che aveva in mano mescolasse il liquido denso e marrone. La fiamma era al minimo, e il sugo aveva appena iniziato a scaldarsi. Lei alzò un sopracciglio e lui le fece l'occhiolino. «Ti sto solo facendo rigare dritto.»

«Comunque non capisco perché insisti a fare prima la salsa» ribatté lei rimestando il contenuto del pentolino mentre lui riprendeva ad affettare le carote sul tagliere. «Dovresti farlo per ultimo, in realtà, così puoi aggiungerci il fondo di cottura della carne già pronta mentre aspetti che i *pudding* si gonfino per bene.»

«So benissimo quello che faccio.»

«Ah sì?» chiese lei sorridendo.

«Sì.»

«Chi ti ha insegnato a cucinare?»

«Io.» Jamie scrollò le spalle buttando una manciata di carote in una pentola piena d'acqua bollente. Qualche schizzo gli ustionò la mano e lui si lasciò scappare un'esclamazione di dolore.

Olive rimase senza fiato, lo fece spostare verso il lavello e aprì l'acqua fredda. «Mettila sotto l'acqua. Fermerà la bruciatura.»

«Sto bene, tranquilla.» Jamie scosse la mano e chiuse il rubinetto.

«No, davvero, funziona» ribatté lei aprendolo di nuovo e spingendogli la mano sotto.

Lui richiuse il rubinetto. «Ho detto che sto bene.» Alzò la voce. «Smettila di farmi da mamma.»

«Volevo solo aiutarti.»

«Sono un adulto, Olive. Non ho bisogno che tu mi dica cosa fare.»

«Va bene» assentì lei posandogli una mano sul braccio. «Perdonami, hai ragione. Volevo solo aiutarti.»

Jamie fece un respiro profondo e chiuse gli occhi per un istante. «Scusa.»

«Non fa niente.» Gli accarezzò una spalla, per poi accarezzargli la guancia. Era liscia: la domenica si radeva sempre. A Olive piaceva che si facesse bello per andare in chiesa. Ogni settimana si presentava a messa nel suo completo migliore e con le scarpe lucidate. Spesso arrivava in anticipo e faceva una chiacchierata con padre Paul prima che la funzione iniziasse o si assicurava che i banchi fossero puliti in attesa che arrivasse il resto della congregazione. Ora era scalzo e in maniche di camicia, si era tolto la cravatta e aveva sbottonato il colletto. «So che sei un po' stressato, ultimamente.»

«Sì.»

«È il lavoro?» chiese Olive. «O Kim?»

«Tutti e due.» Si chinò per cingerle la vita con le braccia. La strinse a sé, strofinò il naso contro la pelle alla base del collo e le baciò la clavicola. Lei si rilassò contro di lui. Quei momenti con Jamie la riscaldavano, sentire il suo corpo aderire al proprio, il petto che si sollevava mentre le respirava addosso, la presa delle sue dita sulla schiena o nei capelli. Era un periodo in cui non aveva molti contatti fisici, senza più Alonso e con Kim messa com'era. Ma comunque era diversa, questa cosa con Jamie. Quando l'aveva appena conosciuto e le aveva raccontato che era orfano, aveva desiderato diventare un porto sicuro per lui. C'era voluto molto tempo prima che ammettesse che il suo amore per Jamie non era quello di una madre verso un figlio. Lui le accarezzò il sedere e Olive si lasciò sfuggire un gemito, alzando il mento. Jamie scoppiò a ridere e si sciolse dall'abbraccio dandole un bacio leggero sulla guancia, accompagnato da una sculacciata.

«Adesso finirai davvero per bruciare la salsa» disse mentre apriva il freezer per prendere una busta di piselli. Olive si passò le mani fra i capelli per ricomporsi. La faceva sempre agitare essere lasciata così di colpo, cosa che Jamie invece sembrava trovare normalissima. Immaginava che c'entrasse con la giovane età, con l'idea che il sesso fosse separato dall'amore o dall'impegno. Poi riprese a mescolare il sugo.

Jamie lanciò un'occhiata all'orologio da polso e corrugò la fronte. «Dov'è Kim? Non finiva di lavorare alle quattro?»

L'orologio del forno segnava le quattro e venti. «Dovrebbe essere qui a momenti.»

«A piedi, da qui alla gelateria, ci vogliono solo sette minuti.»

«Magari erano molto impegnati e ci hanno messo più tempo a pulire. Oppure ha incontrato un amico. Tra un attimo arriva.»

«Ma è molto maleducata. Lo sa che c'è la cena in tavola ad aspettarla.»

«Che non è ancora pronta, però» ribatté Olive aprendo il forno e punzecchiando il pollo con un coltello. Il sughetto era ancora rosa. «Non fa niente. Sarà qui prima che sia pronto.»

«E nello stato in cui si ritrova ultimamente poi, chissà cosa sarebbe capace di fare» continuò lui mentre scolava una pentola piena di patate ormai disintegrate nel lavello e le ribaltava in un piatto di portata.

«Negli ultimi giorni sta molto meglio» rispose Olive, ed era vero. Kim era più serena e chiacchierona di quanto non fosse da mesi.

«Perché non c'ero io.» Jamie si incupì e chiuse gli occhi per un attimo. Quando li riaprì, la rabbia che si era raccolta nelle linee del viso era sparita. Strinse Olive in un abbraccio e le diede un bacio sulla testa. «Non lo faccio apposta, ad alzare la voce con te. Sono soltanto preoccupato per questa storia. Lo so che sto facendo il musone.»

Lei gli accarezzò la schiena. «Mi dispiace che si comporti così. Non è colpa tua. E non penso che sia nemmeno colpa sua.»

«È solo che... Sai che le voglio bene, Olive, quasi come se fosse figlia mia, e desidero il meglio per lei. Ma finirà per mandarmi in prigione, santo cielo. E se in questo momento fosse di nuovo alla polizia?»

«Non sei abbastanza vecchio per essere suo padre.» Il sorriso di Olive aveva un'ombra di tristezza. «Ho riflettuto su quello che hai detto l'altro giorno.»

«E?»

«E se non si mette tranquilla, lo prenderò in considerazione.»

«Non ti chiedo altro.» La strinse forte e poi stese le braccia per allontanarla leggermente. «Sai che non farei mai...»

«Lo so.»

Olive trovava affascinante l'ostinata convinzione di Jamie di sapersi muovere in cucina. Lasciò che finisse di preparare mentre lei lavava le pentole e le padelle che erano già nel lavello. Apparecchiò e versò una bottiglia di vino in una caraffa. Lui aveva cucinato nell'ordine sbagliato, e quando ebbero disposto tutto nei piatti da portata e messo in tavola, la maggior parte delle pietanze era già fredda. Nonostante questo, Jamie si sedette a capotavola con un sorriso soddisfatto e iniziò a tagliare il pollo.

Aveva appena affondato il coltello nella carne, che Olive notò con disgusto che era ancora un po' rosa nel mezzo, poi la porta d'ingresso si aprì e si richiuse, e i passi di Kim echeggiarono nell'ingresso. Olive si irrigidì.

Nel lasso di tempo in cui Kim si tolse le scarpe, il silenzio intorno a loro due si fece assordante. Olive e Jamie si scambiarono uno sguardo, poi lui raddrizzò le spalle e si stampò un sorriso smagliante sulla faccia. Nel vederlo, Kim si bloccò sulla porta.

«Cosa ci fa qui?» chiese gelando la madre con gli occhi.

«Non cominciare, per favore» disse Olive piegando la testa da un lato. «Jamie ha preparato una cena domenicale deliziosa.»

«Non la mangio, quella roba lì.»

«Perché sei così in ritardo? Hai finito di lavorare un'ora fa» domandò Jamie. Kim fissò il pavimento.

«Kim!» la rimproverò Olive.

La ragazzina scrollò le spalle. «Ero sulla scogliera.»

«Eravamo preoccupati.»

«Sì, sicuro. A lui piace sapere dove sono, giusto?»

«Ho detto: non cominciare. Siediti e mangia qualcosa» insistette Olive.

Kim scosse la testa, attraversò la cucina e uscì in giardino. Sua madre posò una mano su quella di Jamie. Lui fissava la porta della cucina.

«Mi dispiace» gli sussurrò alzandosi. «Vado a sistemare le cose. Tu mangia tranquillo.»

Andò in giardino e si chiuse la porta alle spalle. Kim era su una panchina con le ginocchia rannicchiate contro il petto. Olive le si sedette accanto e rimasero così per qualche minuto, senza parlare. L'aria si era raffreddata.

«Perché mi stai facendo questo, mamma?» chiese Kim dopo un po' con la voce strozzata.

«Ne abbiamo già parlato.»

«Ma tu non vuoi stare a sentirmi.» Kim si torceva le dita.

«Tesoro.» La madre le prese una mano fra le sue e notò che le unghie erano mangiate fino a mostrare la carne viva. «Nessuno sta cercando di sostituire tuo padre.»

«Mamma!» Kim buttò la testa all'indietro per la frustrazione. «Perché non mi ascolti? Te l'ho detto un milione di volte: non ha niente a che fare con papà.»

«Nessuno potrebbe farlo. Era un uomo in gamba» continuò Olive. «La nostra famiglia è diversa ora, e Jamie non sta cercando di prendere il posto di nessuno.»

«Non me ne frega niente! Non mi interessa chi ti scopi, mamma. Puoi andare a letto con tutti gli uomini del Nord-Est se ti va, per quanto mi riguarda. Ma *lui*», puntò il dito verso la casa e abbassò la voce in un bisbiglio pressante, «è uno psicopatico, cazzo.»

«Frena la lingua» sibilò Olive. Gli occhi di Kim erano spalancati e sinceri mentre si aggrappava al braccio della madre. Olive si sentì impotente. Sapeva che la figlia credeva veramente a quello che diceva, aveva letto il suo diario. Era consapevole di aver tradito la sua fiducia, una cosa terribile che si era ripromessa di non fare mai, ma avere una figlia adolescente era difficilissimo e spaventoso. Cercava un segno, una confessione che le confermasse che Kim si comportava così apposta. Voleva leggere nella sua calligrafia frasi di odio cieco per il nuovo amore della madre, ma non aveva trovato niente del genere. Aveva trovato un *registro* di tutte le volte che Kim lo aveva visto, i giorni in cui era convinta che l'avesse seguita o che era saltato fuori in un posto inaspettato. Olive non aveva rivelato a Jamie del diario perché gli avrebbe spezzato il cuore. Lui voleva davvero bene a Kim. Era solo preoccupato per sua figlia tanto quanto lo era lei, se non di più. Capiva come si sentiva Kim, aveva detto. Una notte in cui si erano ubriacati di vino in giardino, aveva raccontato a Olive della sua infanzia. Era stato cresciuto da una zia crudele. Sua madre era un'adolescente morta di parto e nessuno sapeva chi fosse suo padre. A sedici anni, si era lasciato la zia alle spalle ed era scappato per andare a vivere con il nonno che non aveva mai conosciuto. Olive desiderava tanto che Kim parlasse con lui, avevano molto in comune. Le sarebbe piaciuto che anche la figlia vedesse quella scintilla che vedeva lei, quel fascino che Jamie emanava quasi distrattamente.

Kim le appoggiò la fronte sulle ginocchia. Era magra come uno stecchino in quel periodo. Era sempre stata una bambina cicciotta, e anche da adolescente era rimasta un po' sovrappeso. I geni di Alonso, pensava sempre Olive quando la guardava. Lei al contrario era tutta pelle e ossa e non riusciva a mettere su chili nemmeno volendolo. Più invecchiava e più notava le ossa che sporgevano sui polsi e sui fianchi, le spigolosità della clavicola e le costole affilate. Si sentiva fragile e delicata, più scheletro che donna. Invidiava le curve morbide della figlia e la sua pelle fresca, ma negli ultimi mesi Kim era dimagrita rapidamente. All'inizio tutti le facevano i complimenti e la ragazzina li ringraziava un po' a disagio, come fanno le donne quando qualcuno fa commenti del genere. La settimana prima, l'impiegata dell'ufficio postale aveva detto a Kim che sembrava *il ritratto della salute*. Olive pensava il contrario. Tutto in sua figlia si era offuscato; era magra e silenziosa, nervosa ed emotiva. Scoppiava a piangere per qualsiasi cosa. Il suo corpo era appassito, e anche lei.

Olive sapeva che era partito tutto da Alonso. Era stata Kim a trovarlo che penzolava dalle travi del soffitto una sera, nel bel mezzo dello sciopero dei minatori, quando ormai ogni cosa sembrava senza speranza. Kim aveva tredici anni. All'inizio non sembrava troppo sconvolta. Era stata lei a tenere in piedi tutto. Aveva organizzato il funerale quasi completamente da sola, mentre Olive crollava a pezzi. Non avevano abbastanza soldi per una veglia, ma tanto non c'erano chissà quali parenti da invitare e, per quanto riguardava gli amici, erano settimane che Alonso sfondava i picchetti, quindi anche quelli erano ben pochi.

Kim aveva accusato il colpo benissimo, tutto sommato. Dopo lo shock iniziale, era rimasta calma ed equilibrata. Aveva continuato a studiare e quasi non sembrava piangere il padre. All'epoca, Olive aveva temuto che fosse una fase di negazione e che sarebbe andata in crisi nel momento in cui, prima o poi, avesse fatto breccia la consapevolezza. Ma quando le aveva presentato Jamie, era già molto tempo che aveva smesso di preoccuparsi che la figlia crollasse all'improvviso. La prima volta che l'aveva incontrato, Kim era serena, sembrava addirittura felice per la madre. La discesa verso la pazzia era stata lenta e strisciante. In principio era stato difficile rendersene conto. Semplicemente aveva iniziato a evitare Jamie, a essere silenziosa in sua presenza, a buttare lì che se lo ritrovava intorno spesso o a lamentarsi che trascorreva troppo tempo a casa loro. Durante l'estate, era entrata in una vera e propria paranoia, convinta che Jamie la perseguitasse, e lei e Olive finivano regolarmente a urlarsi contro, con Kim che ripeteva alla madre che Jamie era uno psicopatico e che stava usando Olive per arrivare a lei.

«Kim, guardami» disse Olive prendendo la figlia per le spalle. «Devi smetterla. Jamie non ha nessun interesse malsano nei tuoi confronti.»

«Sì invece, mamma» rispose Kim asciugandosi le lacrime e spargendosi il mascara per tutta la faccia. «Ovunque vada, lui è lì. Dappertutto. Mi sta addosso, mi fissa...»

«Kim...»

«E tu continui a permettergli di venire qui da noi e non mi stai a sentire, mamma. Nemmeno quegli stronzi della polizia mi danno retta...» Continuava a piangere. C'era una strana urgenza nella sua voce e il respiro si era fatto irregolare.

«Ragazze, va tutto bene?» Jamie era sulla porta con due bicchieri di vino.

«Ci serve solo un momento» rispose Olive.

Jamie attraversò il giardino, raggiunse Olive e le allungò un calice mettendole una mano sulla spalla. «Kim, io e tua madre siamo preoccupati per la tua salute.»

Kim si mise a tormentare un filo allentato delle calze senza alzare lo sguardo.

«Pensiamo che tu abbia bisogno d'aiuto» continuò Jamie dopo un sorso di merlot scadente. «Un aiuto vero. Lo sappiamo che non è colpa tua.»

«No» ribatté lei a bassa voce. Lo fissò per un istante, dura e furiosa. «È colpa tua. Te la rigiri come vuoi, vero?»

Lui sorrise e si chinò alla sua altezza. «So che sei ferita, Kim. Ci sono passato anch'io, credimi. Io non ho nemmeno un genitore. Tu hai una mamma fantastica che non si fermerà davanti a nulla pur di farti stare meglio. E hai me. Nonostante tutto quello che pensi, sono qui per te. Ti vogliamo entrambi molto bene.»

Olive strinse un ginocchio alla figlia guardando Jamie. Era molto maturo per la sua età. Ammirava il grande sforzo che faceva per ricucire la relazione con sua figlia, e osservarlo parlare con una tale pazienza le provocò un'improvvisa ondata di attrazione. Kim serrò le mascelle, rifiutandosi di incrociare il suo sguardo.

«E quindi abbiamo deciso...» proseguì lui, ma la ragazza lo interruppe.

«Hai solo sei anni più di me.»

«E quindi io e tua madre abbiamo deciso che hai bisogno di un aiuto serio.»

Olive fece un respiro così profondo da sentire male ai polmoni, lo trattenne per qualche secondo, aspettando l'esplosione. Era vagamente risentita che Jamie si fosse preso la libertà di comunicarlo lui a Kim, ma d'altra parte era proprio lui che stava sopportando il peso maggiore di quella situazione. Un paio di settimane prima, Kim era andata alla stazione di polizia invece che a scuola. Aveva raccontato a un agente che Jamie continuava a seguirla e che aveva paura che le facesse del male. L'agente, Paul Fletcher, frequentava la stessa chiesa di Olive e Jamie. Dopo aver prestato ascolto alle sue ansie, aveva accompagnato Kim alla biblioteca in cui lavorava Olive. Olive aveva fatto sedere la figlia in ufficio con una tazza di tè e aveva spiegato a Paul cosa stava succedendo. L'agente aveva annuito con aria cordiale, aveva immaginato che probabilmente Kim si stava inventando tutto per mettere nei guai il nuovo fidanzato della madre. *Un gioco pericoloso*, aveva detto, *potrebbe rovinargli la vita*. Olive l'aveva ringraziato con un sorriso. Sapeva che Kim non stava mentendo, non di proposito almeno. Erano allucinazioni, doveva essere caduta in un assurdo stato mentale che le rendeva impossibile distinguere cosa era reale e cosa no. Era un comportamento così estraneo a sua figlia che, se le sue accuse fossero state rivolte a una persona diversa da Jamie, Olive le avrebbe creduto. C'erano stati dei momenti in cui Kim era talmente sicura che l'aveva quasi convinta, anche se aveva davvero preso in considerazione l'ipotesi che Jamie non fosse chi lei credeva che fosse solo per un secondo. Poi si era scrollata di dosso quella sensazione, certa di non poter assecondare le false fantasie di sua figlia se voleva che tornasse a stare bene.

Le nuvole si spostarono coprendo il tardo sole pomeridiano e il giardino si raffreddò improvvisamente. Kim teneva gli occhi fissi sui piedi senza aprire bocca.

«Queste allucinazioni, queste visioni che hai, Kim, tesoro» disse Olive, «sono parecchio pericolose, sai? Jamie potrebbe finire in prigione se qualcuno ti prendesse sul serio. Potrebbero rovinargli la vita.»

«Probabilmente non dovrai restarci a lungo, Kimmy,

hai solo bisogno di una pausa. Trovare il modo di riconoscere di nuovo la realtà» si inserì Jamie facendole una carezza sul braccio.

Kim si tirò indietro. «Cosa stai dicendo?» chiese aggrottando la fronte e rivolgendosi a Olive. «Di cosa sta parlando? Io non vado da nessuna parte.»

Olive giunse le mani. «Abbiamo pensato che potresti andare da qualche parte per riprenderti, Kim. Non c'è niente di cui vergognarsi.»

«Riprendermi da cosa?»

«Dalla tua malattia, tesoro. La paranoia, le allucinazioni...»

Kim si ficcò le dita fra i capelli aggrovigliati e iniziò a strattonarli con un gemito di frustrazione. Jamie fece un passo indietro e Olive le afferrò i polsi. Kim era esausta, mezzelune grigie stampate sotto gli occhi.

«Sei tu che hai bisogno di farti controllare la testa, mamma. Credi a lui invece che a me. Cosa deve succedere perché tu ti accorga che non sto mentendo?»

Calde lacrime scesero lungo le guance di Olive. «Lo so che non stai mentendo, tesoro. Ma quello che vedi e provi non è reale. Jamie non ti segue ovunque. Non entra in camera tua di notte. Non ti minaccia. È il tuo cervello che ti sta facendo credere queste cose. Non puoi fidarti dei tuoi sensi in questo momento, Kim.»

La ragazza contrasse il viso per la tristezza e la confusione, chinò la faccia sulle ginocchia, in lacrime. Jamie rientrò in casa in silenzio, lasciando Olive a cullare la figlia tra le sue braccia. Quando si calmò, la madre l'accompagnò di sopra e si misero a letto insieme. Le accarezzò i capelli finché non si fu addormentata e poi uscì furtivamente dalla stanza, lasciando la porta socchiusa.

Jamie era seduto in poltrona a leggere il *News of the World*. Aveva acceso il camino e si era versato un altro bicchiere di vino. La cena intatta era ancora in tavola, verdure colorate ammucchiate in zuppiere e vassoi spaiati. Di solito Olive riempiva i piatti direttamente dalle pentole, ma Jamie aveva insistito per fare come nei film americani. Più cose da lavare, aveva pensato lei, ma c'era qualcosa in quella scena che la faceva sorridere, qualcosa che c'entrava con il desiderio ostinato di Jamie di voler copiare l'immagine della famiglia felice sulle scatole dei cereali. Avrebbe aspettato che se ne andasse per sistemare.

Jamie non alzò lo sguardo al suo ingresso, ma quando si sedette sul bracciolo della poltrona mise da parte il giornale e se la tirò in grembo. Stettero in silenzio per un po', lei appoggiata alla spalla di lui, il suo braccio intorno alla vita. Olive era esausta. La testa di Jamie era inclinata all'indietro contro la poltrona e lei si perse nella linea dei suoi occhi, nella peluria di seta dei lobi delle orecchie. Aveva le ciglia straordinariamente lunghe e scure, il genere di ciglia che la gente ritiene sprecate in un uomo. Olive non pensava che fossero sprecate. Al loro primo incontro, ci si era sentita intrappolata come in una ragnatela, sull'orlo di uno sguardo talmente intenso che sembrava impossibile non innamorarsi di lui.

L'aveva visto per la prima volta in chiesa. Jamie era seduto da solo, cantava a bassa voce, e appena era finita la messa se n'era andato senza scambiare una parola con nessuno, eccetto il pastore. La congregazione era composta perlopiù da ultrasessantenni, e vedendo quel giovane Olive si era incuriosita. Alla sua domanda, il pastore le aveva detto che si era trasferito in zona da poco, per lavoro. Il nonno era anche lui un pastore, ma esercitava dall'altra parte della città, lo aveva conosciuto. *Un po' fissato sull'inferno e la dannazione eterna*, aveva detto, *ma in realtà un tipo a posto. Jamie è un bravo ragazzo.*

Ogni settimana Jamie si presentava alla funzione e se ne andava sempre prima che Olive avesse occasione di invitarlo a bere un caffè. Non era mai stata il tipo di donna che faceva amicizia con le persone sole o che si prendeva a cuore i meno fortunati, ma da quando era morto suo marito qualcosa in lei era cambiato. Durante gli oltre vent'anni di matrimonio, aveva smesso di frequentare la chiesa perché Alonso era ateo, e quando si erano sposati – ed erano molto giovani – si era allontanata dalla fede. Non le era mancata particolarmente: il matrimonio era pieno di amore e della gioia di crescere Kim. Per vent'anni avevano riso insieme e pianto insieme e alla sua vita non serviva altro. Dopo la morte di Alonso, si era ritrovata di nuovo sola e aveva riscoperto un luogo di se stessa che aveva dimenticato, ritornando a Dio. Si era accorta di essersi ammorbidita rispetto ai suoi anni di chiesa in gioventù e presto si era sentita attratta da quel ragazzo solitario che continuava a sfuggirle.

Quando Jamie frequentava la chiesa ormai da un paio di mesi, un sabato pomeriggio Olive e Kim erano andate a mangiare in un locale sul lungomare. Era il giorno del compleanno di Alonso, e avevano entrambe bisogno di uscire di casa e spezzare la loro routine serale di compiti-cena-tv-bagno-letto. Erano sedute a un tavolino di metallo sul marciapiede, ciascuna con una pila di patatine fritte, lucide di grasso, su una pagina di giornale stropicciata. Olive osservava la gente che faceva i picnic sulle scogliere, i cani a passeggio e i bambini che sguazzavano con i piedi a mollo sulla spiaggia parecchio più sotto. Ogni tanto Kim lanciava una patatina per tenere lontani i gabbiani. Attraverso il vetro imbrattato di impronte, Olive notò Jamie alzarsi da un tavolo all'interno, e quando uscì colse l'occasione per presentarsi e presentare Kim e dirgli che l'aveva visto in chiesa. Lui annuì educatamente e strinse loro la mano. Sfiorò con le labbra il dorso di quella di Kim, che fece una smorfia e se la pulì sui jeans appena lui se ne andò. La domenica successiva, Jamie si sedette di fianco a

Olive, e dopo la funzione accettò l'invito di andare a prendere un caffè da loro.

Arrivati a casa di Olive, Jamie fece un fischio mentre guardava la villa a schiera con tanto d'occhi e lei apriva la porta. Lei rise, gli disse che l'aveva ereditata e che riusciva a stento a permettersi di riscaldarla, ma non avrebbe potuto sopportare di venderla. Quando entrarono, Kim era spaparanzata a testa in giù sul divano a guardare la televisione in body e scaldamuscoli gialli fluorescenti con fascia coordinata. La coda di cavallo fulva sfiorava il pavimento. Teneva in mano una mezza ciambella e stava guardando un'americana flessuosa con un outfit simile al suo guidare un gruppo di donne in un esercizio che consisteva principalmente nel roteare i fianchi a ritmo di musica. Non li aveva sentiti arrivare.

Jamie disse qualcosa tipo *be', penso che dovresti fare gli esercizi insieme a lei*, e Kim si prese uno spavento tale da finire giù dal divano facendo cadere la ciambella. Arrossì e scappò in cucina, Olive e Jamie risero. *Diventerà una rubacuori*, disse Jamie, e poi chiese quanti anni avesse. *Sweet sixteen*, gli rispose Olive, *e non ha ancora nessun interesse per i ragazzi.*

«Hai mai pensato di innamorarti di Kim invece che di me?» gli chiese Olive con la testa ancora sulla sua spalla. Sentì il rimbombo della risata scuotergli il petto.

«Lo sai che mi piacciono le donne più grandi» rispose Jamie. «Complesso di Edipo eccetera.»

Olive gli diede un bacio sulla guancia e lui girò il viso per baciarla sulla bocca. Le morsicò dolcemente il labbro e la strinse a sé con il braccio che le teneva intorno alla vita. L'odore di vino del suo alito si mescolava al profumo del dopobarba. Mentre lui le abbassava la cerniera del vestito, Olive lo inspirò a fondo. Sentì una tensione all'inguine, un bisogno di spingersi più vicina a lui. Riusciva a percepire quanto era duro attraverso i pantaloni. Lui fece scorrere le dita lungo la coscia fin sotto il vestito. Lei si lasciò sfuggire un gemito e iniziò a sbottonargli la camicia.

Olive scivolò in un sonno leggero e soddisfatto, e al suo risveglio il cielo era scuro e la pioggia picchiettava sulle finestre. Quando si accorse di essere sola, una tristezza sgradevole si impadronì di lei. I vestiti e le scarpe di Jamie erano spariti. Non era la prima volta che se ne andava mentre lei dormiva, senza salutarla. Non voleva svegliarla, diceva, ma faceva male comunque. Prima, si era sentita come dentro un film, a fare l'amore sul tappeto di fronte al caminetto acceso. Quando si era svegliata, si era sentita stupida, distesa nuda sul pavimento da sola e infreddolita, davanti alle braci.

Mentre si costringeva ad alzarsi, si immaginò come doveva essere il suo corpo agli occhi di Jamie, così più vecchio del suo. Lui era molto giovane. Troppo giovane per lei in verità, nonostante quello che diceva a se stessa. Era solo un appagamento temporaneo. Non l'avrebbe trattenuto, anche se la sommergeva di promesse di matrimonio e di eternità ogni volta che lei si mostrava incerta riguardo alla loro storia. La sua eternità era più breve di quella di Jamie. Vent'anni più corta. Lui meritava di più, e lei lo avrebbe lasciato libero. E se Kim avesse trovato pace nella sua assenza, anche questo sarebbe stato un bene.

Erano le dieci passate, e Olive non vedeva l'ora di infilarsi tra le coperte e lasciarsi quella giornata alle spalle. I piatti con il cibo intatto erano ancora in tavola. Si immaginò le possibilità che quella cena avrebbe potuto portare, loro tre seduti insieme a passarsi la zuppiera di piselli, le risate quando Kim avrebbe fatto cadere il cucchiaio spargendoli su tutta la tovaglia. Magari avrebbe potuto esserci un altro figlio, un giorno. Adottato, ovviamente. Un maschio. Kim gli avrebbe fatto il solletico mentre aspettavano l'arrosto e Olive gli avrebbe detto di darsi una calmata mentre Jamie rideva. Il bambino sarebbe diventato un adolescente, e a quel punto Kim avrebbe avuto un fidanzato da portare alle cene della domenica, un medico conosciuto all'università che avrebbe battibeccato con Jamie di politica mentre mangiavano il purè di patate. Kim si sarebbe sposata con il suo innamorato abbastanza giovane, un matrimonio bellissimo, e avrebbero continuato a mangiare insieme, tutte le settimane. Una domenica avrebbe annunciato di aspettare un bambino e a lei sarebbe caduta di mano la salsiera. Ogni anno la tavolata sarebbe cresciuta di amore in amore, arrivando a contare innumerevoli nipoti e pronipoti fino a riempire tutta la stanza. E guardando il proprio riflesso nella finestra della cucina mentre preparava il caffè Olive si sarebbe resa conto che in qualche modo, lungo la strada, era diventata vecchia. Avrebbe portato il caffè nella sala da pranzo con delle fette di torta e avrebbe visto Jamie a capotavola, dove una volta sedeva Alonso, che sorrideva raggiante alla famiglia numerosa intorno a lui, ancora ventiduenne. Jamie avrebbe intrecciato le dita alle sue dicendole che l'amava. Ma la cena non era stata mangiata, Kim era arrabbiata e Olive avrebbe lasciato andare Jamie. Quella sera le scale sembravano una montagna.

Olive aprì il cassetto dei pigiami per trovarlo quasi vuoto; non faceva lavatrici da giorni. Ne era rimasto solo uno appallottolato in fondo, quasi dimenticato. Lo prese con un sorriso. Glielo aveva regalato Alonso per scherzo il giorno del loro anniversario, anni prima, ma lei lo aveva adorato. Lo aveva comprato nel reparto ragazzi: era in cotone spazzolato con una stampa di Braccio di ferro e Olivia circondati da piccole ancore. Ci scherzavano sempre, ai vecchi tempi. Lui era Braccio di ferro, grande e forte, anche se non era mai salito su una barca in vita sua, e lei era la sua Olivia. Indossò il pigiama e si infilò a letto. Erano stati anni belli con Alonso, fino alla fine. Un amore solido e costante, il genere di amore che fa pensare alle persone che l'anima gemella esiste davvero. Con Jamie era diverso, era tutto nuovo ed eccitante, ma per ogni cucchiaino di amore per lui provava un cucchiaio di senso di colpa. Colpa per la memoria di Alonso. Colpa per la giovinezza di Jamie che in qualche modo stava rubando, come se l'avesse convinto ad amarla con l'inganno. Colpa per l'effetto che la loro relazione aveva su Kim, e per il fatto che continuava a vederlo comunque.

Proprio quando stava per addormentarsi, si rese conto che non aveva dato un'occhiata a Kim prima di andare a letto. Da quando la figlia era entrata in crisi, era diventata un'abitudine. Scivolò fuori dalle lenzuola calde e attraversò la casa in punta di piedi per non svegliarla con i cigolii del pavimento. La porta della camera da letto era socchiusa, esattamente come l'aveva lasciata, e Olive l'aprì quel tanto che bastava per infilarci la testa e scorgere la sagoma di Kim sotto le coperte. Con il buio delle tende tirate, non riuscì a vederla, così entrò con cautela. La paura le risalì dalle dita su per le braccia quando si avvicinò al letto e si accorse che era vuoto. Non l'aveva sentita andare in bagno, ma volle controllare ugualmente, e dopo aver visto che non era nemmeno lì controllò tutte le stanze vuote, e poi il piano terra e il giardino, ma Kim non era da nessuna parte. I suoi stivali non erano più al solito posto di fianco al portone e Olive lo spalancò. La pioggia si era infittita e il rombo di un tuono attraversò le nuvole.

Per prima cosa telefonò a casa di Jamie, ma lui non rispose; allora chiamò la polizia.

«Stazione di polizia di Tynemouth, parla l'agente Fletcher.»

«Paul, sono Olive» disse con il fiato corto. «Kim è sparita.»

«Sparita?»

«Non riesco a trovarla. Non è in casa.»

«Be', è un'adolescente, Olive, magari se l'è svignata per andare a bere con gli amici o...»

«Non sta bene. Aiutami a trovarla. Per favore.»

«Hai provato a chiamare a casa dei suoi amici? È la cosa più probabile, cara.»

«Non ha... Non ha dei veri amici...»

«E un ragazzo?»

«Aiutami a cercarla, per favore.»

«Olive, cara, calmati. Tutti gli adolescenti escono di nascosto. Prova a sentire i suoi amici, e se nemmeno loro sanno dov'è e non la trovi, richiamami.»

Olive buttò giù la cornetta per la frustrazione e corse all'ingresso. Si infilò al volo le scarpe e un impermeabile. La pioggia cadeva a catinelle e non si vedeva a due metri di distanza. Si allacciò la giacca e tirò su il cappuccio, ma in pochi secondi i pantaloni del pigiama s'infradiciarono e le scarpe si riempirono d'acqua.

«Kim?» urlò nell'oscurità arrancando fino alla strada, e strizzò gli occhi in cerca di una sagoma che si muovesse nel buio. Jamie doveva essere a letto, aveva pensato, altrimenti perché non avrebbe risposto? Nonostante la preoccupazione, provò una fitta di gelosia. Forse era con un'altra. La gelosia tornò a riempirla, più forte. Forse era con Kim. Forse Kim stava così male perché anche lei era innamorata di lui. Forse si stava inventando quelle storie su di lui così Olive se ne sarebbe sbarazzata e lei avrebbe potuto averlo per sé.

«Kim?» gridò di nuovo sbirciando in un vicolo alla fine della strada. C'era qualcosa di grosso lì in fondo, del movimento, ne era sicura. Olive si infilò nel vicolo con la testa piena di immagini di Kim e Jamie che amoreggiavano contro un muro, zuppi di pioggia, pronti a ridere di lei.

Erano solo due bidoni dell'immondizia. Mentre si avvicinava, ne corse fuori un gatto. Olive fece un salto portandosi la mano al petto. Si coprì il viso con le mani. Era ridicola. Ma certo che non erano insieme. Lui non le avrebbe fatto una cosa simile, e Kim odiava Jamie. Raddrizzò le spalle e uscì dal vicolo proprio mentre un primo fulmine illuminava la strada. Non c'era nessuno.

Il posto preferito di Kim era sopra la scogliera, dove avevano sparso le ceneri di Alonso. Lui aveva sempre amato quel luogo. Dalla morte del padre, Kim era andata lassù quasi tutti i giorni per pensare e guardare il mare. Ma non poteva essere là adesso, mentre infuriava la tempesta, no? Olive si immaginò Kim intrappolata sulle rocce, troppo spaventata per mettersi in piedi con quel vento. Le tornarono in mente tutte le volte in cui l'aveva sgridata per essersi avvicinata al bordo quando era piccola, ma sua figlia sembrava non avere paura dello strapiombo, sulla spiaggia rocciosa. Appena l'idea mise radici, seppe che doveva controllare. Un altro fulmine rischiarò il monastero in rovina. Gridò ancora il nome di Kim, ma le parole le vennero strappate di bocca da una raffica e andarono disperse. Olive raggiunse incespicando la sommità della collina, e per un istante un fulmine a zigzag illuminò il mare, terribilmente vicino, e la cima della scogliera. La scena le si impresse nella retina come una fotografia. Due figure sul bordo roccioso. Un uomo e una ragazza. Sollievo e paura attraversarono Olive mentre calciava via le scarpe scivolose e iniziava a correre verso di loro. Fulmine. In quel momento vide quanto erano vicini allo strapiombo. Non si era mai accorta che la scogliera fosse così estesa. Era come se non si avvicinasse mai. Fulmine, questa volta aveva colpito il monastero. Le figure si erano unite, si muovevano, lottavano. Appassionate. Olive scivolò nell'erba e cadde di faccia. Le si mozzò il respiro nei polmoni. Un grido catturato dal vento la raggiunse. Fulmine. La ragazza non c'era più, e l'uomo era in piedi sul limite della scogliera, le braccia allungate davanti a lui. Buio.

Più tardi, quando gli agenti erano andati via e Jamie non aveva ancora finito l'interrogatorio, Olive riattizzò il fuoco. Mentre i primi bagliori di luce grigia si infilavano fra il mare agitato e il pesante cielo senza stelle, baciò il diario della figlia e lo lanciò tra le fiamme.

40

Nova
12 gennaio 2000

Nova si sfrega le mani. In auto si gela, ma non accende il riscaldamento per ascoltare meglio la conversazione che si sta svolgendo in casa di Olive. Dopo aver parlato al telefono con Kaysha, è andata direttamente lì: le aveva sentito sussurrare il nome di Olive e aveva capito che se erano insieme significava che stava succedendo qualcosa di importante. Non si ricorda di aver guidato, ma adesso è fuori dalla villetta. Sintonizza l'autoradio sulla frequenza giusta e si mette in ascolto.

All'inizio è difficile distinguere le voci, ma riesce a seguire la conversazione e quando smettono di parlare le osserva andare via una alla volta, coperte dai cappucci, guardandosi intorno per assicurarsi di non essere viste. Nova sprofonda nel sedile, nascosta fra le ombre. Nessuna di loro la nota. Kaysha è l'ultima ad andarsene e nemmeno lei scorge la sua auto parcheggiata sul lato opposto della strada. Quando anche la macchina di Kaysha si allontana, Nova avverte un grande senso di debolezza e resta seduta, tentando di rielaborare ciò che ha sentito. Non le viene nemmeno in mente di spegnere la radio, il rumore di fondo è quasi confortante, e non si accorge di non aver udito i passi di Kaysha sul terreno bagnato verso l'auto, il motore accendersi, il suo respiro. Sa che sta andando a scrivere la lettera che annuncia il suicidio di Sarah, e non ha ancora deciso se vuole fermarla.

Proprio quando sta per mettere in moto, sente una voce. Ci impiega un secondo a capire cosa sta succedendo, pensa che Kaysha sia tornata indietro o che la radio possa captare un segnale molto lontano, poi però si rende conto che Kaysha non indossava la giacca quando è uscita. Forse c'è ancora qualcuno con Olive, ma a mano a mano che ascolta capisce che c'è solo una voce, una metà di conversazione, e si ricorda del borbottio di Olive al funerale. Si sporge verso la radio e la ascolta raccontare che cosa ha fatto la vigilia di Capodanno.

41
Olive
31 dicembre 1999

Olive Farrugia non era il tipo di donna che si poteva coinvolgere facilmente in teorie complottistiche. Non credeva ai rapimenti alieni, non si era lasciata convincere da chi diceva che l'atterraggio sulla luna fosse una bufala ed era assolutamente certa che la regina non avesse ordinato di uccidere nessuno. Era il genere di donna che viveva la sua vita perseguendo ciò di cui poteva essere sicura, di cui si poteva fidare, e l'unico di cui si poteva fidare, a parte se stessa, era Dio. Era certa della Sua esistenza, perché aveva sentito la Sua presenza nella propria vita, aveva percepito il tormento della Sua punizione quando si era allontanata dalla retta via e il calore della Sua grazia quando si era riaffidata a Lui. Era sicura che, se fosse stata buona, dopo la morte si sarebbe riunita con la figlia, e forse con suo marito. Forse in paradiso avrebbe ritrovato l'altro grande amore della sua vita, ma sapeva che lei ci sarebbe andata ben prima di lui. Però era sicura che prima o poi lui sarebbe arrivato.

Sull'autobus iniziò ad avere un po' di nausea. Fece scivolare la mano nella borsetta per sfiorare le cose che aveva portato con sé. Le toccò una dopo l'altra: il cellulare, le chiavi di casa, le chiavi del lavoro, un pacchetto di mentine, il vetro freddo della bottiglia di profumo. Poi aprì la cerniera di una tasca interna e ci guardò dentro. C'era una busta di cartone che conteneva una sim prepagata nuova di zecca che aveva comprato al supermercato un paio di giorni prima, con dieci sterline di credito. Una volta detto a Jamie quello che doveva dirgli, aveva intenzione di ricominciare da capo e andare avanti. Non voleva che nessuna del gruppo fosse in grado di contattarla. Aveva preso in considerazione anche l'idea di trasferirsi, di cambiare città persino, mettere radici in un posto nuovo.

Oltre alla sim, nella tasca c'erano tre pezzi di carta. Sul primo c'era scritto l'indirizzo di Jamie, che aveva recuperato al lavoro dal database delle biblioteche del North Tyneside, perché sua moglie era iscritta in una delle sedi. Il secondo era una pagina strappata da uno stradario locale, con la casa di Jamie cerchiata con una penna rossa, e il terzo era una lista di numeri di telefono che aveva rubato dalla tasca della giacca di Kaysha due settimane prima, quando loro erano state le prime a presentarsi nella stanza dell'hotel e Kaysha era andata in bagno, lasciando la giacca su una sedia.

Per tutti questi anni aveva vissuto sempre dall'altra parte della città, eppure non le era mai capitato di incontrarlo. In realtà era contenta di non averlo saputo prima. Sarebbe stata tentata di andarlo a trovare di tanto in tanto, probabilmente, giusto il tempo di un'occhiata, non si sarebbe fatta vedere. I ricordi che conservava di lui erano bellissimi e illusori al tempo stesso. Quel giorno sarebbe stato una tortura, ma ne sarebbe valsa la pena. Gli avrebbe salvato la vita. Sorrise.

L'autobus procedeva a zigzag per la città che Olive era solita evitare, se poteva. La gente diceva che era la più bella del paese, riferendosi all'architettura o qualcosa del genere, ma a lei non interessavano i grandi centri urbani. La folla le dava sui nervi e i palazzi alti la facevano sentire minuscola. Ogni tanto, anche la cittadina in cui abitava era troppo affollata per i suoi gusti, soprattutto durante l'estate, quando le persone si accalcavano nel tratto di spiaggia di fronte a casa sua, in genere deserto. Gli strilli dei bambini e le chiacchiere vuote delle donne in bikini la irritavano a tal punto che chiudeva le finestre e accendeva il televisore, anche se con il caldo di agosto la casa diventava terribilmente soffocante. L'autobus avanzò lento lungo uno dei ponti, e finalmente i profili dei palazzi sparirono all'orizzonte per lasciare il posto a fattorie, villette isolate e file di casette di minatori, separate le une dalle altre da ampie distese di prati.

«La sua fermata, signora» le annunciò l'autista accostando di fronte a una strada senza uscita. Scendendo, Olive lo ringraziò e poi rimase sul ciglio mentre l'autobus ripartiva. Davanti a lei si stendeva un campo con dei cavalli oltre il quale iniziava un bosco. Tirò fuori dalla tasca la cartina su cui si era segnata il percorso, l'aprì e si incamminò lungo la strada, per poi inoltrarsi tra gli alberi.

La casa era annidata fra le conifere e molto isolata, e Olive rimase al riparo dell'ombra delle piante a studiare la situazione per vedere se lì intorno c'era qualcuno. Dopo un po', la porta del garage si aprì ed eccolo lì, appoggiato a braccia incrociate a una Mini rossa puntellata su alcuni mattoni. Trascorso un minuto, la moglie lo raggiunse. Indossava un cappotto e aveva la bambina in braccio, anche lei ben coperta. Allungò un drink a Jamie. Lui lo buttò giù in un colpo solo e poi posò il bicchiere su una mensola. Si avvicinò alla moglie come per abbracciarla, ma invece le infilò le mani nelle tasche della giacca, rivoltandole, poi la perquisì e fece lo stesso con la bambina. Olive si chiese cosa stesse controllando. Forse sapeva già che la moglie aveva qualcosa in mente e che non poteva fidarsi di lei.

Alla fine sembrò soddisfatto, annuì e Sadia e la figlia

uscirono dal garage e attraversarono la strada verso il bosco. Passarono a pochi metri da Olive, e lei fu certa che la bambina l'avesse guardata per un secondo, ma non disse niente e scomparvero in fretta tra gli alberi.

Olive interpretò quella fortunata uscita della moglie come un segno divino. Ora era sicura che stava facendo la cosa giusta. Era la sua occasione – le servivano solo pochi minuti – e si appoggiò a un tronco con una mano perché le era venuto un capogiro all'idea che si sarebbe trovata di nuovo vicino a lui, avrebbe sentito il profumo del suo dopobarba, magari gli avrebbe anche sfiorato il petto.

Jamie non la vide avvicinarsi e non sentì nemmeno i suoi passi, perché aveva acceso la radio. Aveva la testa nel cofano della macchina e stava armeggiando con qualcosa. Percepì la sua presenza soltanto quando lei era ormai a pochi centimetri, e si voltò. Nel vederlo così da vicino, Olive si lasciò sommergere da lui. Era ancora bellissimo, anche se più vecchio, pieno e virile nei posti dove prima era giovane e magro. Portava i capelli più corti di quando l'aveva conosciuto, e la pelle era chiara, come se passasse meno tempo al sole. Aveva pieghe agli angoli degli occhi e il viso che lei ricordava liscio adesso era solcato da rughe. E aveva la barba, corta ma folta, più scura dei capelli. Quando stavano insieme, gli bastava radersi una volta ogni tanto. Era invecchiato come il whisky, pensò. Avrebbe voluto berlo.

Quando aprì bocca, la sua voce la fece rabbrividire. Le ricordò il passato, come si sentiva quando lui pronunciava il suo nome, tanti anni prima, e arrossì.

«Olive?» chiese lui con una mano sul petto. Lo aveva spaventato.

«Ciao» rispose lei con un sorriso allungandosi verso la sua mano.

Lui gliela lasciò prendere con aria confusa. «Cosa ci fai...»

«Cosa ci faccio qui?» Gli strinse le dita tra le proprie. Lo guardò negli occhi d'argento vivo e abbassò la voce fino a farla diventare un sussurro. «C'è qualcun altro?»

«Eh, no... Mia moglie e mia figlia sono andate a fare una passeggiata. Ci sono soltanto io.» Aveva uno sguardo leggermente appannato e si passò le dita fra i capelli. «Vuoi... Vuoi una tazza di qualcosa?»

«Oh, vorrei tanto, ma non posso trattenermi, temo. Sono venuta solo... Be', sono venuta solo per metterti in guardia.»

Jamie corrugò le sopracciglia. «Mettermi in guardia?»

«Oh, Jamie.» Fece un sorrisetto triste e gli baciò il palmo. «Non ne hai idea, vero?»

«Di cosa stai parlando, Olive?» Si appoggiò alla macchina con una mano, tirando via l'altra dalla presa di Olive per strofinarsi gli occhi.

«Jamie, stanno complottando contro di te.»

«Ma di cosa stai parlando?» scattò. «Sputa il rospo.»

Olive vacillò un istante. Jamie non le aveva mai parlato in tono così sprezzante. «Ascoltami, sono tutte... Sono tutte contro di te, tutte quelle donne... Loro...»

«Quali donne?» la interruppe lui. Ora sembrava malfermo sulle gambe. Si guardò intorno, raccolse un'accetta da una pila di legna lì vicino e ci si appoggiò sopra, come se fosse un bastone da passeggio.

«Tutte. Tua moglie, per dirne una. La ragazza incinta. Quella con il tatuaggio, la teppista. Sono tutte donne che conosci e sostengono che gli hai fatto cose bruttissime.»

«Sadia?»

«Sì. Stanno cercando di...»

«E tu? Stai complottando contro di me?»

«No!» esclamò Olive facendo un passo verso di lui per prendergli il viso fra le mani. Non riusciva a credere che un tempo l'aveva amata, era troppo bello. «Non potrei mai. Prego ancora per te ogni giorno. Ogni giorno.»

«Sì, sì, ho capito. Quindi, ripeti, cos'è che stanno complottando?» Si stropicciò il volto.

«Ti senti bene?»

«Sì. Te ne devi andare.»

«Non ho intenzione di farmi vedere da tua moglie. Se scoprono che sono stata qui verranno a cercarmi.»

«Vai avanti. Non mi sento bene.»

«Non hai un bell'aspetto.» Olive si trattenne dal posargli il dorso della mano sulla fronte per controllare se aveva la febbre, come avrebbe fatto con Kim. Si chiese se fosse ubriaco e pregò che, nel caso, riuscisse a ricordarsi cosa gli stava dicendo. «Be', come ti ho appena detto, si incontrano e parlano di te. Accuse odiose. Una di loro dice che l'hai violentata. Tua moglie va in giro a dire che la picchi. E stanno organizzando una specie di vendetta, una punizione, ma non riescono a mettersi d'accordo. Quella con il tatuaggio continua a ripetere che l'unico modo per fermarti è ucciderti. Le altre vogliono andare alla polizia, credo.»

Jamie sghignazzò, perse l'equilibrio e l'accetta gli sfuggì di mano. Olive la raccolse da terra per passargliela, ma lui la allontanò.

«Puoi ridere quanto vuoi, ma temo che se si organizzano e vanno tutte alla polizia con le loro storie assurde potrebbero ascoltarle.»

«Non ho paura» farfugliò lui.

«Io penso che dovresti averne.»

Lui rise di nuovo, e Olive vide che gli mancava un dente in fondo alla bocca.

«Jamie, devi prendere questa cosa sul serio.»

«No, tu devi stare zitta» le disse, un lampo di cattiveria negli occhi. Le si avvicinò e le diede una spinta. «Ricordati cos'è successo all'ultimo maialino che è andato a fare *ue-ue-ue* alla polizia.»

Olive si massaggiò il petto senza parole e lui continuò:

«Ricordati la piccola Kimmy. Quella birichina di Kimmy che non voleva farsi scopare.»

Olive fece un passo indietro, confusa, la presa delle mani che si serrava sul manico di legno dell'accetta. «Jamie, sei ubriaco, non sai cosa stai dicendo.» Era sull'orlo del pianto. «Vuoi che ti accompagni a letto?»

«Anche la piccola Kimmy aveva provato a fare la spia alla polizia, ti ricordi? A dire che la seguivo, che non la lasciavo in pace. *Ue-ue-ue.* Non mi era piaciuto. E così *patapumfete*, e Kimmy è volata giù dalla scogliera.» Sorrise e girò i palmi verso il soffitto. «Ops.»

Olive non aveva deciso di brandire l'accetta, ma la alzò con una forza che non sapeva di possedere e gliela affondò nella gola per diversi centimetri. Il sorriso di Jamie si disfece e il sangue gli zampillò sul petto, più sangue di quanto Olive avrebbe creduto possibile. Mentre crollava a terra, Jamie portò le mani alla lama, con il sangue che gli sgorgava dalla bocca che cercava di parlare, di urlare aiuto, e gli occhi si velarono. Lei gli mise un piede in faccia per estrarre più facilmente l'accetta e sentì il naso rompersi sotto il suo tallone. Con l'accetta di nuovo libera, tirò un secondo fendente e poi ancora e ancora e ancora finché la testa si separò dal corpo e lui non poté parlare più. Olive rimase davanti alle due metà del corpo per un po', con il respiro affannato, osservando la pozza di sangue allargarsi a terra. Poi premette il pulsante sul muro per chiudere la porta del garage e andò a cercare dove Sadia teneva la candeggina.

42
Nova
12 gennaio 2000

Per la seconda volta quella sera, la ghiaia davanti a Heather Hall scricchiola sotto le gomme dell'auto di Nova. Piove a catinelle, la macchina di Kaysha è parcheggiata davanti al portone, che è ancora aperto. Nova fa una corsa per i quattro metri che la separano dall'ingresso e lo raggiunge bagnata fradicia. Chiude la porta, che sbatte, ma con quella pioggia il rumore quasi non si sente.

La casa sembra ancora più opprimente di prima, e si immagina Sarah entrare e uscire dalle stanze. Non crede ai fantasmi, ma l'idea di Sarah viva, sul ponte, piena fino a scoppiare di rabbia e sarcasmo e amore, che in un secondo fende l'acqua e sparisce dall'esistenza con ogni suo ricordo, idea e canzone mezza dimenticata, sembra decisamente irreale. Deve essere da qualche parte, ma Nova spera che non sia lì.

Trova Kaysha al piano di sopra, china su una scrivania a leggere un foglio di carta davanti a una macchina da scrivere. La camera è ordinata, c'è un letto singolo con lenzuola blu scuro, un cassettone con una pila di libri di scuola coperti di ragnatele, un paio di poster di gruppi musicali e alcuni gagliardetti alle pareti, ma dà la sensazione di essere disabitata da molto tempo. Kaysha non si accorge subito di lei. Mentre muove le labbra leggendo tra sé, la luce della lampada fa brillare la sua pelle come bronzo brunito. Nova non riesce a guardarle la bocca senza provare il desiderio di baciarla, anche adesso. Cerca di imprimersi nella memoria ogni pezzetto di lei: la dolcezza dei lineamenti, il modo in cui si dilatano le narici quando è arrabbiata e il sorriso che scopre le punte degli incisivi, la sfida nei suoi occhi che svanisce solo quando sta per addormentarsi. Nova vuole ricordare per sempre come si sente quando Kaysha è nuda sotto di lei, con ogni cicatrice e imperfezione bella in modo impossibile, e come le viene da piangere ogni tanto perché non riesce a immaginare niente di più giusto. Non vuole rompere il silenzio, perché significherebbe la fine di questo momento accecante, la parte dell'eclissi che non puoi guardare perché è troppo luminosa. Kaysha è il sole.

Quando finisce di leggere la lettera, Kaysha alza gli occhi e fa un salto alla vista di Nova sulla porta. «Dio santissimo!» dice, il fiato ancora in gola.

«Mi dispiace tanto.» Nova attraversa la stanza e la stringe a sé.

Kaysha la spinge via scuotendo la testa. «Non posso.» Ha la voce rotta. Fa un respiro profondo e si asciuga gli occhi. «Non posso ancora pensarci.»

«Cosa posso fare?» chiede Nova inginocchiandosi di fianco a lei.

«Niente.» Piega il foglio di carta che ha in mano e Nova si rende conto che è la falsa confessione. Non vuole ammettere davanti a Kaysha di averle messo una cimice, non vuole spezzare lo strano vincolo di fiducia che c'è tra loro, anche se ormai non importa. Si sente in colpa per aver dubitato di lei.

«So chi è stato» dice, alla fine. La lampada ha un guizzo, e la guardano entrambe. Kaysha ha un'espressione indecifrabile, e Nova si accorge che sta trattenendo il respiro, sul punto di dire qualcosa che non potrà ritrattare. «L'ha ucciso Olive.»

Kaysha scoppia a ridere, ma l'ilarità momentanea sparisce in fretta e sul suo viso si alternano confusione, incredulità e comprensione. Nova la osserva soppesare le possibilità e finalmente mettere insieme i pezzi nel modo giusto.

«L'hai arrestata?» le chiede Kaysha con uno sguardo accusatore.

«No.»

«Lo farai?»

Nova fissa il pavimento. Ci sono dei trucioli di matita sotto la scrivania, chissà da quanto tempo sono lì. Non sa cosa fare con Olive. Dovrebbe essere una cosa semplice. Due settimane fa, l'avrebbe arrestata come sospettata di omicidio senza pensarci troppo, ma da allora ha scoperto molte cose: su Jamie Spellman, sulle donne che lo circondavano, su se stessa. Sente che l'hanno smossa, tutte queste cose, come se il suo posto nel mondo si fosse spostato e lei non fosse più dove dovrebbe essere. Forse Olive sarà l'ultima pagliuzza, una decisione impossibile fra ciò che è legale e ciò che è giusto.

«Lo farai?» ripete Kaysha allungando una mano, per poi tirarla indietro. «Sai che cosa le ha fatto lui, vero?»

«Be', l'ho sentita... Ha detto che ha ucciso sua figlia.»

Kaysha annuisce. «Mi sorprende che l'abbia ammesso. Continuava a sostenere che era una brava persona, che non avrebbe mai fatto del male a nessuno.»

«Olive sembra... instabile. Perché tu eri convinta che lui l'avesse fatto, se Olive sosteneva che fosse innocente? Finora, almeno.»

«Perché ho sempre saputo che era un orrendo bastardo» dice Kaysha rabbuiata.

«Ma uccidere una ragazzina...» Nova pensa a tutto quello che è venuta a sapere su Jamie. Aveva fatto del male a molte donne, ma l'omicidio è un'altra cosa. Ha visto Sarah cadere nel vuoto e si è chiesta se lui avesse spinto la figlia di Olive a fare lo stesso, che questo contasse come omicidio oppure no. «Pensi che potrebbe essersi buttata?»

Kaysha incrocia le braccia e fissa il soffitto. «No, non credo. Senti, l'ho sempre tenuto d'occhio. Sapevo che aveva in mente qualcosa, non poteva essere Olive quella a cui era interessato, e la ragazzina, Kim, era decisa a reagire in qualche modo. In seguito, sono venuta a sapere che andava regolarmente alla polizia, diceva che Jamie continuava a seguirla, voleva che qualcuno l'ascoltasse. Lo aveva denunciato anche la mattina in cui è morta. È questo che ci dice che non si era ancora arresa.»

«Cosa vuol dire *l'ho sempre tenuto d'occhio*?»

Kaysha si stringe nelle spalle. «Solo che l'ho sempre tenuto d'occhio.»

«Ma perché? Com'è cominciata, com'è che lo conosci?» Nova si alza in piedi strofinandosi i polpacci infreddoliti e si siede sul letto. Sa bene che è inutile spingere Kaysha a rispondere a una domanda quando non vuole farlo, ma ormai non ha niente da perdere.

«Non ha importanza, Nova. Fidati di me per una volta.»

«Mi fido.» La sua riposta viene accolta con un sorrisetto di scherno. «Cosa ti ha fatto?»

«Sapevo che non era una bella persona, tutto qui.»

«Cosa ti ha fatto, Kaysha?» le chiede di nuovo avvicinandosi per stringerle una spalla. Kaysha si scrolla la mano di dosso e Nova la lascia fare. Sa che non le piace essere toccata quando è turbata. Kaysha resta in silenzio per qualche secondo, guardandola negli occhi, soppesando qualcosa. Nova aspetta.

«Mi ha violentata, va bene?» dice alla fine con voce rotta, e inizia a piangere. «E prima che tu mi rimproveri, sono andata alla polizia, subito dopo, la notte stessa, e non mi hanno creduta. E quindi... Ho iniziato a seguirlo, per tenerlo d'occhio. Ma arrivavo sempre troppo tardi, riuscivo a vedere cosa aveva fatto quando ormai non c'era modo di fermarlo. Ero sicura che fosse ossessionato da Kim e non sono riuscita a fare qualcosa in tempo, e poi lei è finita giù dalla scogliera e io lo sapevo che l'aveva spinta lui. Lo sapevo e basta.»

Nova la abbraccia stretta. All'inizio Kaysha si irrigidisce, ma poi si lascia avvolgere e singhiozza contro il suo petto. Lei le accarezza i capelli. La pioggia è diminuita, e dalla finestra si intravede una falce di luna crescente tra le nuvole in movimento.

«Hai aiutato queste donne, non è vero?» le chiede con dolcezza.

«Non era nei piani che morisse.» Il respiro di Kaysha le solletica il collo.

«Cos'era nei piani?»

Kaysha si allontana un pochino e scuote la testa, asciugandosi il viso. «Sarebbe dipeso da quello che volevamo tutte. Pensavo che sarebbe stato meglio andare alla polizia, per prima cosa. Magari non ci avrebbero ignorate se ci fossimo rivolte alla persona giusta.»

«Avrei potuto aiutarti» dice Nova, poi le viene in mente che in quel periodo non si parlavano. Ripensa a come aveva tradito la sua fiducia, mesi prima.

«Sì, be'. Prima di tirarti in ballo, dovevo essere sicura. Dovevo convincere le altre che se ci fossimo unite avremmo potuto fare qualcosa. Impedirgli di fare ancora del male. Alcune di loro avevano bisogno di ascoltare le storie delle altre per capire quanto era cattivo... Che non era tutto solo nella loro testa. Sapevo che avresti potuto aiutarci. Non sei come gli altri.»

Nova si sente sollevata nel sentirglielo dire, nel sapere che qualcuno – forse il qualcuno più importante – riesce a vedere lei dietro il distintivo. «Non credo di poter andare avanti così.»

«No» dice Kaysha per nulla sorpresa. «No, penso che ormai questo lavoro ti stia stretto.»

Un'ora dopo, lasciano entrambe il maniero. In tasca, in una busta per reperti, Nova ha la falsa lettera del suicidio. Avverte dentro una sensazione di cambiamento. Chiuderà il caso, compilerà i rapporti, e poi andrà avanti. È ora di ripartire da zero.

Kaysha non dice dov'è diretta, e Nova non glielo chiede, ma spera che stia andando da Olive. Qualcuno deve farlo. La notte le circonda, l'oscurità è viscosa come se dovessero farsi strada a forza verso due vite separate.

«Kay.» Kaysha apre la portiera della macchina e la guarda. *Ti amo*, vorrebbe dirle Nova. *Scappa via con me.* Il silenzio si prolunga e nessuna delle due parla, anche se ci sarebbero tantissime cose da dire. «Abbi cura di te.»

43
Olive
31 dicembre 1999

Olive ripulì tutto senza pensare troppo. Se si fosse fermata a riflettere sarebbe andata nel panico, così lasciò che fosse il suo corpo a fare il lavoro, concentrandosi sui problemi pratici di ciascun compito e non sulle conseguenze, con l'unica speranza che la famiglia di Jamie non tornasse prima che lei avesse finito. Per prima cosa andò in cucina a prendere tutti i prodotti per la pulizia che poteva trasportare e li scaricò sul pavimento, là dove non c'era sangue. Poi si sbarazzò del corpo. Il piano era portarlo nel bosco e seppellirlo, o lasciarlo sotto un cespuglio. Uscì da una porta sul retro del garage per controllare che ci fosse una stradina che conduceva agli alberi. C'era, e così prese il cadavere per i piedi e iniziò a trascinarlo.

Jamie era pesante, e nel tempo che impiegò a raggiungere la porta l'adrenalina che l'aveva sostenuta in quegli ultimi minuti cominciò a dileguarsi. Evitò il portico e il sentiero di pietre messe in fila al centro del prato, consapevole che dal collo mozzato gocciolava ancora sangue, e sperò che le tracce venissero assorbite dall'erba. A metà del giardino, si rese conto di non avere la forza necessaria per arrivare fino al bosco. C'era uno stagno poco lontano, a prima vista sembrava abbastanza profondo e torbido per nasconderlo.

Iniziò a nevicare. Spinse il corpo nell'acqua e sperò che non fosse la bambina a trovarlo quando fosse arrivato il momento, prima o poi.

Pulì il sangue in garage. Era parecchio, ci mise molto tempo ad asciugare tutto con stracci e carta da cucina e poi a lavare con la candeggina, pulendo anche gli schizzi sui muri e sulla macchina. Tolse i rimasugli viscidi di Jamie dall'accetta, strofinando bene il manico levigato per togliere le impronte, e l'appoggiò a un mucchio di ceppi impilati contro il muro. Poi raccolse tutte le cose che aveva usato in un sacco della spazzatura, insieme ai suoi vestiti. Attraversò la casa nuda e si fece una doccia al piano di sopra. Una volta pulita, prese dall'armadio di Sadia gli indumenti più anonimi che trovò – un abito grigio e un cappotto nero – e li indossò. Mentre tornava in garage, notò una grande scatola di dolci ai piedi dell'albero di Natale. Era profonda, di forma ovale, con decori floreali in rilievo e della misura perfetta. Rovesciò i dolci nel sacco della spazzatura insieme ai vestiti e dentro la scatola mise la testa di Jamie. Aveva un aspetto orribile ora, pallido, coperto del proprio sangue. Olive chiuse la scatola con il coperchio.

Aprì la porta del garage e, mentre passava di fianco al bidone esterno, ci buttò dentro il sacco con le cose insanguinate, nascondendolo sotto quelli che c'erano già. Se andava tutto bene, i netturbini sarebbero passati prima che qualcuno lo trovasse. Ormai era buio, la neve scendeva a larghe falde e, andando verso la fermata, per ben due volte Olive rischiò di scivolare e lasciar cadere la scatola. Salì su un autobus che tornava verso la città, la scatola sulle ginocchia, temendo per tutta la corsa che iniziasse a colare sangue, cosa che però non accadde. Continuava a guardarsi le mani sotto le strisce di luce gialla, ma erano pulite.

Quando entrò di soppiatto nell'hotel dalla porta sul retro, come facevano sempre, e arrivò alla solita stanza, aprì il cellulare, estrasse la batteria e sostituì la sim con quella nuova che aveva in borsa. Nessuno aveva quel numero. Mandò un messaggio a tutti i contatti della lista di Kaysha, compreso il suo, convocandoli con urgenza. Reinserì la propria sim nel cellulare e spezzò quella nuova a metà, per poi avvolgerla in un pezzo di carta igienica, buttarla nel water del sudicio bagno *en suite* e tirare l'acqua.

Dispose le sedie a semicerchio e trascinò il tavolino al centro. C'era una scatola di bibbie, tutte con una copertina di pelle rosso scura e pagine bordate d'oro. Ne impilò alcune sul tavolino, aprendo quella in cima a uno dei suoi passi preferiti. Levitico 24,20: *Occhio per occhio*. Appoggiò la testa in mezzo alle pagine aperte e la coprì con una federa, come si fa con le persone sulla sedia elettrica, per nascondere le loro facce colpevoli.

Olive lavò la scatola dei dolci nel lavandino del bagno e la asciugò con una vestaglia appesa alla porta, stando ben attenta a non toccarla di nuovo a mani nude. Dopodiché, si nascose nella camera di fianco finché non sentì arrivare il resto del gruppo. Non doveva essere la prima.

Un'ora dopo, era di nuovo nella stanza, insieme alle altre. E quando Sarah tirò via la federa dalla testa, fu come se Olive la vedesse per la prima volta. Urlò più forte di tutte, inorridita.

Ringraziamenti

Innanzitutto, grazie alla mia fantastica agente Kate Evans, che è stata la mia più grande sostenitrice dal primo momento in cui ho messo piede nel suo ufficio con tre capitoli, sette donne, una testa mozzata e la promessa che in qualche modo ne avrei tirato fuori un libro. Neanche nei miei sogni avrei potuto trovare qualcuno con cui sarebbe stato più bello compiere questo viaggio.

Grazie ai miei adorabili editor, Jade Chandler e Sarah Grill, che si sono avvicinate al mio romanzo piene di entusiasmo e sostegno, e l'hanno rifinito fino a farlo diventare qualcosa di molto più bello di quanto avrei potuto immaginare.

Grazie a Clairus Bearus, Eira Major, Sandy Watson, Lynn Murray, Graham Reid, Maddy Sheridon, Alex Pape, Kamila Shamsie e Horatio Clare per averlo letto e avermi offerto i loro pensieri su diverse parti di questo libro. Vale più del mondo intero.

Grazie a Hayley Murray e Ameera Rahman per i loro saggi consigli e le esperienze condivise.

Grazie a Holly Rose, che ha ascoltato ogni versione di ogni capitolo di questo romanzo con la pazienza di una santa, resistendo a tutte le mie crisi di nervi, e che ha creduto in me anche nei giorni in cui io non credevo in me.

Grazie a Hayley, Pablo e Mouse per essere le mie distrazioni preferite.

Grazie a Jeanette Winterson, senza le cui istruzioni, la cui convinzione e i cui incoraggiamenti probabilmente non avrei mai scritto questo libro.

Infine, grazie alla pletora brillante, forte e determinata di ragazze, omosessuali e persone non binarie, che ho la fortuna di avere nella mia vita. Non potrei desiderare una famiglia migliore.

Nota della redazione

Alcune delle tematiche di questo libro possono destare emozioni difficili da gestire.

Se hai bisogno di aiuto, prendi in considerazione l'idea di contattare un'organizzazione di supporto.

– 1522, numero nazionale gratuito antiviolenza: è un servizio pubblico attivo 24 h su 24, gratuito anche dai cellulari, che accoglie con operatrici specializzate le richieste di aiuto e sostegno delle vittime di violenza e stalking. Sul sito 1522.eu è presente anche una mappatura, con relativi contatti, di tutti i centri antiviolenza italiani divisi per regione.

– Associazione nazionale D.*i*.Re, Donne in Rete contro la violenza: riunisce 87 organizzazioni di donne che gestiscono sul territorio italiano 106 centri antiviolenza e più di 60 case rifugio. Sul sito direcontrolaviolenza.it è presente una mappatura, con relativi contatti, di tutti i centri antiviolenza che aderiscono alla rete.

– Non Una Di Meno: movimento femminista e transfemminista che si batte contro ogni forma di violenza di genere e contro tutte le facce che assume il patriarcato nella società.

Stampato da
Grafica Veneta S.p.A., Trebaseleghe (PD)
per conto di Marsilio Editori® in Venezia

«Farfalle Marsilio»
Periodico mensile n. 384/2024
Direttore responsabile Giuseppe Lupo
Registrazione n. 1334 del 15.06.1999
Tribunale di Venezia
Registro degli operatori di comunicazione-ROC n. 6388

EDIZIONE	ANNO
10 9 8 7 6 5 4 3 2 1	2024 2025 2026 2027 2028